人民共和國文化與文學叢書

初 編

李 怡 主編

第 8 冊

《朝霞》雙刊與「文革」後期文學的歷史形態

徐 江 著

花木蘭文化出版社

國家圖書館出版品預行編目資料

《朝霞》雙刊與「文革」後期文學的歷史形態／徐江 著 -- 初版

-- 新北市：花木蘭文化出版社，2014〔民 103〕

目 2+182 面；19×26 公分

（人民共和國文化與文學叢書 初編：第 8 冊）

ISBN 978-986-322-762-5（精裝）

1. 中國當代文學 2. 文學評論

820.8　　　　　　　　　　　　　　　　103012660

ISBN-978-986322-762-5

9 789863 227625

人民共和國文化與文學叢書
初　編　第　八　冊　　　　ISBN：978-986-322-762-5

《朝霞》雙刊與「文革」後期文學的歷史形態

作　　者　徐　江
主　　編　李　怡
企　　劃　北京師範大學民國歷史文化與文學研究中心
　　　　　四川大學現代中國文化與文學研究中心（策劃）
總 編 輯　杜潔祥
副總編輯　楊嘉樂
編　　輯　許郁翎
印　　刷　普羅文化出版廣告事業
出　　版　花木蘭文化出版社
社　　長　高小娟
聯絡地址　235 新北市中和區中安街七二號十三樓
　　　　　電話：02-2923-1455／傳真：02-2923-1452
網　　址　http://www.huamulan.tw 信箱 hml 810518@gmail.com
初　　版　2014 年 9 月
定　　價　初編 17 冊（精裝）新台幣 30,000 元

《朝霞》雙刊與「文革」後期文學的歷史形態

徐　江　著

作者簡介

徐江，女，1981 年出生，現居四川成都。畢業於四川大學文學與新聞學院，文學博士。現任職於四川音樂學院傳播藝術系、講師。

長期從事文學及文藝傳媒方面的研究，擔任了本科的中西方戲劇史、中國現代文學史、網絡新聞編輯、影視賞析等多門課程的教學。參與編撰了《中國現代漢語文學史》、《影視鑒賞》等全國統編教材。在 CSSCI 來源期刊及其它刊物發表論文十餘篇。

提　　要

本書以「文革」後期主流意識形態的文藝樣板《朝霞》雙刊作爲研究的切入點，來分析「文革」後期文學及新時期中國文學的歷史形態。研究主要從以下幾個方面開展：

從「文革」後期文藝在國家文藝政策上、期刊的存在方式上、寫作隊伍的建構上、作品的創作上所發生的巨大變化，來對《朝霞》出現的歷史背景進行解讀，展現其存在的歷史階段獨特性。

對「文革」後期的文藝政策以及執行情況進行分析，尋找文藝政治化的根源，尋找極端的「陰謀文藝」出現的根源。

具體分析《朝霞》在當時期刊雜誌領域的地位影響、編輯策略、傳播方式，展現了《朝霞》在文學和思想文化領域裏所產生的樣板作用。

研究《朝霞》的寫作者。這一部分將參與寫作的人細分爲三個群體，分別是：寫作組成員、寫作組體系之外突出的寫作者、普通的業餘的文藝愛好者。重點分析了那些寫作組體系之外突出的寫作者在文壇的發展和對歷史的反思。

分析《朝霞》雜誌中重要的文學樣式敘事文學。探討了敘事文學爲什麼取得了重要的地位，幷且該類型的文學爲何在「後文革」時期發生消失、延續、變形的情況。

最後分別從對《朝霞》文藝的評價，對《朝霞》文藝的閱讀和接受，對《朝霞》文藝模式的超越三個角度去解讀它的當下意義。

《人民共和國文化與文學叢書》總序

李　怡

　　中國當代文學是與「中國現代文學」相對的一個概念，指的是中華人民共和國建立之後的文學。追溯這一概念的起源，大約可以直達 1959 年新中國十週年之際，當時的華中師院中文系著手編著《中國當代文學史稿》，這是大陸中國最早編寫的「中國當代文學史」教材。從此以後，「當代文學」就與「現代文學」區分開來。與中國現代文學研究比較，中國的當代文學研究是一個相對年輕的學科，所以直到 1985 年，在一些「現代文學」的作家和學者的眼中，年輕的「當代文學」甚至都沒有「寫史」的必要。〔註 1〕

　　但歷史究竟是在不斷發展的，從新中國建立的「十七年」到「文化大革命」十年再到改革開放的「新時期」，而後又有「後新時期」的 1990 年代以及今天的「新世紀」，所謂「中國當代文學」的歷史已達六十餘年，是「中國現代文學三十年」的整整一倍！儘管純粹的時間計量也不足說明一切，但「六十甲子」的光陰，畢竟與「史」有關。時至今日，我們大約很難聽到關於「當代文學不宜寫史」的勸誡了，因為，這當下的文學早已如此的豐富、活躍，而且當代史家已經開始了更為自覺的學科建設與史學探討，這包括洪子誠的《中國當代文學史》，孟繁華、程光煒的《中國當代文學發展史》，張健及其北京師範大學團隊的《中國當代文學編年史》等等。

　　中國當代文學研究的活躍性有目共睹，除了對當下文學現象（新世紀文學現象）的緊密追蹤外，其關於歷史敘述的諸多話題也常常引起整個文學史

〔註 1〕　見唐弢：《當代文學不宜寫史》，《文藝百家》1985 年 10 月 29 日「爭鳴欄」（見《唐弢文集》第九卷，社科文獻出版社 1995 年），及施蟄存：《關於「當代文學史」》（見《施蟄存七十年文選》，上海文藝出版社 1996 年）。

學界的關注和討論，形成對「當代文學」之外的學術領域（例如現代文學）的衝擊甚至挑戰。例如最近一些年出現的「十七年文學研究熱」。我覺得，透過這一研究熱，我們大約可以看到中國當代文學研究的某些癥結以及我們未來的努力方向。

我曾經提出，「十七年文學研究熱」的出現有多種多樣的原因，包括新的文學文獻的發掘和使用，歷史「否定之否定」演進中的心理補償；「現代性」反思的推動；「新左派」思維的影響等等。〔註 2〕尤其是最後兩個方面的因素值得我們細細推敲。在進入 1990 年代以後，隨著西方後現代主義對「現代性」理想的批判和質疑，中國當代的學術理念也發生了重要的改變。按照西方後現代主義的批判邏輯，現代性是西方在自己工業化過程中形成的一套社會文化理想和價值標準，後來又通過資本主義的全球擴張向東方「輸入」，而「後發達」的東方國家雖然沒有完全被西方所殖民，但卻無一例外地將這一套價值觀念當作了自己的追求，可謂是「被現代」了，從根本上說，也就是被置於一個「文化殖民」的過程中。顯然，這樣的判斷是相當嚴屬的，它迫使我們不得不重新思考我們以「現代化」為標誌的精神大旗，不得不重新定位我們的文化理想。就是在質疑資本主義文化的「現代性反思」中，我們開始重新尋覓自己的精神傳統，而在百年社會文化的發展歷史中，能夠清理出來的區別於西方資本主義理念的傳統也就是「十七年」了，於是，在「反思西方現代性」的目標下，十七年文學的精神魅力又似乎多了一層。

1990 年代出現在中國的「新左派」思潮在相當大的程度上強化著我們對「十七年」精神文化傳統的這種「發現」和挖掘。與一般的「現代性反思」理論不同，新左派更突出了自「十七年」開始的中國社會主義理想的獨特性──一種反西方資本主義現代性的現代性，換句話說，十七年中國文學的包含了許多屬於中國現代精神探索的獨特的元素，值得我們認真加以總結和梳理。在他們看來，再像 1980 年代那樣，將這個時代的文學以「封建」、「保守」、「落後」、「僵化」等等唾棄之顯然就太過簡單了。

「反思現代性」與新左派理論家的這些見解不僅開闢了中國當代文學史寫作的新路，而且對中國現代文學的基本價值方向也形成了很大的衝擊。如果百年來的中國文學與文化都存在一個清算「西方殖民」的問題，如果這樣

〔註 2〕參見李怡：《十七年文學研究「熱」的幾個問題》，《重慶大學學報》2011 年 1 期。

的清算又是以延安—十七年的道路為成功榜樣的話，那麼，又該如何評價開啓現代文化發展機制的五四？如何認識包括延安，包括十七年文化的整個「左翼陣營」的複雜構成？對此，提出這樣的批評是輕而易舉的：「那種忽略了具體歷史語境中強大的以封建專制主義文化意識為主體的特殊性，忽略了那時文學作品巨大的政治社會屬性與人文精神被顛覆、現代化追求被阻斷的歷史內涵，而只把文本當作一個脫離了社會時空的、僅僅只有自然意義的單細胞來進行所謂審美解剖，這顯然不是歷史主義的客觀審美態度。」〔註3〕

利用文學介入當代社會政治這本身沒有錯，只不過，在我看來，越是在離開「文學」的領域，越需要保持我們立場的警覺性，因為那很可能是我們都相當陌生的所在。每當這個時候，我們恰恰應該對我們自己的「立場」有一個批判性的反思，在匆忙進入「左」與「右」之前，更需要對歷史事實的最充分的尊重和把握，否則，我們的論爭都可能建立在一系列主觀的概念分歧上，而這樣的概念本身卻是如此的「名不副實」，這樣的令人生疑。在這裡，在無數令人眼花繚亂的當代文學批評的背後，顯然存在值得警惕的「僞感受」與「僞問題」的現實。

只要不刻意的文過飾非，我們都可以發現，近「三十年」特別是1990年代以來中國當代文學及其批評雖然取得了很大的發展。但是也存在許多的問題，值得我們警惕。特別需要注意的是1990年代以後中國文學現象的某種空虛化、空洞化，一些問題成為了「僞問題」。

真與假與僞、或者充實與空虛的對立由來已久。1980年代的現代主義文學也曾經被稱為「僞現代派」，有過一場論爭。的確，我們甚至可以輕而易舉地指出如北島的啓蒙意識與社會關懷，舒婷的古代情致，顧城的唯美之夢，這都與詩歌的「現代主義」無關，要證明他們在藝術史的角度如何背離「現代派」並不困難，然而這是不是藝術的「作僞」呢？討論其中的「現代主義詩藝」算不算詩歌批評的「僞問題」呢？我覺得分明不能這樣定義，因為我們誰也不能否認這些詩歌創作的真誠動人的一面，而且所謂「現代派」的定義，本身就來自西方藝術史。我們永遠沒有理由證明文學藝術的發展是以西方藝術為最高標準的，也沒有根據證明中國的詩歌藝術不能產生屬於自己的現代主義。也就是說，討論一部分中國新詩是否屬於真正西方「現代派」，以

〔註3〕董健、丁帆、王彬彬：《我們應該怎樣重寫當代文學史》，《江蘇行政學院學報》2003年第1期。

「更像」西方作為「非偽」，以區別於西方為「偽」，這本身就是荒謬的思維！如果說 1980 年代的中國詩壇還有什麼「偽問題」的話，那麼當時對所謂「偽現代派」的反思和批評本身恰恰就是最大的「偽問題」！

不過，即便是這樣的「偽」，其實也沒有多麼的可怕，因為思維邏輯上的某種偏向並不能掩飾這些理論探求求真求實的根本追求，我們曾經有過推崇西方文學動向的時代，在推崇的背後還有我們主動尋求生命價值與藝術價值的更強大的願望，這樣的願望和努力已經足以抵消我們當時思維的某種模糊。

文學問題的空虛化、空洞化或者說「偽問題」的出現，之所以在今天如此的觸目驚心在我看來已經不是什麼思維的失誤了，在根本的意義上說，是我們已經陷入了某種難以解決的混沌不明的生存狀態：在重大社會歷史問題上的躲閃、迴避甚至失語——這種狀態足以令我們看不清我們生存的真相，足以讓我們的思想與我們的表述發生奇異的錯位，甚至，我們還會以某種方式掩飾或扭曲我們的真實感受，這個意義上的「偽」徹底得無可救藥了！1990年代以降是中國文學「偽問題」獲得豐厚土壤的年代，「偽問題」之所以能夠充分地「偽」起來，乃是我們自己的生存出現了大量不真實的成分，這樣的生存可以稱之為「偽生存」。

近 20 年來，中國文學批評之「偽」在數量上創歷史新高。我們完全可以一一檢查其中的「問題」，在所有問題當中，最大的「偽」恐怕在於文學之外的生存需要被轉化成為文學之內的「藝術」問題而堂皇登堂入室了！這不是哪一個具體的藝術問題，而是滲透了許多 1990 年代的文學論爭問題，從中，我們可以見出生存的現實策略是如何借助「文學藝術」的方式不斷地表達自己，打扮自己，裝飾自己。《詩江湖》是 1990 年代有影響的網站和印刷文本，就是這個名字非常具有時代特徵：中國詩歌的問題終於成為了「江湖世界」的問題！原來的社會分層是明確的，文學、詩歌都屬於知識分子圈的事情，而「江湖世界」則是由武夫、俠客、黑社會所盤踞的，與藝術沒有什麼關係。但是按照今天的生存「潛規則」，江湖已經無處不在了，即便是藝術的發展，也得按照江湖的規矩進行！何況對於今天的許多文學家、批評家而言，新時期結束所造成的「歷史虛無主義」儼然已經成了揮之不去的陰影，在歷史的虛無景象當中，藝術本身其實已經成了一個相當可疑的活動，當然，這又是不能言明的事實，不僅不能言明，而且還需要巧妙地迴避它。在這個時候，生存已經在「市場經濟」的熱烈氛圍中扮演了我們追求的主體角色，兩廂比

照，不是生存滋養了文學藝術的發展，而是文學藝術的「言說方式」滋養了我們生存的諸多現實目標。

於是，在 1990 年代，中國文學繼續產生不少的需要爭論的「問題」，但是這些問題的背後常常都不是（至少也「不單是」）藝術的邏輯所能夠解釋的，其主要的根據還在人情世故，還在現實人倫，還在人們最基本的生存謀生之道，對於文學藝術本身而言，其中提出的諸多「問題」以及這些問題的討論、展開方式都充滿了不真實性，例如「個人寫作」在 20 世紀中國新詩「主體」建設中的實際意義，「知識分子寫作」與「民間寫作」的分歧究竟有多大，這樣的討論意義在哪裏？層出不窮的自我「代際」劃分是中國新詩不斷「進化」的現實還是佔領詩壇版圖的需要？「詩體建設」的現實依據和歷史創新如何定位？「草根」與「底層」的真實性究竟有多少？誰有權力成為「草根」與「底層」的代言人？詩學理論的背後還充滿了各種會議、評獎、各種組織、頭銜的推杯換盞、觥籌交錯的影像，近 20 年的中國交際場與名利場中，文學與詩歌交際充當著相當活躍的角色，在這樣一個無中心無準則的中國式「後現代」，有多少人在苦心孤詣地經營著文學藝術的種種的觀念呢？可能是鳳毛麟角的。

在這個意義上，中國當代文學的研究與批評應該如何走出困境，盡可能地發現「真問題」呢？我覺得，一個值得期待的選擇就是：讓我們的研究更多地置身於國家歷史情態之中，形成當代文學史與當代中國史的密切對話。

國家歷史情態，這是我在反思百年來中國文學敘述範式之時提出來的概念，它是百年來中國文學生長的背景，也是文學中國作家與中國讀者需要文學的「理由」，只有深深地嵌入歷史的場景，文學的意味才可能有效呈現。對於中國現代文學研究而言，這樣的歷史場景就是「民國」，對於中國當代文學而言，這樣的歷史場景就是「人民共和國」。

感謝花木蘭文化出版社，使得我們對百年來中國文學的研究有了兩大厚重的背景——民國與人民共和國，這兩套大型叢書將可能慢慢架構起百年中國文學闡述的新的框架，由此出發，或許我們就能夠發現更多的真問題，一步一步推進我們的學術走上堅實的道路。

2014 年馬年春節於江安花園

目次

引論：《朝霞》與「文革」主流文藝的階段性問題

　　《朝霞》文藝是「文革」後期主流文藝的代表。它的存在形態讓我們研究者不得不重新修正對「文革」文藝的認識。對於「文革十年」的文藝，人們常常是進行總體評價，作爲一個整體板塊評說。大多數文學史〔註1〕對待這十年的文藝狀況，都處理得非常簡略，諸如用「荒蕪」、「極左」等形容詞。可能是這段文學史確實乏善可陳，這個既定的印象使得許多不瞭解的人，也不願深入去瞭解。其實，「文革」十年間的文藝是有呈現出歷史性的階段性變化特徵的，這一點始終沒有清楚明確提出過。使人們對這段文學史有改觀的是陳思和在《中國當代文學史教程》〔註2〕中共時性地區分出了「潛在寫作」、

〔註 1〕 注：郭志剛主編的《中國當代文學史初稿》（北京：人民文學出版社，1980年 12 月第一版）將「文化大革命十年的文學創作」概括爲第二十一章，但編者只談了 1971 年之後的文藝，未對前期文藝說明。二十二院校主編的《中國當代文學史》（三）（福州：福建人民出版社，1982 年 9 月第一版），將 1966～1976 年的文藝統而論之。公仲主編的《中國當代文學史新編》（南昌：江西教育出版社，1985 年第一版）將「文革」十年中的重要思潮和作品分別具體研究，沒有體現分期意識。華南四學院現代文學教研室主編的《中國當代文學史簡編》（廣州：廣東高等教育出版社，1986 年 7 月第一版），陳其光的《中國當代文學史》（廣州：暨南大學出版社，1998 年 8 月第一版）都將「社會主義文藝事業的摧殘或浩劫」和「文化專制、陰謀文藝的猖獗」分成兩節而論，略有分期意識。特·賽音巴雅爾編的《中國當代文學史》（北京：民族出版社，1999 年 1 月版）主要論述「文革」後期文藝的狀況。洪子城著的《中國當代文學史》（北京：北京大學出版社，1999 年 8 月第一版）並沒有把「文革十年」作爲一個單獨的階段論述，而是歸入 50～79 年代「極左」文學時期的一部分。

〔註 2〕 注：陳思和主編的《中國當代文學史教程》，上海：復旦大學出版社，1999年 9 月第一版。

「地下文學」這個層面，該提法因其獨特的視角和學術研究價值，產生了重要的影響；也是這個原因，很多人又偏狹地誤解「文革」只有「地下文學」可供言說。「文革」文藝比我們想像的要複雜，讓人們瞭解這一點需要努力攻克的是「文革地下文藝」發現的困難，以及「文革地上文藝」言說的困難。

　　「文革」十年文藝的階段性特徵是由「文革」的本質所決定的。「文革」是「文化革命」，或曰「文化革除」，即一種人為的文化斷裂革新論，這就是毛澤東的「大破大立，不破不立，先破後立」思想。毛澤東用文化鬥爭論來對待新舊文化，指明「不破不立，不塞不流，不止不行，它們之間的鬥爭是生死鬥爭」，〔註3〕破，就是批判，就是革命；破字當頭，立也就在其中了。這就把「破」除當成了建設的充分條件。實際上，「文革」文藝的「破」和「立」的統一辯證關係並沒有那麼完美，而是呈現出兩個階段。這個轉折的拐點是1971年的林彪事件。1971年9月13日，一架飛機在內蒙古墜落，機毀人亡。飛機上坐著的時任要職且被看做是毛澤東接班人的林彪和他的家人。這就是震驚中外的「九一三事件」，即「林彪事件」。蹊蹺在於，林彪事件不是標誌了文革的「破舊」工作取得了全面勝利，而是宣告了文革理論和實踐的破產。林彪作為黨的核心人物一直是「文化大革命」的積極領導和推動者，他也被看成學習毛澤東思想學得最好舉得最高的好學生，毛澤東最值得信任的人。幾乎所有中國人認為，他代表的思想文化是「新」不是「舊」，是「立」不是「破」。他一出問題，革命者成了被革的對象，動搖了黨內一些人士、普通民眾在「文革」前期那種近乎瘋狂的熱情，迷惑懷疑情緒產生。所以，「九一三事件」衝擊的是黨內外對毛澤東本人，對毛澤東所領導的黨，以及毛澤東的那些文革理論長期以來的強烈崇拜心理。因為這個事情，後一階段的「立」不像是積極建設，而演化為某些人的「文革保衛戰」或「文革反思戰」，體現在文藝上也是如此。「文革」文藝的後期，不像政治上的轉折那麼明顯，具有一定的滯後性。所以，「文革」的階段性的具體時間劃分是一個具有爭論性的議題，並因為研究的對象不同而呈現出極細緻的劃分時間表。〔註4〕從較傳統

〔註3〕毛澤東：《毛澤東選集》第2卷，北京：人民出版社，1991年版，第695頁。
〔註4〕余秋雨認為「文革」的醞釀期大概有兩年，到一九六五年「走資派」的概念確立。爆發期是一九六六年五月至六月；一九七一年是它的邏輯終點，標誌是林彪事件；一九七六年是它的歷史終點，標誌是毛澤東主席去世和「四人幫」的倒臺；一九七八年是它的思想終點，標誌是十一屆三種全會。（余秋雨：《借我一生》，北京：作家出版社，2004年1月版，第236～237頁）張宏圖

可靠的思路看，若以政治事件爲標準，就會以 1971 年爲分界點；若以文藝狀態爲標準，就會以 1972 年、1973 年或者 1975 年爲分界點。由於當代中國的政治事件，確實是對文藝發展起著至關重要的作用，所以本書採用 1971 年作爲「文革」文學的轉折點，對「文革」前後期的文藝面貌的差異從四個方面進行論證。

一、文藝政策從激進專制到恢複調整

共和國文藝政策的制定者在很長一段時期內都表現出對各種矛盾缺乏認識，難以調和。這與「五四」時期否定式發展思維的薰陶有關。破碎的舊社會需要擺脫困境，建設期的新中國則需要整合。不會整合的思維模式，導致了非此即彼、非左即右的「二元」對立式問題解決辦法；導致了追求「一元」化管理的文藝體制。「左」的文藝政策從 1949 年建國之初到 1966 年「文革」之前，總的趨勢是向著極端的方向發展，儘管中間有過鬆動，但很快會反彈出螺旋上昇式的更加激進的文藝控制，如建國初期的「三大文藝批判運動」〔註5〕、1957 年文藝界的「反右派」鬥爭、1958 年的文藝大躍進運動、1959 年文藝界的「反右傾」、1963 年和 1964 年毛澤東對文學藝術的「兩個批示」〔註6〕等。直到 1966 年，江青、林彪串通炮製了《部隊文藝工作座談紀要》，標誌著文藝政策的激進專制發展到頂峰，與以往產生了本質的區別。《紀要》就是《部隊文藝工作座談會紀要》，全稱爲《林彪同志委託江青同志召開的部隊文藝工作座談會紀要》。它的正式文本，於 1966 年 4 月 16 日作爲黨內文件發表，4 月 18 日，《解放軍報》發表社論《高舉毛澤東思想偉大紅旗，積極參加社會

把「文革」文學大體應分四個階段：1966 年 5 月～1968 年 12 月，即 1966 年 5 月《5‧16 通知》宣佈無產階爲「紅衛兵話語期」；1968 年 12 月～1971 年 9 月爲「知青話語形成期」；1971 年 9 月～1973 年 8 月爲「地下文學發展期」；1973 年 8 月～1976 年 10 月，爲「多種文學激烈撞擊期」。（廣西師範大學博士論文：《被顛覆與被遺忘的話語》）

〔註 5〕 注：包括《武訓傳》批判，《紅樓夢研究》批判，胡風文藝思想批判。

〔註 6〕 注：指毛澤東一九六三年十二月十二日關於藝術工作方面存在的問題給中共北京市委負責人彭真、劉仁的批示和一九六四年六月二十七日在中宣部《關於全國文聯和各協會整風情況的報告（草案）》上的批示。批示說：在戲劇、曲藝、音樂、美術、舞蹈、電影、詩和文學等各種藝術形式中問題不少；文藝界各協會和他們所掌握的刊物的大多數，十五年來基本上不執行黨的政策，「最近幾年，竟然跌到了修正主義的邊緣」。

主義文化大革命》，在沒有提及座談會和《紀要》的情況下，披露了《紀要》的基本觀點。1967 年 5 月 29 日，《人民日報》公開發表了全文。在漫長的「文化大革命」十年裏，《紀要》基本上取代了中共以往的所有文藝政策，成爲文藝工作者必須遵守的思想。《紀要》的主要內容有四個方面：提出「黑線專政論」，批判了文藝界的「黑八論」，肯定了革命現代京劇，強調「文藝戰線兩條道路的鬥爭，必然反映到軍隊內部來」。《紀要》的出臺，宣揚了一種簡單的「二元」對立的文藝思想，並且以強制的方式在全國實行。它基本上是延續了「破」的思想，而且更加激進地否定一切，打倒一切，同時也蘊藏了個別人的不良居心。

按照「文革」的思維邏輯，從前期的橫掃否定一切中外古典文學、三十年代文藝甚至建國以來我們黨領導的文藝事業，獨獨肯定幾個革命樣板戲來看，是破之有餘，立之不足。後期的無產階級文藝建設主要方向是調整恢復，糾正文藝「立」得太單調的情況。從理念到實行之間的差異，超出了可以掌控的範圍。若不是林彪事件，這個文化的專制風氣可能還「刹不了車」，「破」的時期也不知什麼時候才會轉化到真正「立」的階段。

文藝政策的調整，主要體現在毛澤東本人對文藝的幾次講話和一系列重要指示，它決定了「文革」後期文藝的糾偏走向，即要豐富文藝樣式，對待文藝作品不要過分揪錯。這些講話和指示，多是就具體問題論具體問題，就個別事項解決個別事項。1972 年 7 月 30 日，毛澤東在同李炳淑的談話中提到：「現在劇太少，只有幾個京劇，話劇也沒有，歌劇也沒有。看來還是要說話。」〔註 7〕1975 年 7 月，毛澤東對文藝工作批評到：「樣板戲太少，而且稍微有點差錯就挨批。百花齊放都沒有了。別人不能提意見，不好。怕寫文章，怕寫戲。沒有小說，沒有詩歌。」尤其是在 1975 年 7 月 14 日，毛澤東專門就文藝問題發表談話，指出：「黨的文藝政策應該調整一下，一年、兩年、三年，逐步擴大文藝節目。缺少詩歌，缺少小說，缺少散文，缺少文藝評論。」〔註 8〕他特別提出，自己講的不完全，應該找出魯迅提倡「吃爛蘋果」的雜文，供大家討論。同時他在 1975 年 7 月 25 日對電影《創業》做出批示：「此片無大錯，建議通過發行。不要求全責備，而且罪名有十條之多，太過份了，不

〔註 7〕陳晉編：《文人毛澤東》，上海：上海人民出版社，1997 年版，第 614 頁。

〔註 8〕同上，第 619 頁。

利於調整黨的文藝政策。」〔註9〕在這樣的思路下，周恩來和鄧小平兩位領導人，通過一定的干預和輿論影響，對形式健康的作品給予了鼓勵。1973 年元旦期間，周恩來當著「四人幫」的面也嚴肅指出：「群眾提意見，談電影太少……不僅電影，出版也是這樣」。〔註10〕正是在此基礎之上，當時主持中央工作的鄧小平發表了《各方面都要整頓》的著名講話，其中講到：「當前，各方面都存在一個整頓的問題。農業要整頓，工業要整頓，文藝政策要調整，調整其實也是整頓。」〔註11〕毛澤東、周恩來、鄧小平等人對待具體的文藝工作也起了一些實質性的支持作用，如對電影《創業》、《海霞》發行的批准，對姚雪垠創作長篇小說《李自成》的幫助，對魯迅之子周海嬰出版魯迅書信及魯迅著作等方面的幫助。從另一個角度看，一些文學工作者想創作出版文學作品，都要親自請主席幫忙，說明當時的文化環境仍然十分嚴酷。但正是有了最高領導人的關注，才使得「文革」後期的文藝發生轉機有了基礎，不至於完全被江青爲代表的「四人幫」等人左右。需要提及的是，當時的調整恢復，特別是 1975 年毛澤東的關注使得文藝戰線在落實和調整政策方面不斷取得新的成績。但是好轉只是局部的，由於文化部是於會泳任部長，由時任副總理的張春橋分管，鄧小平的「全面整頓」在這個戰線上的影響並不大。文藝的整體還是以宣揚「左」的「文革」激進思想爲主，其間毛澤東批准評《水滸》、批宋江等運動就證明了這一點。

實際上後期的調整，高層中反映的心態和思考是不盡相同的。毛澤東的講話和指示一定程度上顯示出他們的大局意識，想要糾正「文革」的偏執，卻不願意徹底否定「文革」，所以搖擺不定；周恩來、鄧小平希望通過整頓解決問題，挽救已經到了絕境的文化事業，卻觸及到毛澤東的權威；以江青爲代表的「四人幫」反革命集團一方面根據毛澤東的意思從形式上恢復文藝，創辦刊物，發表理論、劇本、詩歌、小說、散文等多種體裁的作品，另一方面還在延續《紀要》思路，利用文藝搞個人鬥爭，且把矛頭多次對準周恩來、鄧小平等人。這種多面性都集中體現在了《朝霞》期刊這一複雜個體上。在形式上，表面上文藝寫作全面開花，廣泛培養工農兵寫作者；實質上作品文體單調、模式固定，搜尋可被利用的作品來當靶子打或者打靶槍。由於毛主

〔註9〕 陳晉編：《文人毛澤東》，上海：上海人民出版社，1997 年版，第 621 頁。
〔註10〕 周恩來：《周恩來論文藝》，北京：人民文學出版社，1979 年版，第 222 頁。
〔註11〕 鄧小平：《鄧小平文選》（第二卷），北京：人民出版社，1983 年版，第 35 頁。

席對待「文化大革命」問題的醒悟和矛盾,「文革」後期的思想鬥爭——對健康正常的文藝工作的恢復與阻撓——仍在文藝領域進行。

二、出版業從遭受全面封殺到逐步解禁

「無米之炊難爲」,文藝賴以生存的載體——書籍、報刊雜誌——在文化大革命的前期也遭受到行政力量的禁錮。建國後到「文革」之前的十七年間,文藝生產的出版流通已經開始被納入了嚴格的制度化軌道。出版行業經過社會主義改造,它們的主要任務不是市場和銷量,而是要迎合主流意識形態的需要。體現在流程中,就是「編」和「審」的權責不斷放大,發展到後來政治直接干涉。作家的作品出版由於審查和修改日益困難,儘管如此,似乎還是不能滿足當時的政治需要。1963 年 12 月,毛澤東主席批評文化部門都是些「『死人』統治著」,「至今還是大問題」,〔註 12〕全行業即刻面臨大整頓的命運。

出版業眞正瀕臨停止整頓,是伴隨著全國各地上下的「奪權」鬥爭開始的。出版業屬於思想文化戰線,這一板塊在「文化大革命」期間尤爲重要。1966 年 5 月中共中央政治局擴大會議通過《中國共產黨中央委員會通知》(簡稱《五一六通知》)。《通知》全面否定了「十七年」的文學藝術,認爲意識形態領域包括報紙、廣播、刊物、書籍、教科書、講演、文藝作品、電影、戲曲、美術、音樂、舞蹈等充斥著資產階級反動權威。一時間,幾乎所有的出版物都被看成是「封資修」的毒草,連之前陸定一領導的中宣部也被看成是「閻王殿」要打倒。很快,報紙停辦,刊物停出,作品封存。「文革」時期大多數報刊都停刊了,國家權威的宣傳媒介和陣地只有《人民日報》、《解放軍報》和《紅旗》雜誌即所謂的「兩報一刊」。「文革」初期唯一沒有被停刊的文藝刊物是《解放軍文藝》。「『文革』開始的第一年,全國出版圖書的種數,由 1965 年的 20143 種,驟降到 11055 種,減少將近一半;到 1967 年,又猛降到 2925 種,只有上年的 26.4%;其後幾年,始終徘徊在三四千種左右」。〔註 13〕與之相對應的是全國範圍內毛主席著作、語錄,馬列著作及批判文章的趕

〔註 12〕參見洪子城主編:《中國當代文學史·史料選:1945~1999(下冊)》,武漢:長江文藝出版社,2002 年 7 月版,第 513 頁。

〔註 13〕參見方厚樞:《新中國出版事業四十年》,見中國出版工作者協會、中國出版科學研究所編:《中國出版年鑒(199 任~1991)》,北京:中國書籍出版社,1993 年版,第 8 頁。

印趕發，以及各地方基層的群眾組織創辦的「文革」小報普遍傳播的現象。大約是在 1969 年 8 月，時任中央文化革命小組組長的陳伯達說，全國所有的出版社統統取消，只需留下一個人民出版社就可以了，人民出版社的人也不需要那麼多，幾十人足矣，用於出毛主席著作。〔註 14〕馬恩列斯著作都屬於「封資修」。中央文革小組專門指定成立了一個「毛主席著作辦公室」，它作為執行出版局領導全國出版。而地下「手抄本」的文學交流形式，說明了當時文藝讀本的極度缺乏。

這種情況在 1971 年前後有了改觀。1970 年 8 月 23 日，中共九屆二中全會在江西廬山召開，8 月 31 日，毛澤東發表了《我的一點意見》講話，講話中提到我們應該注重宣傳馬列。周恩來受到講話啟發，決定以「整頓和恢復出版工作」為突破口來挽救破敗的文化教育界。會後不久，周恩來就召集一些人制定出版計劃。1971 年 3 月 15 日，周恩來在北京國務院第一招待所主持召開了「全國出版工作座談會」。參加會議的一共有 200 多位來自全國各地的相關代表。該會表達了想要改變過去的局面的願望，一致通過了要做好文學藝術、科學技術、經濟、歷史、地理、國際知識等各類讀物以及工具書的出版工作。大會形成了彙報提綱，提綱從批判極左思想到開放封存圖書，從清理出版隊伍到優化圖書設計，甚至在稿酬與定價、發行與印刷等具體工作上做了細緻的探討，最終形成文件《國務院關於出版工作的報告》。1971 年 8 月 13 日，經過毛澤東圈閱審定，《國務院關於出版工作的報告》正式生效。報告明確指出，要把出版「馬恩列斯」著作，毛澤東著作放在首位，要大量出版普及的讀物，也要努力出版高級的作品。要出版政治讀物，也要出版文學藝術、科學技術、歷史地理等圖書，堅持「百花齊放，百家爭鳴」，「古為今用，洋為中用」的方針。對於民族文化遺產和外國文化必須批判地繼承和吸收，有選擇地出版。在反對崇洋復古的時候，也要注意防止盲目排外，一概否定和割斷歷史的傾向。從那之後，出版業迅速恢復了生產流通，一些科普書籍，歷史文化書籍，工具書率先重印出售。中央和各地方部門的部分出版編輯人員在會議結束後，陸續從「五七幹校」調回工作崗位。1973 年 7 月，直屬國務院領導的國家出版事業管理局成立，此時中國的出版業在跌跌絆絆中邁開了前進的步伐。

「文革」時期的文藝期刊，在特殊的年代，就像戰鬥的前沿陣地，是權

〔註14〕 注：來源於張惠卿口述歷史。

力爭奪的對象。由於重重阻撓，「文革」初期因為奪資產階級的權而停辦的刊物，想要復刊，啓用過去的人是很困難的。因此文藝的恢復工作是有限度的。1971 年的確是出版業重新恢復的一個契機。由於複雜的局勢〔註15〕，「文革」後期的文藝期刊呈現出了十分複雜的面貌，體現在幾個方面：

其一，地方文藝期刊相繼復刊，而全國性的文藝期刊仍然被擱置。「文革」期間，大批文學刊物被迫停刊。1971 年底隨著政治形勢的變化，各地方文藝期刊相繼復刊，如《北京新文藝》、《廣西文藝》、《廣東文藝》和《革命文藝》（內蒙）等。到 1973 年夏季為止，全國大部分省市文聯（或作協）的機關刊物都已復（創）刊。1972 年，集中出現了大批文藝作品的出版盛況。但是，全國性的主要文藝雜誌，如《人民文學》等還沒有批准復刊。一些文藝評論研究性的刊物，如《文學評論》（原名《文學研究》）、《文史哲》和學報類期刊，也還沒有復刊。1973 年到 1976 年間，在毛、鄧、周的進一步關心指示下，復刊的大勢已經形成，情況又有好轉。但是「四人幫」一夥搞「反擊右傾翻案風」，其間對許多重要刊物的復刊層層阻擾，直到 1976 年「文化大革命」結束後情況才真正得以恢復。1976 年成為「復刊」的一個高峰期，全國性的文藝期刊才得以恢復，如《詩刊》、《人民文學》、《人民戲劇》、《人民電影》「創刊」。值得注意的是，雖然是「復刊」，但是當時很多刊物只能說自己是「創刊」。1979 年，「文革」結束之際，很多刊物才紛紛發表「復刊辭」。「復刊」是對「文革」期間認為這些刊物是被「黑線專政」的否定，「創刊」是表明建立了一個嶄新的代表「人民專政」的新刊物。這是將期刊看成不同政治力量取得文化領導權的表徵。因為「媒介生產是與權力關係交織在一起的，用以再生產大權在握的社會諸力量的利益。」〔註16〕這樣，我們就能理解為什麼全國性刊物遲遲不能復刊，因為它們地位和影響力重大，政治力量的爭奪和鬥爭也格外激烈。

〔註15〕 注：《國務院關於出版工作的報告》出版前開了一個中央政治局會議，一些人堅持在報告中加入「兩個估計」和「清理階級隊伍」。「兩個估計」是 1971 年由姚文元修改，張春橋定稿的《全國教育工作會議紀要》中的兩個政治結論。「兩個估計」內容是：第一個「估計」即「文化大革命」的前十七年，教育戰線是資產階級專了無產階級的政，是「黑線專政」。第二個「估計」是知識分子的大多數世界觀基本上是資產階級的，是「資產階級知識分子」。「清理階級隊伍」是把一些認為是有問題的反動學術權威排除在出版界之外。

〔註16〕 參見本刊編輯部：《〈人民文學〉復刊的一場鬥爭》，《人民文學》1977 年第 8 期。

　　其二，「四人幫」一夥自己創辦刊物，成爲全國文藝走向的風向標。1973年，「四人幫」等人的親信創辦培養了一些受其控制的刊物共 8 種，例如《朝霞》叢刊、《朝霞》月刊、《學習與批判》雜誌、外國文藝《摘譯》、外國哲學經濟歷史《摘譯》、外國自然科學哲學《摘譯》、《教育實踐》雜誌、《自然辯證法》雜誌。這些刊物的總部設在上海，由「四人幫」的筆桿子上海寫作組控制。因爲當時上海寫作組與文化部人員往來密切，地位非常高，所以，實際上這些刊物是全國性的具有指向性作用的期刊。這些刊物在當時起到了宣揚文革「左」傾理論，替「四人邦」張目的作用，是無產階級專政下繼續革命理論的吹鼓手。所以在文革剛結束的 1976 年秋冬之際 8 個刊物就被勒令紛紛停刊。不過今天回頭看看，這些刊物既有在意識形態上完整的反映文革思想體系的一面，又有通過三種《摘譯》睜眼看世界的一面，可以成爲完整保存文革歷史思潮的標本。

　　其三，「文革」後期，文藝界掀起了一些以文藝批判爲形式的政治鬥爭，出版工作也受其影響。先有「批林批孔」，後有「批鄧」和「反擊右傾翻案風」。在這樣的情況下，1971 年之後出版行業的恢復，並不完全是一派生機盎然的，這時的出版工作嚴格受到控制和監管。各地出版部門在國家出版局的指揮下，「選題出書緊密配合黨的中心工作」，關於「評法批儒、批林批孔」的圖書泛濫成災。1974 年 1 月 26 日，國家出版局向各省（市、自治區）革命委員會文教組（出版局）發出加急電報，內稱：根據中央指示，爲了配合批林批孔學習需要，人民出版社正在突擊趕印《批林批孔文章彙編》（一）（二）、《魯迅批判孔孟之道的言論摘錄》、《五四以來反動派、地主資產階級學者尊孔復古言論輯錄》四本書。之後，還出版了多種爲「批林批孔」運動服務的圖書。關於「評法批儒」的圖書和文章就更多了。另外，爲了配合「評《水滸》，批宋江」運動和「批鄧、反擊右傾翻案風」運動，大量出版了各種版本的《水滸傳》和《評〈論全黨全國各項工作的總綱〉》等三本小冊子。〔註17〕

三、從打倒老作家，到選拔中青年寫作者

　　文藝創作者的生存狀態和寫作狀態，受到多種因素的影響，例如收入來源、文化環境、市場熱點、思想流派等等。在新中國成立之後，以上所有的

〔註17〕參見方厚樞：《「文革」後期出版工作紀事（上）》，載《出版科學》，2005 年第 1 期。

因素，在意識形態強大的干涉力之下，都成為了被政治左右統籌的，背離自身發展規律的計劃體制的一部分。

在「文革」時期的奪走資派權的鬥爭中，文藝界搞人員的分化斷裂也沒有避免。《紀要》否定了 30 年代後的左翼文藝和建國後十七年的文藝建設所取得的成就，隨之也否定了一大批作家群體。在「文革」之前的一系列政治運動中，這些作家已經多多少少受到了衝擊，在對新中國和黨的信任中，痛苦地調整和撕裂著自己的內心，但「文革」的到來，使寫作的筆成為他們人生徹底絕望毀滅的刃器。大批的優秀的作家和文藝知識分子遭到了迫害，「胡風集團」、丁玲、馮雪峰、艾青、蕭也牧、劉紹棠等作家被「打倒」，茅盾、巴金、老舍、曹禺、沈從文、趙樹理等現代文學大家逐漸「失聲」。〔註18〕幾乎所有在「文革」之前就已經聲名遠揚的作家，被擋在了「文革」文學創作的大門之外（除了浩然、郭沫若等極個別作家）。他們的寫作權利從經濟上（稿費制的取消）、政治上逐漸剝離，最後甚至發展到作家個人的生存權都得不到保障。在個人作者的來源上，「文革」主流話語空間的「純淨化」，也導致大部分十七年作家的被棄用。「十七年」時期的作家被認為與「十七年文藝黑線」有著或深或淺的聯繫，是不堪任用的。

1972 年後，政治有所鬆動，有資格發表作品的作家開始增加，但大部分人的寫作權利依然被凍結。「文革」中後期，文學生產不如前期那樣控制嚴密，文學出版有了一定改善。但除了浩然作為「文革」第一作家出現外，就再沒有在資歷上與之並駕齊驅的作者。據著名編輯、人民文學出版社前社長韋君宜回憶，當時「哪裏還有什麼作家來寫稿出書呢？有的進秦城監獄了，有的下幹校了。要出書，就要靠『工農兵』。」〔註19〕1972 年以後，陸陸續續一些刊物復刊或「創刊」。「在這些刊物上發表作品的作家大體上可以分為四類，解放以前及五十年代以來的老一代作家，諸如賀敬之、李瑛、章明等；五六十年代按照毛澤東的《講話》精神培養起來的第一代工農兵作家，如胡萬春、李雲德、郭先紅、劉柏生、王恩宇、仇學寶等；在『文革』期間開始成長的新一代工農兵作家，主要是上山下鄉的知識青年或者回鄉知識青年，如張抗抗、梁曉聲、蕭復興、王小鷹、陳可雄、陸星兒、賈平凹、陳建功、韓少功

〔註18〕董建輝：《文化大革命時期的主流小說創作研究》，山東師範大學博士學位論文，2007 年，第 23 頁。

〔註19〕韋君宜：《思痛錄》，北京：十月文藝出版社，1998 年 5 月版，第 162 頁。

等；採取『三結合』創作方式的集體寫作以及各種寫作組，這是『文革』時期大力提倡的創作方式。」〔註20〕「文革」後期文藝形勢的微調，對於很多被打倒的作家來說，改善並不大，沉重的心態依然。五六十年代成長起來的工農兵作家在政治上則受到懷疑，他們被以為雖然從工農兵中成長起來，但是後來逐漸脫離了勞動生產，參加了各種大大小小的作家協會，從而受到了資產階級思想的腐化和毒害。但是對於另外一些人，卻有明顯不同，這就是一些中青年的基層業餘寫作者。很多以前在工廠、農場、軍營寫大字報、辦革命小報、寫紅衛兵詩歌的人開始有機會在正式的刊物上公開發表自己的作品了。一些知識青年，因為上山下鄉而獲得了準工農兵的身份，因此在政治上受到了肯定，「文革」主流文學界對他們有很高的期待。

早在「文革」爆發前夕，官方就已高度認識到業餘作者的重要性。在文化大革命後期，全國更是有意識地培養工農兵學員。1971年3月15日，在周恩來主持召開的「全國出版工作座談會」中，上海代表小組就堅決主張：現在的編輯隊伍非常不可靠，應該對他們進行思想改造，同時，讓更多思想可靠的工農兵加入到編輯隊伍中來。江青等人炮製的《紀要》的第十條的主題是「重新教育文藝幹部，重新組織文藝隊伍」，也就是說，官方必須推出代表這種「新文藝」的作品和作者，以從實踐的創作領域回應理論上的倡導。在學校教育中注重寫作能力的培養〔註21〕，並且把各地的苗子寫手吸納入寫作組。在基層，掃除文盲、學習文化、學習黨的思想路線和寫作培養是結合在一起的。至上而下的對文學寫作的重視，掀起了一股全民創作熱情高漲的風潮。這是主導意識形態話語引導民間話語，民間話語迎合主導意識形態話語雙向互動的過程。在這一過程中，雜誌向社會徵集作品，寫作愛好者參考這些報刊雜誌發表作品的類型和風格而創作。然而在刊物有限，主題固定的情況下，這種互動只能是一次思想的格式化，精神的自由舒展被悄然放逐。青年在革命中引發了存在個體的自我覺醒，卻深陷入更大的歷史蒙昧中。

「文革」十年期間，作家及文藝知識分子的「破舊立新」不完全是一個

〔註20〕 張春紅：《與「文革」有「染」？——新時期作家（評論家）在「文革」時期的文藝活動》，《二十一世紀》網絡版2006年7月號，總第52期。

〔註21〕 注：見侯攀峰《談「文化大革命」期間的寫作實踐和寫作理論》，《內蒙古師範大學學報》（哲學社會科學版），2002年6月。文中談到文革後期全國高校把寫作課提高到了不應有的地位，寫作教學地位提高，並且湧現了一大批寫作教材和寫作理論研究文章。

界限分明的承接關係。初期，在大量作家被剝奪寫作權利的同時，一些青年學生和文藝分子得到了重視和培養；後來，當許多業餘的寫作者開始在刊物上發表自己的作品時，也有少數被打到、被教育的作家和知識分子成為再次團結和爭取的可改造對象。這種人員的重新分化站位，是一個大致清晰卻又混沌複雜的過程。（這裡不討論在文藝隊伍中，有專門搞文藝的人，也參雜著不是純粹搞文藝的人。）儘管如此，不同位置的不同階段的創作者，心態卻是明顯不同的。「文革」期間許多被打倒的作家，在「十七年」間已經經受或者感受到了文藝政治化對他們身心的折磨。在反覆的批判鬥爭中，在反覆的迷惘中，不管他們懷疑或認定自己是對是錯，至少在心靈上和精神上已經累了，趴了，不合時宜的心理暗示讓他們很難投入地進行創作。和這種心態相對應的，是在主流意識形態鼓勵下進行寫作的工農兵們，他們是積極踴躍，充滿熱情的。在發表困難，期刊有限的年代，當自己的文字變成鉛字時，那種激動是難以想像的。「文革」文學的畸形面貌就是這樣：會寫作的人沒熱情，學寫作的人興致高。「這就是『文革』文學的困境之一：『文革』作家系譜的斷裂局面。」〔註22〕

後者的熱情並沒持續多久，就隨著「文革」的結束和破產，幻滅了。緊接著對「文革」、「四人幫」的批判否定，帶給青年寫作者的衝擊是很大的。這一時期，或者說是這一代際的寫作者正值青春，熱情起來了，卻感覺上當了。他們的徹底幻滅感是後來以各種角度反思「文革」文學的心理底色。新時期文學的發展走向與他們的參與密切相關。因為，在「文革」中誕生的少數有真才實學的青年寫作者通過自覺反思和堅持學習寫作，成為了當今文壇的重要力量。他們的理想真正徹底幻滅，發生在這一時期，他們後來在新時期的撕裂反思之痛，源於這一時期。老一批被打倒的作家群，除了少數「歸來」，大多數人的年齡和心態已經走過了創作高峰期。他們則不是。他們還未像老一批的作家那樣受盡折磨，他們年輕，還有點力氣去認真反思。所以，新時期的很多文學主將就是在這群人當中成長起來的，我們認為「文革」後期對於新時期的文學發展的重要性也主要是從這一點談的。值得注意的是，這些人是相對缺乏「十七年」經驗的，他們在「文革」期間也並非主要的受迫害群體，甚至有些人還在「文革」期間充當過造反分子。他們的反思角度、

〔註22〕蕭敏：《「文革」中後期「地上」作家的分化與移位——兼論新時期文學作者的一種起源方式》，《唐山學院學報》，2005 年 5 月。

反思深度、新時期站位的複雜心態，都或多或少在後來的文化形態中起著微妙卻重要的作用。那些被打倒的老一批作家到底怎麼想的，也隨著他們的淡出而不可知。另外，那些更多是在喧鬧一時的風潮下產生的文藝愛好者，他們的寫作熱情很多源自 1967 年夏至 1968 年秋的紅衛兵文藝熱潮，隨著青春激情和「文革」理想主義的消逝，一起沉默和匿名了。

四、文藝作品的「破」和「立」

「文革」時期的文藝作品有明顯的階段性，也有一定的內在連續性。這個特殊時期，文學的體裁，意味和包含了比體裁形式更深重的內容。在中國古代傳統歷史文化漫長的歲月裏，一度奉詩歌為正宗的現象以變相的形式呈現在當代中國。劇曲類文藝，獲得了前所未有的「崇高」地位。這種「崇高」地位是從正反兩方面體現出來的：一方面，「文革」發難於劇本批判，多次的重大政治運動也是以評劇為突破口。1965 年 11 月 10 日，上海《文匯報》拋出了姚文元的文章《評新編歷史劇〈海瑞罷官〉》，拉開了文化大革命的序幕。在此之前，對《武訓傳》的批判，對崑曲《李慧娘》的批判，對影片《清宮秘史》的批判，都把劇本文學這一藝術樣式推上了風口浪尖。另一方面，在「文革」前，江青就開始搞她所謂的京劇演「文革」的現代戲。1964 年 7 月，他在京劇現代戲觀摩演出人員的座談會上講話說：「我認為，關鍵是劇本。沒有劇本，光有導演、演員，是導不出什麼，也演不出什麼來的。有人說：『劇本，劇本，一劇之本。』這話是很對的。所以，一定要抓創作。」〔註23〕從那之後，劇本文學在所有文學樣式中是最受關注的，她還要求上海市委抓創作，柯慶施同志親自抓，各地要派強的幹部抓。文化大革命樹立的文藝樣板，也多是劇曲類。文革期間的「八個樣板戲」〔註24〕，成為當時中國人的主要精神食糧。可見，文藝作品的「破」和「立」主要表現為對過去所有的「舊戲」重新審查和改編，提取其中有利於人民的成分，拋棄那些立場不好的方

〔註23〕這個講話在 1967 年公開發表，載《紅旗》雜誌 1967 年第 6 期。

〔註24〕注：《紀要》強調，「社會主義的文化大革命已經出現了新的形勢，革命現代京劇的興起就是最突出的代表」。1966 年 12 月 26 日《人民日報》發表的《貫徹執行毛主席文藝路線的光輝樣板》一文，首次將京劇《紅燈記》、《智取威虎山》、《沙家浜》、《海港》、《奇襲白虎團》，芭蕾舞劇《紅色娘子軍》、《白毛女》和「交響音樂」《沙家浜》並稱為「江青同志」親自培育的八個「革命藝術樣板」或「革命現代樣板作品」。

面;更重要的工作是多創作「新戲」,即「樣板戲」。劇曲的大改造成爲「文革」政治話語的一個重要組成部分,也深刻地影響了從事這類創作和表演人員的人生命運。

劇曲類文藝成爲所有文學藝術形式的中心,是與當時中國領導層的個人因素有關的。毛澤東喜歡歷史,喜歡看戲。江青本人早期則是電影演員,建國後,江青到中宣部電影局工作,1950 年開始擔任文化部電影事業指導委員會委員。長期和影劇事業打交道,當她打算要有所爲的時候,自然是從熟悉的地方開始。60 年代初期,江青幾乎看了當時公演的所有戲,得出的結論卻是「鬼戲泛濫」。1963 年,毛澤東在對一份材料的批示上指出了各種藝術的問題,重點批評道「至於戲劇部門,問題更大了。社會經濟基礎已經改變了,爲這個基礎服務的上層建築之一的藝術部門,至今還是大問題。」從那之後,江青開始插手文藝工作。1966 年,召開江青所謂的「部隊文藝工作座談會」,據說,在會議進行的 18 天內,「個別交談 8 次」、「集體座談 4 次」、「看電影13 次」、「看戲 3 次」。會後形成的《紀要》把林彪無恥吹捧江青『在政治上很強,在藝術上也是內行』的話載入正式文件。同時,還規定部隊文化部門要把江青的意見『在思想上、組織上認眞落實』。」〔註25〕落實在具體的行動上,江青親自參加了樣板戲的改編排演工作,搞樣板戲革命。領導層的本人經歷因素和當時個人崇拜風氣盛行,使得全國上上下下評劇本看大戲,劇曲類文藝成爲主流文化,編寫劇本則是文學生產的主流。

劇曲類文藝第一次和政治走得那麼近,既有偶然性和戲劇性的背景,也有著深刻的必然性。這裡,筆者只從文學角度分析就可見,「戲劇文學」這一文學樣式本身蘊涵著「文革」所需要的精神基因。從某種角度看,「政治就是在扮演著不同的定義好角色的人們之間解決衝突的一種形式,或者說,一種戲劇。所有的政治事件,包括革命,都是在社會舞臺上演出的戲劇」,「革命被廣泛地認爲是所有社會現象中最具戲劇性的。」〔註 26〕不論是電影,戲劇都離不開文學的劇本。任何傳統的劇本創作都是講究表現衝突的,一個好的劇本往往體現在能通過衝突的展現達到故事情節的高潮。這是十分容易滋生

〔註25〕 葉永烈:《陳伯達傳》,北京:作家出版社,1999 年 10 月第一版,第 232、233頁。

〔註26〕 〔英〕彼得・卡爾佛特著,張長東等譯:《革命與反革命》,長春:吉林人民出版社,2005 年 1 月版,第 35、36 頁。

出二元、對立、鬥爭結構的敘事文本，暗合了「文革」的思維邏輯。「文革」思維和一切革命思維一樣，偏於激進和強調質的差異。簡化現實，模型化地突出重要的變量。「文革」時期的「樣板戲」更是把「三突出」、「三陪襯」、「三對頭」一類無產階級文藝理論奉為創作法則。每部戲題材必以階級鬥爭、路線鬥爭為主線，人物以其階級歸屬、政治態度分為「正面人物和反面人物」，無論哪一齣戲，必以「正面人物」取勝，「反面人物」失敗為結局。

劇曲也是最容易快速有效進行傳播的文藝樣式，適合進行意識形態自上而下的滲透。60 年代，以毛澤東為首的領導層在建設的新時期遇到了自然災害和與蘇聯的絕交，人民想法變多，黨員幹部的革命純粹性降低等因素，都導致國家內在壓力膨脹亟需找一個突破口排遣。通過強化和高壓的文藝思想過濾，來重新團結起一股力量，就必然要通過劃清界限來查找異類，通過內部鬥爭來淨化。於是，就像搞戲劇戲曲創作一般，設置了「假想敵」，開始了敵我雙方的鬥爭。全國人民看著有且僅有的「樣板戲」，也在生活中上演著「樣板戲」。每個人都在這場全民戲劇中努力地或被迫地扮演角色。

「文革」前期以「樣板戲」為代表，到了後期，老百姓的精神生活單調貧乏的現象，引起了上層的注意，開始提倡創作多種題材樣式的文學作品。詩歌、小說、散文、隨筆、評論都開始公開發表。應該說，在各種文學體裁「齊放」的背後，可以改編為劇本的小說和戲劇文學仍是主角。特別是小說，據統計「1972 年出版長篇小說 14 部次，中篇小說二部，短篇小說集 71 部，小說散文集 11 部；1973 年出版長篇小說 23 部次，中篇小說 9 部，短篇小說集 64 部；1974 年出版長篇小說 27 部次，中篇小說 12 部，短篇小說集 51 部；1975 年出版長篇小說 37 部次，中篇小說 6 部，短篇小說集 46 部；1976 年出版長篇小說 48 部次，中篇小說 16 部，短篇小說集 49 部。總計五年間共出版小說 484 部次。」〔註27〕「文革」主流文學刊物《朝霞》月刊（1974 年 1 月至 1976 年 8 月）刊發中短篇小說 179 篇。小說本身也是敘事文學的主要體裁，能夠較全面地反映「文革」在現實生活中的鬥爭，而較為優秀的作品可以改編成劇本，供拍攝和演出。

後期的文學全面恢復調整，在一定形式上改變了「樣板戲「一枝獨秀的情況，各種形式的文學都在創作發表，但實質上還是延續著之前的思路。以劇本、小說為主的敘事文學受到追捧，詩歌（政治抒情除外）、美文等較為純

〔註27〕孫蘭、周建江：《十年「文革」文學綜論》，《小說家》，1999 年第 1 期。

粹的抒情文學始終只是陪襯，它們真正的活躍領域在「地下」。詩歌的創作數量巨大，但都是空洞的說理、敘事、矯情，甚至一度要學習樣板戲來進行創作。〔註28〕介於兩者之間的雜文、散文、報告文學等形式的文體得到一定的發展，並偏向於說理敘事。

　　以上四個方面的「文革後期」文藝的階段性特徵，是本書的研究對象「《朝霞》文藝」的時代語境，是以其為中心展開填補、想像、深挖等研究動機的邏輯基礎。通過對時代與個體摩擦互動中滋生出的各個層次細節之現象的玄想考證，打開了我們去親近那段面目可憎的歷史之食餌盒，也摸索到新時期之初文藝曇花一現的伏筆。

〔註28〕注：「文革」後期，討論「樣板戲」對詩歌創作的啓示是一個相當熱門的話題。1、詩歌研究者尹在勤的《新詩要向革命樣板戲學習》是專門探討各類詩歌如何運用「樣板戲」的「三突出」原則進行創作的論文。2、著名的文學寫作小組「聞哨」也大力鼓吹「新詩創作要向革命樣板戲學習」。3、在「文革」時期頗為活躍的工人詩人黃聲笑也撰文介紹在詩歌創作中學習「樣板戲」的創作經驗。參見王家平著：《文化大革命時期詩歌研究》，開封：河南大學出版社，2004年12月，第8、9頁。

第一章 「文革」文藝政策的理論建構和實際執行──《朝霞》雙刊的主導思想研究

第一節 「文革」文藝政策的歷史文化基礎

　　文藝政策，是一種處理文藝和社會政治關係的科學社會主義理論。關於文藝政策，周曉風有過明確的論述：「文藝政策是某一政策主體就文藝發展的某些重大問題所提出並加以實施的政治主張，它是政策主體有關社會發展的大政方針在文藝領域中的體現。」〔註1〕我國在建國之後到「文革」結束這段時間，文藝政策上主要的思想資源來自蘇俄以及中國共產黨在新民主主義革命、抗日戰爭和解放戰爭中的實踐經驗總結。以文件形式的出現而言，1942年5月在陝北根據地延安毛澤東所發表的《在延安文藝座談會上的講話》，再到1949年7月2日在北平召開的第一次全國文代會所形成的一系列報告，我國的文藝政策理論模式逐漸成型。

一、對蘇俄文藝理論的借鑒

　　20世紀的上半段，兩個重要的國家──蘇聯和中國──跨入了摸索社會主義文化體系的行列。因此，兩個國家的文化和文學的政策與體制，必然開

〔註1〕 周曉風：《鄧小平理論與新時期文藝政策》，重慶：重慶出版社，2002年版，第12頁。

始發生千絲萬縷的聯繫。因爲蘇俄在這條摸索的道路上起步較早，所以我國毫不懷疑地「『走俄國人的路』，政治上如此，文學藝術也是如此。」〔註2〕

最初，我們學習借鑒了馬克思主義文藝理論。朱輝軍參照海爾布隆納對馬克思主義基本前提的規定，結合經典馬克思主義對文藝的論述，總結出以下幾個馬克思主義文藝理論的核心：1.唯物的藝術史觀，這是科學依據；2.現實主義觀，是理論原則；3.無產階級文藝觀，是具體運用；4.藝術辯證法，是辯證理解。馬克思主義文藝理論的傳入是符合20世紀早期中國社會實際需要的。在反帝反封建主義的壓力下，中國共產黨和許多有識之士主動地選擇了馬克思主義，以及這種主義的文藝理論。蘇聯文壇的許多作品，馬克思和恩格斯的討論，蘇聯文學理論的每一步發展變化都通過翻譯的渠道及時波及到中國。中國在「五四」時期對馬克思主義文藝理論和文藝批評方法的理解多半是從馬克思主義基本理論中發揮出來的，尚屬於探索和傳播階段。李大釗、鄭振鐸、茅盾、魯迅、瞿秋白、鄧中夏、惲代英、蕭楚女、郭沫若、馮雪峰、胡風、周揚等人都曾對文藝和現實，文藝和服務對象等問題進行過積極而有益的思考。在上述諸人的思考中，有的更偏向於文藝的意識形態功能，有的則更多地思考如何以藝術的方式來表達思想傾向。蘇俄本身的文論發展歷程也包含著這兩種情況的反覆博弈。經典的馬克思主義文論，隨著其自身的發展和廣泛傳播，逐漸被展開闡釋。自20年代以後，中國文藝理論邏輯日益向俄蘇傾斜，中俄文論交流模式自然地延伸和發展，並由於特殊時代氛圍使之迅速走向極端化。特別是20年代的後期，蘇聯的「極左」機械論佔了上風，文藝的教條化和模式化趨勢也影響了中國的「普羅」文學，蘇聯的一些政策、決議和報告被直接「拿來」以後，對當時中國文藝界的論爭和文化批判運動起到直接的催化作用。如1925年6月18日，蘇共中央作出了《關於黨在文學方面的決策》的決議。由於這是社會主義國家文藝政策史上的一個綱領性文獻，所以對我國的文藝政策制定而言必然起到模板作用。

在30年代的左翼文藝時期和40年代的抗日戰爭期間，中國對蘇聯文藝理論的借鑒發展到列寧階段。列寧文藝理論思想本身也是對馬克思文藝理論的繼承和發展，它的突出特點是實際操作性強，更加適應現實生活中革命鬥爭的需要，更符合無產階級政黨執政的需要。列寧本人充分意識到所謂文化

〔註 2〕周揚：《社會主義現實主義——中國文學前進的道路》，《人民日報》，1953 年 1 月 11 日。

領導權的問題，進一步加強了文藝的意識形態功能。布爾什維克黨在列寧的指引下，將黨性原則、人民性原則和反映論原則作爲蘇聯馬克思主義的文藝理論的三大支柱。其重要的特點就是要在藝術形象體系中展現被意識到了的傾向，即文藝的階級性；制定一系列的文藝政策，建立各級各類的文學團體，創辦有關的報刊雜誌，強化文學批評，即文藝的實踐性。這三個原則在馬克思和恩格斯的文藝言論中已經有了思想萌芽，但在這時政治權力和文學意識的關係更凸顯出來，建構起了以服務於「革命」和「國家社會主義制度」需要爲核心價值的文藝理論，爲無產階級的文藝實踐奠定了基礎。文學的地位伴隨著對其功用性的認識大大提高了，也被無意地放大了。

上述文藝理論思想，就構成了本書探討我國文藝政策的前提和基礎，對於 1942 年 5 月 23 日發表的毛澤東同志的文章《在延安文藝座談會上的講話》（以下簡稱《講話》）具有深刻的理論準備意義。毛澤東的文藝思想是結合馬克思和列寧文藝思想的產物，「以馬克思主義的整體敘事爲基礎，以列寧主義的行爲策略爲手段（毛澤東思想屬於馬克思列寧主義）。」〔註3〕他的《講話》是中國共產黨第一部以文件形式出現的、理論完備的，並且在抗日根據地取得實踐效果的文藝政策文獻。《講話》奠定了抗戰文藝乃至建國後文藝政策的基本方向，也深刻地影響著以後文藝方針的制定。自那以後，文藝與政策的聯姻，開始成爲政黨政治中一個明確的工作方向。

從 20 年代到 40 年代抗戰期間，甚至是建國後相當長的一段時期，中國文壇都在密切地關注蘇聯文藝的走向，學習著蘇聯的文藝理論，並提出過「一邊倒」（倒向蘇聯）的決策。例如蘇聯的「無衝突論」和反「無衝突論」文藝思潮，都在中國當代「反右」鬥爭和「文革」時期的文藝方針和政策上有過體現，特別是在小說和劇本文學的創作指導上。例如，40 年後期蘇共中央制定了《關於〈星〉和〈列寧格勒〉兩雜誌的法令》、《關於莫拉德里的歌劇〈偉大的友情〉的決議》、《關於影片〈偉大的生活〉的決議》、《批評音樂界錯誤傾向的決定》等近十個關於具體文藝問題的法令和決議。這些法令決議和當時領導人相關報告一起，對一些文學現象和作家作品進行無限上綱、甚至無中生有的指責，對某些敢於揭露社會弊端和眞實表現人的情感的蘇聯作家的作品進行粗暴干涉。這些現象甚至也作用於劇場節目和電影報刊業。如影片

〔註 3〕 吳遐：《轉折時期的艱難確立——論中蘇建國初期的文藝政策及其經驗教訓》，《海南師範學院學報》（社會科學版），2006 年第 1 期。

《燦爛的生活》和《伊萬雷帝》被批評指責,很多雜誌被下令停刊和整改,一些作家藝術家受到迫害。而這種直接干預的方式在 1951 年對電影《武訓傳》和「蕭也牧創作傾向」的批判中,就有明顯的被影響痕迹,後來的各種批判也就順著這個方式發展。〔註 4〕由於馬克思主義文藝理論鮮明的意識形態色彩,在傳播和發展過程中始終隱含著政治與藝術的深刻矛盾,而且有越演越烈的趨勢。新中國在成立後,理論指導和政治權力合謀,更是把文學政治化、政策化推向了極端,導致高漲的理想主義熱情與殘酷的政治壓抑相伴相生,最終帶來了像「文革」這樣災難性的後果。

二、對抗戰時期文藝工作經驗的吸取

20 世紀上半葉,中國一直處在內憂外患的境遇中,特別是發展到 30、40 年代,情況的危急已經關係到中華民族的生死存亡。面對日本的侵略,掀起了全民族解放戰爭的高潮,國共兩黨首先想到的是再次攜手,共赴國難。在抗戰進入艱苦的相持階段以後,國民黨轉而奉行消極抗戰積極反共政策,國共兩黨的短暫蜜月期結束了。根據這種情勢的變化,共產黨方面也作出了積極的調整,從建立統一戰線,轉向與國民黨的鬥爭。依此,這一時期,中共的文藝工作也可以分為兩個部分:建立文藝界的統一戰線和與國民黨爭奪文藝領導權。

統一戰線被稱為中國取得革命勝利的三大法寶之一。從南昌起義、秋收起義到創建井岡山革命根據地時期,中共就已經展開工農民主統一戰線的工作。到抗日戰爭時期,擴大為團結一切愛國抗日的力量。1938 年 3 月 27 日,「中華全國文藝界抗敵協會」(簡稱「文協」)在漢口成立,標誌著文藝界統一戰線正式建立。「文協」幾乎將全國的文藝人士都聚合起來,不論黨派,不論組織和信仰。它旨在呼籲文藝界的人士「把分散的各個戰友的力量,團結起來像前線將士用他們的槍一樣,用我們的筆來發動民眾,捍衛祖國,粉碎敵寇,爭取勝利」。〔註 5〕它的成立確實證明抗戰初期文藝界實現了空前團結的局面,對動員群眾堅持抗戰鞏固擴大抗日民族統一戰線,發揮了重要的作用。大量的左翼知識分子和文化人,被納入到了體制中,或者與體制產生了

〔註 4〕 參見吳遐:《轉折時期的艱難確立——論中蘇建國初期的文藝政策及其經驗教訓》,《海南師範學院學報》(社會科學版),2006 年第 1 期。
〔註 5〕 原載 1938 年 4 月 1 日《文藝月刊·戰時特刊》第 9 期。

或多或少的聯繫。郭沫若擔任廳長的軍事委員會政治部第三廳,開展了各種類型的宣傳活動,推行老百姓喜聞樂見的通俗文藝,運用標語、美術、戲劇、電影、歌詠等多種藝術形式向民眾宣傳抗日,鼓動人們參軍上前線。出現了大量的文藝宣傳隊伍,它們深入到部隊前線,分赴各戰區進行宣傳。

「統一戰線」這個法寶至少從三個方面對我們黨的革命工作產生了重要的影響:

(1)堅持統一戰線的策略,聯合一切可以聯合的力量,打擊主要敵人。

(2)確定統一戰線方針,解決依靠誰、團結誰、打擊誰的問題。

(3)統一戰線的策略是以工人階級為領導,依靠農民、保護農民利益,必須對不同的對象實行不同策略,對中間階級的策略尤其要慎重。

上述三個方面的工作思路,是革命戰爭時期寶貴的鬥爭經驗。40 年代毛澤東在延安文藝座談會的講話,明確了政治和文化的關係以及獨有的運作方式,即用政治的方式解決文化上的問題,包括在文化界的統一戰線問題,以及在文化界「發展進步勢力,團結中間勢力,孤立頑固勢力」的政策與策略。但在新中國成立之後,這些經驗被延續和應用於文藝政策的執行貫徹中。50 年代的「反右」和「文革」期間的「反走資本主義道路的當權派」,都是非常明確在文藝方針上確立起了打擊的對象,然後號召所有的工農兵去批判鬥爭。在文學作品中,各種人物都有各自明確的身份歸屬,受到的待遇不同。極個別思想落後的可以改造的中間派,則被塑造成為受教育的典型,描寫如何幫助他們提高認識,轉變思想,團結他們去樹立堅定的革命意識。實際上,新中國成立之後,國內各個領域包括文藝界的主要矛盾已經發生了變化,統一戰線所應用的對象也發生了變化,如果不調整思路,就會產生許多弊端。

共產黨和國民黨爭奪文藝領導權,雙方更是會涉及到一系列的具體的文藝工作,從確立主張,到宣傳,到培養扶植作家。1928 年初,以共產黨人為主體的創造社和太陽社倡導發動了頗有聲勢的無產階級革命文學運動,公開主張文藝的階級性,主張作為上層建築之一的文藝要成為無產階級解放鬥爭的一翼。在經過一段時間的內部論爭之後,左翼作家聯合了起來,並於 1930 年 3 月成立了中國左翼作家聯盟。國民黨認定,中國共產黨人的這一系列活動在意識形態領域對自己的統治造成了一種威脅,於是如臨大敵,驚呼這是共產黨的「文化暴動」。在這種情況下,國民黨也開始重視文藝的宣傳作用。一九三四年三月十五日至十七日,國民黨中央宣傳委員會召集各省市(除邊

遠省）黨部代表在南京舉行文藝宣傳會議，大會形成了《文藝宣傳會議錄》大致包含了如下的內容：1.「知己知彼」「不寒而傈」。國民黨確認了「我們在文藝上的對象是共產黨」這一觀點。2.「建立起三民主義的中心理論」，樹立中心理論，以「民族文學」來對抗左翼、普羅的「階級文藝」觀。3.「培養本黨文藝人才」、「樹立大本營」。4.「通俗文藝爲宣傳三民主義之利器」。5.「確立本黨文藝統治政策以遏亂萌」。〔註 6〕到了抗日戰爭時期，國民黨在國統區推行文化專制主義，對左翼文藝進行壓迫、屠殺和文化圍剿，並且破壞了文藝界的聯合。在這種情形下，左翼文藝陣營認識到：在「左」與「右」之間，沒有第三條道路，無中間觀點可言。可見，在殘酷的政治鬥爭中，逐漸樹立起了無產階級文藝的非左即右的模式。

這一時期，在文藝界，國共兩黨的鬥爭體現在以下幾個方面：

在主張上，1929 年 6 月，國民黨制定了「三民主義」文藝政策，這個政策在顯性層面上是遵從了孫中山先生的三民主義政治綱領，實際上只是國民黨拿來與共產黨爲主的「左翼」聯盟提出的「抗戰文藝」、「無產階級革命文藝」和「人民文藝」口號對抗的一個話語噱頭，並沒有實在顯著的創作成績。

在宣傳上，抗戰時期共產黨創辦了機關刊物《解放日報》、《新華日報》，黨內人士都要重視和加強學習機關刊物上的文章。蘇區創辦了許多面向普通大眾的刊物，如《大眾日報‧戰地文藝》、《群眾》周刊、《大眾習作》、《大眾日報》、《大眾文藝》等等。許多左翼人士創辦了一些進步刊物，如鄒韜奮主編的《抗戰》（後改名爲《抵抗》），茅盾編輯、巴金發行的《吶喊》文藝周報（後改名爲《烽火》周刊），郭沫若任社長，夏衍任總編的《救亡日報》。國民黨則創辦了《中央日報》及文藝副刊「平明」，還有一些反共傾向的文藝刊物，如《中央周刊》、《文藝月刊》、《橄欖月刊》、《流露月刊》、《當代文藝》、《文藝先鋒》、《戰國策》等。

在培養扶植作家問題上，國民黨在抗戰前期沒有太重視文藝界的情況。中期採取的是拉攏政策，拉攏不成就打壓。除了邵力子、張道藩、陳銘樞、孫科、陳立夫等國民黨黨內人士，扶植御用文人陳銓、林同濟，還對郭沫若、吳組緗、陽翰笙等威逼利誘。到了後期，國民黨在國統區實行文藝高壓政策，民心盡失。所以，這都導致了文藝人才的匱乏。共產黨則長期同許多左翼作家保持良好的關係，還培養了許多群眾作家，特別是抗戰的全面爆發，日軍

〔註 6〕唐紀如：《國民黨 1934 年〈文藝宣傳會議錄〉評述》，《南京師大學報》（社會科學版），1986 年第 3 期。

入侵，許多知識分子遷徙到了內地甚至來到了延安等革命根據地。如何對待這些知識分子成爲共產黨要面對的一個非常具體的問題。一方面，來到蘇區的很多都是左翼知識分子和進步青年，他們充實和壯大了中共領導下的文藝力量，使得蘇區的文藝建構呈現出繁榮局面；另一方面，他們大多具有知識分子的獨立精神和現代意識，思想上表現出較強的知識性和學理性，與中國共產黨和現實革命對文藝的要求有一定距離。毛澤東等領導人，主張大量吸收知識分子，並對他們進行有意識的引導，讓他們投入大眾化文藝實踐，改造小資產階級思想，試圖將文藝納入服務現實革命的軌道，對所有文藝資源進行符合現實革命和時代要求的改造。對於那些想要按照自己的理想建構延安文藝的「五四」後成長起來的知識分子們來說，他們尚未料到要適應一個新的開始，即被要求拋棄舊我、重建新我。

在抗戰鬥爭中，共產黨深刻認識到文藝對於革命的重要意義。他們也認識到樹立一個深得人心的理念，發展大量的刊物作爲宣傳平臺，團結和凝聚大批寫作文藝人才，都是行之有效的工作方式。在新中國成立之後，上述經驗使得領導權力層在開展文化工作時常常從這三個方面著手。

三、對新中國文藝政策雛形的發展

1940 年 1 月 9 日，毛澤東同志在延安中央大禮堂的陝甘寧邊區文化協會第一次代表大會上作了後來題爲《新民主主義論》（最初題爲《新民主主義的政治與新民主主義的文化》）的演講。在這篇演講中，他從美學和文藝學的角度，提出了新民主主義文化就應該爲千千萬萬勞動人民服務的美學命題，這是對列寧文藝思想的進一步論證和發揮。《新民主主義論》的出現，可以說是毛澤東文藝思想的基本框架和基本內涵已經初具規模，其科學體系性也顯現出來了。它對很多文藝上的問題都給出了基本的方向，例如：無產階級應該通過其政黨來掌握對文化的領導權；要創作民族形式和革命內容相統一的具有中國作風和中國氣派的，新鮮活潑的，爲中國老百姓所喜聞樂見的文藝作品；革命文化要在民族解放戰爭中發揮社會作用等等。

毛澤東上述思想經過不斷豐富發展，到一九四二年五月，我國革命文藝運動的綱領性文件《在延安文藝座談會上的講話》〔註 7〕（以下稱《講話》）

〔註 7〕 毛澤東：《在延安文藝座談會上的講話》，《毛澤東選集》第三卷，北京：人民出版社，1991 年版，第 851 頁。

正式誕生。它也是黨的文藝政策的科學形態得以確立的重大標誌。主要分爲三個部分：文藝上的爲群眾和如何爲群眾的問題，文藝的普及和提高，文藝和政治的關係問題。〔註8〕從領導科學和文藝政策學的視角出發，我們可以將其豐富的內容，取其大要，歸結如下：

1. 黨的文藝總政策：爲人民大眾服務，首先爲工農兵服務。這始終是一個中心問題。

2. 圍繞這個中心，文藝如何去服務呢？首先，題材上提倡表現新的時代、新的群眾；其次，文藝家們要建立一支以無產階級爲主體的但同時又包括一切主張抗日的黨外作家、藝術家的創作大軍；文藝家要深入生活、轉變世界觀和感情同時熟悉工農兵並從中汲取創作源泉；對黨外作家堅持執行抗日民族統一戰線政策；再次，文藝的發展是普及第一、提高第二，普及與提高相結合。

3. 文藝與政治、與黨的整個工作的關係問題。指出一切文化或文學藝術都是屬於一定階級、一定政治路線的，無產階級的文學藝術是無產階級整個革命事業的一部分。黨的文藝工作，是服從黨在一定革命時期所規定的革命任務的。文藝作品的內容提倡民族形式與革命內容的結合和統一。對待文化遺產的政策：批判地繼承、取其精華、棄其糟粕；借鑒要吸取消化，並使之民族化。文藝批評政策：在抗日的大原則下，兼容各種各色政治態度的文藝作品的存在；對文藝界內部的各種錯誤思想、錯誤傾向，要通過嚴肅的和風細雨的整風運動予以解決；堅決反對一切有害於抗日和團結的作。文藝批評標準是政治第一、藝術第二、政治和藝術相統一。〔註9〕

這個《講話》產生於 20 世紀最具特殊品格和特殊意義的延安文藝運動中，其精神在當時的蘇區、國統區、淪陷區都得到了廣泛的傳播，特別是在新中國成立之後，直接制約和影響了新中國文藝的發展方向和面貌。第一次「文代會」，就充分地肯定了《講話》的精神，強調了要把解放區的文學經驗，把爲工農兵服務的方向向全國推廣。此後，歷屆的「文代會」、「作代會」都堅

〔註8〕 注：一九四四年一月一日，《新華日報》以《毛澤東同志對文藝問題的意見》爲題摘要發表《講話》的內容，用了一個整版的篇幅。摘登時分爲三個標題，即《文藝上的爲群眾和如何爲群眾的問題》、《文藝的普及和提高》、《文藝和政治》。

〔註9〕 參見育民：《論黨的文藝政策的誕生和成熟》，《廣西師院學報》（哲學社會科學版），1998 年第 4 期。

持《講話》的原則,以《講話》的精神爲前提。應該說,這個代表延安文藝精神的《講話》對於當時和後來的社會主義人民文學的開創具有極大的意義。它爲開創面向大眾百姓的文學,爲保證作家深入生活,採取了自上而下的一系列組織措施。突出了文學作品的社會教化意義,洋溢著樂觀主義、集體主義和英雄主義精神。延安文藝在《講話》的指導下,確立起了以表現政治和人民爲主的兩大母題,具有民族特色的爲老百姓喜聞樂見的文學藝術形式,引導和培養了一大批響應、追隨工農兵文學的文學家、藝術工作者和文藝青年,形成了以馬列主義文藝觀、毛澤東文藝思想爲指導的,具有鮮明黨性和現實針對性的文藝批評模式。「以《講話》誕生爲開端標誌的延安文藝,前承革命文學、左翼文藝運動的經驗,後啓新中國十七年文學實踐,具有橋梁和基石的作用。延安文藝的滲透力、擴展力、延續力,無論如何是不可小視的。」〔註10〕

但是,那種文學服務於政治和反映政策的文學觀念,很容易將文學創作導向極端和模式化;在政治權力明顯的干預和批判下,也很容易使得創作主體變得失落。1949 年 7 月召開的第一次文代會,進一步在全國文藝界統一了這種認識,將文藝爲政治服務,甚至爲具體的任務服務的「工具論」思想強化。〔註11〕「十七年」文學和「文革」文學產生的主要弊端,就是政治意識和文藝觀念結合太緊密。尤其是在政治鬥爭升級和社會劇烈變動的時期,文學作品的情節設置從細節到整體都被賦予政治意識,所有文學文本都演化成兩級對立的階級鬥爭模式。作家按照既定觀念和標準去組織材料,靠時代政治生活的推動顯示作品生命力的創作潛意識,助長了中國文學的趨炎附勢的創作心態。

更值得注意的一點是,《講話》以其強烈的馬克思主義理性精神,巨大的感召力,宏觀的指導性,奠定了它在新中國文藝政策中的基石地位。在此之

〔註10〕 孟長勇:《延安文藝與新中國十七年文學的歷史聯繫》,《人文雜誌》,1998 年第 5 期。

〔註11〕 注:周恩來在大會的《政治報告》中也明確要求各部門的文藝工作都要和政治運動密切結合起來。周揚在第一次文代會上所作的《新的人民的文藝》的報告中,提出我們的文藝要爲前方的戰爭和後方的生產服務。邵荃麟提出:文藝與政策和任務相結合的要求。評論家蕭殷在學習第一次文代會精神的基礎上發表了《論「趕任務」》的長篇專論,提出「應該用高度的熱情去配合政治任務,並在配合政治任務中努力寫出具有高度思想性與藝術性結合的作品」。(蕭殷:《論「趕任務」》,《文藝報》,1951 年第 4 卷第 5 期。)

前，共產黨的許多文藝政策還是一種準政策形式，具有豐富的實踐性和靈活的運用性，能夠不失時機地調整方案，能夠應對複雜多變的政治形勢和文藝問題。在《講話》之後，《講話》本身就演變成了許多文藝政策、方針、講話的母體。一方面爲我國的文藝運動確定了根本的方向，另一方面，又爲文藝政策自身的完善，指出了基本的原則。因此，我們在確認《講話》是我國文藝政策源頭的同時，在確認它所指示的根本方向不能更改的同時，又要看到它的內涵需要不斷的豐富和發展。它其實是一種引導性、方向性的文藝政策，很多人不理解這一點。所以在一段時期內，面對很多具體複雜的文藝問題時，一些人往往以它提出的要求作爲純化量化的標準，將其堂而皇之地擡到了「極左」文藝的理論中，遮掩了後來一些甚至已經偏執的理解、過度的闡釋、歪曲的利用。

第二節　新中國文藝政策的演進及特點

一、新中國文藝政策的大致演變情況

建國之前的的文藝政策總體上是較爲民主科學的，爲了適應社會形勢，在向作家、藝術家們宣傳政策的同時，還在相當程度上尊重創作自由，不採取粗暴的行政手段去干涉和處理文藝問題。在文藝思想爭論中，以說理爲主，容許辯解和批評。

建國後初期，黨的文藝政策在完善的過程中出現了一系列的重大失誤，經歷了一個較爲長期的、甚至是曲折的過程。50 年代初頻繁地開展了許多的文學批判運動，如對蕭也牧的批判，對《武訓傳》的批判，對《關連長》的批判，對俞平伯紅學研究的批判，對胡風的批判。這些批判產生的結果是，一部分作家知識分子被驅逐出了寫作的文藝隊伍，文藝生產力受到束縛。到1956 年，毛澤東在最高國務會議上提出了「百花齊放，百家爭鳴」的方針，這個方針極大地鼓舞了文學藝術的發展，文壇出現了短暫的繁榮。很快，一場更大規模的政治鬥爭席卷全國，「反右鬥爭」開始。1957 年 4 月 27 日，中央發佈《關於整風運動的指示》，文藝界也開展了一場反擊「資產階級右派分子」的鬥爭，範圍涉及文藝團體、文化藝術部門、新聞出版單位、機關、學校等。代表事件是開展了對「丁陳反黨集團」（丁玲、陳企霞）的批判，對「吳

祖光反黨集團」的批判，對「江豐反黨集團」的批判。這次反右鬥爭是在一次文藝界開展政治運動的實例。它嚴重的擴大化傾向，使得一些勇於探索和敢於創新的文藝工作者蒙冤輟筆，身心受創，扼殺了文藝的繁榮局面。同樣在 50 年代後期，毛澤東提出了「革命的現實主義和革命的浪漫主義相結合」（兩結合）的創作方法，由於受政治和經濟上的「大躍進」影響，對「兩結合」的闡釋和運用出現了嚴重的偏差及嚴重的理想化、空想化的傾向。1958年，中國作協書記處起草了《文學工作大躍進三十二條》，提出了要在 3 到 5 年內實現社會主義大豐收。提出了「全黨辦文藝」、「全民辦文藝」、「文藝放衛星」等口號，一時間爆發了一場新民歌運動。1960 年召開的第三次文代會，進一步肯定了「反右鬥爭」，認為繼續開展對修正主義的鬥爭是我國文藝界當前的一個重要任務，「左」的傾向非常明顯。1961 年，以周恩來為代表的一些中央領導，又展開了對「左傾」的糾正，對黨的文藝政策再次進行調整。周恩來在文藝工作座談會和全國故事片創作會上，總結了自建國以來文藝工作在正反兩方面的教訓，提出了一點重要的建議，即尊重文藝。尊重文藝的特性，正確處理文藝和政治之間的關係，文藝為政治服務，不是為中心工作服務；尊重文藝工作者，反對簡單粗暴、庸俗化的批評和主觀、命令的宗派主義作風，關心愛護文學藝術工作者，調動起他們的積極性。周恩來的這些講話所形成的《在文藝工作座談會和故事片創作會議上的講話》得到公開發表。文化部、中國戲劇家協會在廣州召開了全國話劇、歌劇、兒童劇創作座談會，中國作家協會在大連召開了農村題材短篇小說創作座談會。這幾次會議及相關文件的頒佈，都是 60 年代調整工作中十分有益的文藝政策事件。但是，多次的變化和反覆使「左傾」文藝模式越來越深入，新中國的文藝很快進入更大的挫折期。

從 1962 年開始，政治和文化指導思想都出現了急劇左轉的局勢，階級鬥爭被擴大化和絕對化。文藝領域首當其衝地成為了這種階級鬥爭的犧牲品。1963 年和 1964 年，毛澤東關於文藝的「兩個批示」，認為國家文藝領導部門被「資產階級」所掌握，已經「跌到了修正主義的邊緣」，為文藝指導思想進一步走向「極左」提供了支持。1964 年 2 月，江青在林彪的支持下召開了部隊文化幹部座談會，出臺了《林彪同志委託江青同志召開的部隊文藝工作座談會紀要》。它是對建國十幾年來文藝思想的總結，也是「文革」極端激進文藝實踐的導火索。其中全面闡釋了文藝革命的基本綱領和策略，指出建國

年來文藝界被一條「反黨反社會主義」的「資產階級文藝路線」所統治，在這條黑線下，理論黑、作品黑、隊伍黑，所以要徹底搞垮這條黑線。提出工農兵文藝的新方向和相關措施，要重新組織文藝隊伍，發展塑造工農兵英雄形象的「樣板戲」。「文革」期間，林彪、江青等人利用手中政治權力，在文藝領域實施最專制的文藝政策，雖然否定了「十七年文藝」，在主導思想上卻是對前期文藝思想的延續。「文革」後期為了達到奪權的目的，他們又炮製「陰謀文藝」，攻擊老一輩無產階級革命家的調整恢復工作。「文革」時期「極左」思潮的極度膨脹以及「陰謀文藝」的盛行，原先有限的文藝工具論被發展為一種「極端工具論」，即完全不考慮文藝自身的特點和規律，無條件地要求文藝為政治任務服務，最終使「工具論」文藝觀完全喪失其原有的某些歷史合理性，走向它的反面。

「四人幫」反革命集團被粉碎之後，黨開始領導全國的文藝工作者撥亂反正、正本清源。1979 年第四次全國文代會之後，黨的文藝政策確立了文藝要「為人民服務、為社會主義服務」的「二為」方向和「百花齊放、百家爭鳴」的方針。取代沿用多年而過時了的「文藝為政治服務」的口號，不是說文藝可以脫離政治，只是這種提法比孤立地提為政治服務更全面、更科學，它不僅能完整地反映社會主義時代對文藝的歷史要求，而且更符合文藝的客觀規律。堅持「雙百」方針，是為了切實保障人民內部民主和文藝權利民主，尤其是在文藝爭論上，允許批評和反批評，不搞抓辮子、戴帽子、打棍子。新時期我國文藝政策所確立的方向和方針，經過鄧小平的解釋和一系列開會討論，內涵得到不斷的擴展，堅定性得到不斷的鞏固。

二、新中國文藝政策演變的特點

前一部分通過對「文革」前新中國文藝政策演進情況的爬梳，以及對新時期我國文藝政策反思和改進的論述，我們可以推斷出建國後至「文革」這段時期我國文藝政策的發展特點，從而藉以反觀和思考：為什麼我國的文藝政策會產生「文革」時那樣極「左」的傾向？相對於文藝政策而言，文藝實踐為什麼會出現操作的失控和調整恢復的困難？

從對上述問題的思考出發，本書把建國後十七年和「文革」十年文藝政策作為主要的論述對象，以建國前和新時期的情況為參照系，發現我國在制定和執行文藝政策方面走過一些彎路，總結如下：

　　1. 沒有把握好政治訴求和文藝規律之間的關係。文藝本身是具有政治訴求的。文藝作品的產生總是在一定的時代背景之下，作品中透露出來的道德感、價值觀、思想傾向都是潛在的政治訴求。文藝作品的意識形態色彩雖然不可避免，但大多數情況下，它都不是作者要刻意表現的東西。文藝創作只有在一種通融自發的狀態下，才會滋生出豐富性和層次感，才會蘊涵著包容性和深邃度。在「極左」思潮盛行時，人們將文藝為政治服務的工具性極端化、擴大化，擠壓了文藝作品在其它向度上的需要所應該存在的空間。由於將政治訴求作為主要的表現對象和突出的敘述中心，就會在方方面面對文藝創作進行限制。「文革」期間就出現了在文藝創作的指導上，明確地為寫作者規定中心主題。例如，要直接寫文化大革命的鬥爭，要正面描寫與走資派的鬥爭，要鮮明地樹立工農兵英雄形象。甚至在《朝霞》文藝時期，給出題材原型、人物原型來組織創作，直接讓文藝淪為別有用心的攻擊手段。新時期文藝工作的一個重要方面，就是討論和學習文學藝術活動本身，它的本質、特性、與政策之間的關係等等。在一系列的討論中，認識到：文藝是一種極其複雜的精神活動，它的內容幾乎涉及到人與世界、人與人之間的關係以及人自身的所有方面，思想意識的、感情意志的、倫理道德的、生活習俗的等等。文藝活動是一種十分複雜的社會現象，它的創作和接受有遙遠的歷史淵源，跨越遼闊的地域、聯繫著民族的文化。文藝還是一種具有審美意味的形式，文藝的樣式體裁千姿百態，風格如織，流派如林。作為用以指導社會主義文藝建設的黨的文藝政策，就應該把握文藝這些規律，為其提供可靠的合乎規律的保證。鄧小平在第四次文代會上，著重強調了寫作要有自由是藝術規律。違反藝術規律去追求藝術效果是不行的。1982 年6 月 8 日，《文匯報》發表了王元化的《關於文藝理論的若干問題》一文，其中第四節「黨的文藝政策和文藝規律的一致性」寫到：藝術規律就是藝術領域中的法制根據。大家按照藝術規律辦事，那種在創作中「強迫結婚，限期產子」〔註12〕的荒謬事就不會發生了。

　　2. 沒有認識到既定經驗和變化現實之間的關係。我國在建國後的許多文藝政策都是在抗戰時期的經驗上總結出來的，戰時思維滲透到了新中國的文學領導和組織工作中，這一點前文已有詳細的論述。50、60 年代，由於受冷戰的影響，我國與蘇聯的關係破裂，與美國的關係也持續僵化，不得不在價值觀念、國家意志和局部利益方面產生對抗情緒。戰時思維再度激化，毛澤

〔註12〕王元化：《關於文藝理論的若干問題》，《文匯報》，1982 年 6 月 8 日。

東作出了嚴重的形勢估計，向蘇聯「一邊倒」政策終止了，並且提出了幾乎是在傳統冷戰格局中另起爐竈的「第三世界」理論。反映到文藝界，就是拒絕以美國為代表的資產階級文藝和蘇聯為代表的修正主義文藝，從而開闢出一條中國自己的「無產階級文藝」的道路。這個背景下，文藝界的「極左」發展到了「新民歌運動」和「樣板文藝」，這些激進的文藝實驗都不同程度地帶有戰時動員的邏輯色彩。戰時利用文藝進行鬥爭的經驗，在「反右」和「文革」期間以內部淨化的方式加以運用，培養又紅又專的工農兵新苗，以「敵我」的態度去反「牛、鬼、蛇、神」，反「黨內走資派」等等。這種淨化過程由於沒有適時的政策和體制保證，難以節制，甚至發展到為淨化而淨化的不可收拾的局面。大量的文藝界人士受到迫害和牽連，給許多人帶去了巨大的感情創傷。文藝是具有時代性的，文藝政策也要與時俱進。新中國成立之後，國內外的壞境仍然嚴峻，但主要的任務已經是和平建設，主要的矛盾是人民日益增長的物質文化需要和落後的社會生產力之間的矛盾。同時，相對於敵我矛盾而言，人民內部的矛盾才是主流。鄧小平在第四次文代會的祝辭裏，就這個問題解放了人們的思想。他說，應該從「以階級鬥爭為綱」的既定觀念中轉變過來，現在「全國人民壓倒一切的中心任務」是「實現四個現代化」，這是「衡量一切工作的最根本的是非標準」。〔註13〕新時期黨的文藝政策就應該反映和服務到這些問題上來。可見，在追求時代性和文學性相統一的問題上，新時期黨的文藝政策開始有了自覺的意識。

3. 沒有處理好宏觀引導和具體工作之間的關係。文藝政策既要提供一個宏大的體系和方向性的概念，也要有可以具體化的可行的法規指令。周曉風將新中國文藝政策做了基本的分類：從構成內容方面分為基本文藝政策、具體文藝政策和特殊文藝政策；從表現形式方面可分為概念性文藝政策、法規性文藝政策和示範性文藝政策；從時空限制方面可分為臨時性文藝政策、階段性文藝政策和中長期文藝政策；從適用範圍方面可分為國家文藝政策、區域性文藝政策以及行業性文藝政策；從表現形式方面可分為典型的文藝政策文本、準文藝政策文本和超文藝政策文本等等。〔註14〕新時期之前，對文藝

〔註13〕鄧小平：《在中國文學藝術工作者第四次代表大會上的祝辭》，1979 年 10 月
　　　　30 日發表。參見鄧小平：《鄧小平文選》（第 2 卷），北京：中共中央文獻編輯
　　　　委員會編輯，人民出版社出版，第 210 頁。
〔註14〕周曉風：《新中國文藝政策的基本類型》，《重慶師範大學學報》（哲學社會科
　　　　學版），2008 年第 1 期。

工作的領導，常常出現決策者直接發號施令，要求文學藝術創作從屬臨時的、具體的、直接的政治任務。「文革」期間，更是過分擡升地方情況和局部經驗，盲目地向全國各地推廣。在文藝創作中，生搬硬造一些創作規範作為指導性和限制性的政策，如「三突出」原則，反「無衝突論」原則，本質論等等。實際上，不同類型的文藝政策的功能、適用性是不一樣的，其產生和針對的情況也是複雜多變的。新中國文藝政策主要的框架和大致方向，在毛澤東《延安文藝座談會上的講話》和第一次文代會形成文件裏已經初具規模。之後，中國當代文藝政策中真正具有長遠指導性和宏觀戰略性的文藝政策並不多，但是，在當代多次的文藝批判運動中形成的具有限制性的意見實際上並不少。很多都是各種會議期間的講話報告，形成的決議，或者國家領導人親自針對文藝發展中某些具體的、個別的問題而形成講話、指示、批示。對下級部門和個人而言，這種情況下產生的大量限制性意見常常具有豐富的暗示性，卻又缺乏政策的可操作性。所以，林林總總不具有完善性和規範性的文藝政策，給我們的實際文藝工作帶來了很多問題。

可見，如果對文藝政策的執行，脫離了文學和社會學方面的調節考量，就會演化成文藝功利主義、文化專制甚至「文字獄」。在當代中國「極左」之風發展到頂端的「文革」後期，「四人幫」集團就把這一種情況演繹出來。上述三方面的問題，我們國家在新時期都有過認真的反思和總結，這些反思和總結多是從文藝政策的執行層面去考慮的。

第三節　《朝霞》文藝執行文藝政策的實際情況

本書在第一節的內容中，論述了我國「文革」文藝政策產生的歷史文化淵源和思維模式，從中可以得知在特殊歷史時期形成的「敵我政治」和「戰時思維」制約下，政治化文學思潮是新中國文學前 27 年的代表性文學思潮，其直接表現形態就是「工農兵文藝」。在第二節的內容中，論述了新中國文藝政策的演變進程和特徵，說明文藝政策在制定和執行上的一些方法論問題，體制保證的完善程度，會對文藝發展的面貌產生實際的影響效果。在新中國文學前 27 年尤其是「文革」期間，由於長期追求一個獨特的文藝發展戰略，並且由此戰略而產生的計劃和管理的質量不高，造成了一些明顯的失誤。前兩節的內容，都是對當時語境下主導思想及其實踐情況做的一般性地概括，

是瞭解「文革」文藝形態和《朝霞》文藝形態非常重要的背景知識。但就本書的主要論述對象《朝霞》文藝而言，還有它自己特殊的情況，需專門論述。

一、《朝霞》文藝的創辦緣由探析

　　文化大革命到了後期，特別是經過了「9.13」林彪事件之後，各種問題逐漸暴露，「文革」的主流意識形態遭遇到致命打擊。伴隨著對林彪反革命集團的揭露和批判，否定「文化大革命」這一命題呼之欲出。所以，「文革」後期，意識形態領域首要面對的是如何看待和評價「文化大革命」？該不該將「文化大革命」繼續進行下去？「文化大革命」開展以來有沒有什麼成果？若有的話，是否將這些成果歌頌和推廣了，讓人們知道了，真心擁護了呢？毛澤東本人是非常重視對「文化大革命」的評價的，他曾多次說過：我一生只幹了兩件事，一件是把蔣介石趕到那幾個小島上去了；另一件事就是發動了文化大革命。〔註15〕他說的第一件事就是民主革命的勝利，取得了全國政權。他說「對這件事，持異議的甚少。只有幾個人在我耳邊嘰嘰喳喳，無非是要我及早地把那個海島（這是指臺灣──引者）收回罷了。」然後他講第二件事發動文化大革命，「對這件事，擁護的人不多，反對的人不少。」〔註16〕對於「文革」期間出現的一系列問題，他同意該批判的批判，該糾正的糾正，但希望要在繼續肯定「文革」的框架之內解決。鑒於毛澤東本人的意願，決策者們的當務之急就是要努力維護這次運動的正確性。

　　以江青為代表的「四人幫」等人，一方面出於迎合毛澤東的意願，另一方面為了尋求攬權的機會，就竭盡全力在上海建立起了她的權力為核心的基地，並且創辦了理論刊物《學習與批判》和文學刊物《上海文藝叢刊》，隨後《上海文藝叢刊》改名為《朝霞》叢刊。這是《朝霞》叢刊誕生的背景。因為在前期的文藝界充斥著辯論稿、大字報、批鬥文、檢討，實在是從感情上傷害了太多的人，對「文革」的不滿情緒也在暗暗地不斷滋長，既能夠平復和凝聚人心，又可以挽回人們失望、懷疑情緒的精神產品非文藝莫屬。《朝霞》創刊時，編者在「致讀者」中說：「隨著無產階級文化大革命的偉大勝利和批

〔註15〕 逄先知、金沖及：《毛澤東傳 1949～1976》下，北京：中央文獻出版社，2003年12月第1版，第1644、1645頁。

〔註16〕 馬齊彬、陳文斌等著：《中國共產黨執政四十年》（1949～1989），北京：中共黨史資料出版社，1989年版，第409頁。

修整風運動的深入發展，上海同全國各地一樣，革命和生產都呈現著一派欣欣向榮的景象。與此同時，在毛主席革命文藝路線的指引下，一個群眾性的革命文藝創作運動也正在蓬勃興起。爲了進一步促進文藝創作的繁榮和推動創作隊伍的發展，我們決定出版不定期的《上海文藝叢刊》。」〔註17〕可見，迴避《朝霞》創刊背後所隱藏著的權力鬥爭，刊物本身是要爲鞏固文化大革命服務。既然是要維護在思想文化層面上進行的革命〔註18〕，那麼就得發展符合自身革命理論的文藝，包括文藝理論和文藝作品，《學習與批判》和《朝霞》就並存且分別側重不同的一面。語言是革命運作的首要和最終結構。革命藉以明確表達自身性質的所有演變都是基於語言。因此，發展「文革」文藝是必然的和可以想像的方式。

當然，《朝霞》文藝期刊的創辦後來得到了江青爲代表的「四人幫」集團的支持，但最初《朝霞》期刊的誕生並不是他們直接計劃和指示的。用《朝霞》主編陳冀德的話說，「《朝霞》的創辦，既非出自『四人幫』的授意，辦刊宗旨也非『四人幫』所定。」〔註19〕我們也許可以將這種說法看成是表面現象和辯護之詞，但它也提醒了我們研究者不得不思考這樣一個問題：在創辦《朝霞》雙刊的主導思想裏面，究竟有沒有一點確實是爲了「文藝」的？

據陳冀德回憶，《朝霞》文藝的始作俑者，應該是蕭木。蕭木原來是個工人作者，發表過一些作品曾頗受好評。1972 年夏秋之交的一天，蕭木把文藝組、哲學組一些常住機關的人召集攏來，建議大家搞點文藝創作，辦個文藝刊物，反映這個偉大時代的風貌，歌頌毛主席革命路線的偉大勝利。因爲自從 1966 年批判修正主義文藝黑線以後，全國的文藝刊物全部停掉了。整個文藝領域，除了幾齣精益求精的樣板戲之外，一片荒蕪。這與他們所處的時代很不相稱。施燕平的回憶也證實了陳冀德的說法，他說上海市委寫作組的領導陳冀德和蕭木組織召開了一個座談會，將一些還有人身自由的作家們組織

〔註17〕編者：《致讀者》，《上海文藝叢刊》，1973 年 5 月。

〔註18〕從文化大革命的實際情況看，並非只是思想文化層面的革命，而是充滿了暴力衝突和權力鬥爭。具席揚《歷史》的「成長性」與「觀念」的「層積性」——對文革文學思潮的一種敘述》一文總結：這種「暴力」表現爲以下幾個方面：一是各級文藝組織機構均受到連續「衝擊」而陷入癱瘓狀態；二是除《解放軍文藝》之外，所有的文藝報刊全部停刊；三是一大批作家、藝術家被迫害致死。

〔註19〕陳冀德：《生逢其時——「文革」第一文藝刊物〈朝霞〉主編回憶錄》，香港：時代國際出版有限公司，2008 年 7 月版，第 39～40 頁。

起來徵求意見，看要不要搞個刊物。〔註20〕在這個背景下，《朝霞》的前身「上海文藝叢刊」就此誕生。蕭木、陳冀德等人主動打造的這個傳播平臺在第一期出來後，就向已經進入中央領導機構的姚文元彙報了，姚文元迅速肯定和支持了這個平臺。在這種背景下，不定期的文藝叢刊，發展成《朝霞》月刊。對蕭木提議辦刊物的事，陳冀德本人也有評價，她說：「我不敢妄測他在冠冕堂皇的言辭之下，是否還有別的心思。但，對於文藝領域現狀的不滿，又因不滿而想作一番努力，做一點事。這一點應該是肯定的。這也正是我所想的。」〔註21〕從整個過程看，《朝霞》創辦的初衷不是由上面直接發出指令，下面就按要求寫作組稿的。創刊過程不是全部被動地由上面引導控制的，反而是自下而上的，一些人想搞文藝，然後搞了個樣品，抱著試一試的態度，希望上面同意，後來成功了。可見，一些人想搞文藝，也許是有的；文藝需要上面同意，必然是有的。「文革」後期，由於《朝霞》文藝的出現迎合了主流意識形態和權力層的需要，它成功地辦下去了。反向地思考，我們也可以斷定，如果《朝霞》文藝的創辦團隊中沒有與權力層打交道的人，也不迎合當時主流意識形態需要，是肯定辦不下去的。如果說《朝霞》文藝最初的構建包含了一點文藝夢想的話，之後隨著《朝霞》文藝創作實驗的應時性效果日受關注，上下的互動和依賴逐漸增強，《朝霞》文藝越來越激進和工具化。從「上海文藝叢刊」到《朝霞》月刊的作品內涵的變化，也能夠證實這一點。

二、降格執行文藝政策的調整方案

什麼是降格？本書中，我們可以理解為利用語言形式，在心理上降低闡釋對象的「等級」或「檔次」，人為地降低所要表述的事物的精神層次。這一部分的論述，將以具體的史實材料去論證「文革」理想及後期「文藝」政策的調整恢復，在一種尊上集權的體制裏，是如何演變降格的。

到了「文革」後期，鑒於毛澤東本人的身體狀況，以及鄧小平、周恩來等人接手一線工作，文藝政策更多是通過彙報情況而得到毛澤東的談話、指示、批示等形式產生。1975年初鄧小平擔任國務院第一副總理後，帶領各方面進行

〔註20〕參見施燕平口述，吳俊、黃沁整理：《我的工作簡歷》，《當代作家評論》，2004年第3期。

〔註21〕陳冀德：《生逢其時——「文革」第一文藝刊物〈朝霞〉主編回憶錄》，香港：時代國際出版有限公司，2008年7月版，第40～42頁。

整頓，並於 6 月份開始深入到文藝領域。文藝方面的情況，這時的毛澤東有所察覺，通過和鄧小平、江青等人的談話，他明確提出「樣板戲太少，而且稍微有差錯就挨批評。百花齊放都沒有了，別人不能提意見，不好」，「黨的文藝政策應該調整一下」，還具體指出了對「四個缺少」，即「缺少詩歌，缺少小說，缺少散文，缺少文藝評論」﹝註22﹞的不滿。7 月 25 日毛澤東又對電影《創業》作了批示。很明顯，這些談話和指示，都是針對「四人幫」一貫推行的文藝工作專制風氣。爲了改變毛主席的印象，爭取良好的表現，「四人幫」根據毛澤東針對文藝的具體談話一一揣測，付諸於應用，且時效性極高。具體表現爲：

1. 機宜地傳達政策

1975 年毛澤東 7 月書面談話後不久，姚文元就立即到上海，召集寫作組一、二把手朱永嘉、王知常等核心成員開會。姚文元從自己的政治需要出發，對書面談話作了這樣的解釋：「說幾個缺少，不是說這些東西都沒有，但不是很活躍。」「調整文藝政策是爲了繁榮創作，發展評論。但是，也一定會冒出毒草來。不過這沒什麼可怕，五七年反右鬥爭，大家不是經歷過嗎？」「右派進攻，一是不要怕，一是鋤毒草。」「馬克思主義與修正主義的鬥爭，人民不看到材料，不暴露他們，讓他們表演淋漓盡致，有什麼用？」﹝註 23﹞其實，姚文元的這種說法，是歪曲領會了毛澤東的「敢於吃爛蘋果」理論。﹝註 24﹞1975 年 7 月 14 日，毛澤東專門就文藝問題發表談話。他特別提出應該找出魯迅提倡「吃爛蘋果」的雜文，供大家參考。毛澤東在這時提出魯迅這篇雜文，實際上是想利用其中所表達的觀點和方法，調整被「文化大革命」搞亂了的文藝政策，救一救當時「老九」走、百花煞的急，救一救沒有小說、沒有詩歌、沒有文藝評論、缺少戲劇的急，一年、兩年、三年逐步擴展文藝節目，讓百花齊放。毛澤東的目的本在於「放寬」，而經過姚文元傳達，就變成了「引蛇出洞」，讓問題暴露，是爲了再次打倒。

﹝註22﹞ 注：1975 年 7 月 14 日，毛澤東對文藝工作做的批示。

﹝註23﹞ 孫光萱：《文藝調整中的一次反撲——1975 年上海文藝工作座談會前後》，《新文學史料》，2005 年第 1 期。

﹝註24﹞ 注：無獨有偶，在毛澤東提出要「吃爛蘋果」的時候，《解放軍報》於這年 11 月 14 日在《長征》文化副刊上，發表了一篇署名金輝的題爲《「剜爛蘋果」及其他》的文藝短評。就蘋果而言，「穿心爛」的總是少數，而大多數總是好的或比較好的。有的雖然有疵點或爛疤，但「還可以吃得的」。參見朱莊的《毛澤東與 1975 年文藝政策調整》，《黨史縱橫》，2001 年第 4 期。

為了穩住陣腳，鼓舞士氣，姚文元還對朱永嘉、王知常等人提出了兩點明確要求：一是準備挨罵：「要準備挨點罵，不被人罵是不好的。」二是要「因勢利導」：「辯證法要因勢利導。複雜的問題，要後發制人，讓人家先講。」〔註25〕姚文元等人的解釋和翻譯模式，完全展示了「四人幫」對當代文學藝術的歷史使命、「文革」的初衷和毛澤東恢複調整願望的不理解。「四人幫」對於「最高指示」是絕對忠誠、堅決貫徹、傳達不過夜的，只是假象。其實，對於上面的文藝政策，他們既可以貫徹、利用，也可以閹割、封鎖，一切要以是否有利於他們的需要為轉移。

2. 形式上做表面文章

姚文元在 7 月到上海開會後，就布置朱永嘉和陳冀德（後者為寫作組文藝組負責人）搞一份「文化大革命」以來長篇小說的出版情況，其目的是為了替「四人幫」的文化專制進行掩飾和評功擺好，一旦時機成熟便可作為對抗文藝調整的炮彈使用。

朱永嘉、王知常從這次召見以後，一方面指使筆桿子起草和反覆修改《徹底的唯物主義者是無所畏懼的》一文，另一方面又由陳冀德負責，組織上海人民出版社有關人員編寫「文化大革命」以來長篇小說的出版情況，後於 8 月 4 日報送已回北京的姚文元。姚文元看後立即給朱永嘉寫來批示：「請再編一份同類的詩歌專集情況。可略加評論。」〔註26〕於是朱永嘉、陳冀德開足馬力，接連搞了《無產階級文化大革命以來詩歌出版概況》、《詩歌目錄集》、《無產階級文化大革命以來短篇小說、散文集的概況》、《短篇小說、散文集的目錄》報送姚文元，製造文藝創作繁榮的假象。

1975 年 10 月 8 日至 14 日，召集上海文化、藝術、新聞、出版、教育各單位人員共 217 人在延安西路 200 號（即今「文藝會堂」）召開「上海文藝工作座談會」。會後，寫作組文藝組負責人陳冀德還抓緊編輯、出版《朝霞》月刊 1975 年第 11 期詩歌專輯。此外，康平路寫作組本部的兩名熟悉魯迅著作的成員還分別寫了兩篇文章予以配合，這兩篇文章是：《讓革命詩歌佔領陣地——重讀魯迅對新詩形式問題的論述》（署名任犢，載《紅旗》1975 年 11 期）、

〔註25〕孫光萱：《文藝調整中的一次反撲——1975 年上海文藝工作座談會前後》，《新文學史料》，2005 年第 1 期。

〔註26〕孫光萱：《文藝調整中的一次反撲——1975 年上海文藝工作座談會前後》，《新文學史料》，2005 年第 1 期。

《讀魯迅的詩論》（署名石一歌，載《學習與批判》1975 年 11 期）。

3. 趁機吹擂自己的功勞

1975 年 10 月 8 日至 14 日召開的「上海文藝工作座談會」最重要的一個內容，就是突出姚文元關於詩歌的信。〔註 27〕以此作爲貫穿會議的主線，徐景賢特意要朱永嘉在大會上按記錄速度逐字逐句傳達了姚文元的信，接著徐景賢便強調說：「文元同志關於《詩刊》復刊給毛主席的信，對指導和繁榮整個文藝創作、文藝評論都有普遍的意義。」馬天水也在會上爲江青評功擺好，吹捧她「培植的革命樣板戲，是了不起的事，翻天覆地的事」。王洪文則以中央領導人的口吻肯定了上海的成績：「從上海來看，文化大革命以來，在文藝創作方面取得了很大成績。」〔註 28〕

4. 將抽象的指示轉化具體動作

毛澤東作爲一個位高權重的政治家，工作涉及有宏觀有微觀，事無鉅細地操勞。作爲他的跟隨者，有時候需要深刻理解他的言行，理解得當而去適度執行是非常重要的；理解不得當或者沒有適度執行，就會造成工作不切實或者造成借題發揮的錯誤。應該說，「四人幫」集團是在隨時關注並揣測著主席的指示，但是由於他們有自己的利益，常常帶著自身利益要求去執行指示。所以，難免會造成簡單問題複雜化，輕微問題嚴重化。

1975 年 7 月，毛澤東提出要調整文藝政策。在這之前，毛澤東曾經指示過重新印行一些古典小說，並且提倡大家讀讀《水滸》《紅樓夢》。8 月份，毛澤東就《水滸》這部小說發表評論，經由北京大學古典文學教員蘆狄進行整理，8月 14 日，經毛澤東本人審定，即成爲關於評論《水滸》的批示。批示指出，「水滸這部書，好就好在投降。做反面教材，使人民都知道投降派。」又說道：「《水滸》只反貪官，不反皇帝。屛晁蓋於 108 人之外。宋江投降，搞修正主義，把晁的聚義堂改爲忠義堂，讓人招安了。宋江同高俅的鬥爭，是地主階級內部這一派反對那一派的鬥爭。宋江投降了，就去打方臘。」〔註 29〕這些指示都是在

〔註 27〕1975 年 9 月，姚文元抓住下面群眾的建議（山東章丘一位教工謝革光要求恢復停刊多年的《詩刊》），就關於《詩刊》復刊問題給毛澤東寫了一封信，毛澤東圈閱表示同意，姚文元立即通過中央辦公廳破例將此件下發給上海寫作組。

〔註 28〕孫光萱：《文藝調整中的一次反撲——1975 年上海文藝工作座談會前後》，《新文學史料》，2005 年第 1 期。

〔註 29〕宋培憲：《反思毛澤東對〈水滸傳〉的解讀與評析》，菏澤學院學報，2010 年11 月。

毛主席和蘆荻的閒聊中就書論書，就文學談思想的一些想法。

可是，這個批示姚文元接到不到三個小時，便寫信給毛澤東建議其將評論和信印發政治局在京成員，增發出版局、《人民日報》、《紅旗》、《光明日報》，以及北京大學批判組謝靜宜和上海市委寫作組，並且組織或轉載評論文章。8月下旬，江青就召集於會泳等人開會，說主席對《水滸》的批示具有現實意義，主席評論《水滸》的要害是要架空晁蓋，現在政治局有人要架空主席。到底主席是不是這個意思，據已有的史料研究，是沒有明確的證據的，這些談話指示也不是主席主動要出版的。但是從 1975 年 9 月起，很快就在全國掀起了「評《水滸》」的浪潮，像《朝霞》這樣的文藝刊物上也出現了大量的評《水滸》，批「投降派」的文章，鋪天蓋地而來。後來，在 9 月 15 日的第一次全國學大寨會議上，江青也說到《水滸》不單純是文藝批評，因爲我們黨內有路線鬥爭等等。17 日，江青甚至召集大量寫作班子和電影界、新聞界人事，說：「『評《水滸》』就是有所指的，宋江架空晁蓋，現在有沒有人架空主席呀？我看是有的。」這些談話都是在影射鄧小平和總理周恩來。江青還要求會議上放她的講話錄音，印發她的講稿。後來主持會議的華國鋒向毛澤東請示如何處理江青的要求時，主席作了如下批示：「稿子不要發，錄音不要放，講話不要印。」〔註30〕主席還非常憤怒，斥責江青的講話是「放屁，文不對題。」〔註30〕從主席的明確表態可查，他不見得希望江青隨意引申擴大他對《水滸》的評論。

可見，由於「文革」前期指導思想的嚴重失誤，我們的文藝、政治、體制領域都受到了嚴重的破壞，出現了內傷。所以，在「文革」中期的調整恢復過程中，這些領域的系統內部的某些部分出現一定程度的反方向運動或者異動，形成一種不正常的結構。很多處於高層的領導，在政策方向亟待調整的大環境下，思維方式還是過去的鬥爭模式，看問題喜歡絕對化、極端化，上綱上線而無法兼收並蓄，導致了政策執行呈現出不理想甚至錯誤的效果。

三、文藝政策的政治話語分析

在上文中，我們主要從文藝政策的制定和執行兩個層面探討了《朝霞》雜誌創辦和存在的思想背景。借助福柯、布迪厄等人的話語權力理論中的思維方法，我們可以更加深入地分析這些現象。福柯的話語分析不光是分析語

〔註30〕馬濤：《1975 年毛澤東「評〈水滸〉」內幕》《黨史縱橫》，2011 年第 12 期。

言，還要從社會歷史的角度具體說明變化著的話語結構以及規則系統。就話語而言，他所關注的是「機構的、社會的話語秩序」，以及話語實踐在社會意義上得以控制和限制的程序。他指出：「在每一個社會中，話語的生產都立刻受到一定數量程序的控制、選擇、組織和重新分配。」〔註31〕在某種程度上，福柯認爲話語就是要被奪取的權力，話語遠不是中性的，飽含著欲望和人性。後來布迪厄的一些社會學觀念和福柯從社會關係、社會制度、社會理性人性等角度去分析話語類似。布迪厄認爲，施爲性言語的效力與制度的存在密不可分。制度界定了有效實施言語的條件，賦予說話人權威，使說話人完成其言語所要求的實施行爲。說話的人必須被授權這樣去說，並且必須具備完成這一行爲的必要權威。所以，施爲性言語的效力預先假定了一套社會關係或者一個制度。借助該制度，特定的個體被授權說話，並得到他人的認可，即說話人以一種在該場景中能夠被他人接受的方式說話。文藝政策是政治話語的重要組成，我們如果從政治話語的上述角度即話語權、說話人、話語的生產、控制、制度等角度去分析，可以看出以下幾個方面的問題。

首先，《朝霞》雜誌雖然是「文革」轉型期政治思想鬥爭的產物，但它脫離不了中共自民主革命以來，特別是建國後「十七年」的政治秩序的大方向。從中共開始涉及文藝政策始，就從未脫離過「階級鬥爭」的話語語境。如果說，客觀環境有時比思想觀念有更快的適時性，即思想觀念一旦形成就會比客觀形勢有更強的惰性，那麼當最初由於戰爭形勢導致的階級話語和鬥爭觀念形成之後，就有可能在和平建設時期游離向人們的思想和思維深處，反過來對社會產生巨大的影響勢能。這類似於布迪厄的「慣習」〔註32〕說。比如，中共文藝政策中的階級鬥爭話語具有極大的鼓動性，從民主革命戰爭到社會主義改造時期都深入老百姓人心，調動起了大量民眾的革命熱情；共產黨也確實在這種精神膨脹的社會氛圍下，成功地實踐了他們的一些施政計劃。那麼，這種人們精神和社會文化層面存在的革命熱情和能動傾向，對領導層而言就是非常難能可貴的。他們不會去打壓這種精神觀念，反而會去保護，以

〔註31〕福柯：《知識考古學》，謝強、馬月譯，北京：生活·讀書·新知三聯書店，2004 年版，第 221 頁。

〔註32〕注：布迪厄說「條件制約與特定的一類生存條件相結合，生成習性（habitus）。習性是持久的、可轉換的潛在行爲傾向系統，是一些有結構的結構，傾向於作爲促進結構化的結構發揮作用。」參見〔法〕皮埃爾·布迪厄：《實踐感》，蔣梓驊譯，南京：譯林出版社，2003 年版，第 80 頁。

至於後來彌散，偏執，難以回頭。所以，儘管調整期號召堅持「雙百」方針和對「四個缺少」糾正，但《朝霞》雜誌從作品內容到作者選拔，全方位體現著雜誌的辦刊思路仍是在階級鬥爭話語系統的籠罩下，無實質性突破。

其次，從文藝政策到現實執行的轉換過程必然經歷複雜的互動關係。「文革」中後期，由於毛澤東的威望無人能匹敵但年事已高，所以政策話語呈現出一人主導，多人闡釋，功利化傳播的局面。社會體制和輿論無論通過什麼方式想形成公意，都無法避免個體性的存在、人性中的欲望要求。「政治話語可以看作是從作為完整的觀念體系的意識形態向日常生活，語言的滲透過程，在這個過程中，不同的社會集團試圖使話語與他們自己的生活和利益方式相一致。這也就使得研究視角從觀念形態的意識形態轉變到作為一個動態的互動過程的政治話語上來。在這個過程中，政治話語維繫或者改變著處身特定政治秩序當中的人的自我意識，使之滿足或者痛感傷害，從而對現存的政治秩序表示忠誠或者反叛，並因此成為了維繫政治秩序或者推動其轉型的力量。」〔註33〕應該說，「文革」後期文藝政策的調整是毛澤東本人的意願，但包含著順應大勢（必須調整政策）和個人想法（不能否定「文革」）。進行整頓的周恩來、鄧小平和「四人幫」集團都有各自的領會，最後形成包含各自想法的傳達意見。從目前來看，至少以江青為代表的「四人幫」集團是在文藝政策導向下，將某些個人私心功利化擴張，才造成《朝霞》雜誌的創辦群體在社會更高層的介入下，辦刊行動的結果未必能符合這個初創群體創辦行為的預期。

再次，就話語傳播本身的規律而言，傳播和對現實事物產生影響的過程中，必然發生含義的擴大或縮小。「文革」中後期的調整轉變沒有舊的經驗可以借鑒，也沒有可供展望的想像圖景，必然從傳播線上來說，就會傾斜向過去已有的話語範式。其中某些更能產生直接效應的傾向得到強化，相形之下，另一些同樣可能得到發展的思想傾向和萌芽卻有可能被現實的壓力所覆蓋掉了。比如在文藝政策層面上，除了要鼓勵創作的提法，幾乎就沒有更加系統而完整的指示了。那麼，在傳播過程中，主導舊的話語系統的某些核心概念就會被重新翻用，而問題意識就被迅速地拋棄和替換，或者賦予變相的舊問題的含義。表述上改頭換面，思維方式和解決問題的模式依舊。前文中，姚

〔註33〕徐緯光：《現代中國政治話語的範式轉換》，復旦大學國際關係與公共事務學院政治學理論專業，2006年博士畢業論文，第16頁。

文元對於毛澤東「敢於吃爛蘋果」的傳達，就充滿了這種闡釋差異。傳播行為本身有自己的規律，沒有合理的控制過程，就會使得政治話語的內涵不合理持續擴散。

最後，文藝政策從指示到傳播再到執行缺乏一套行有有效的機制保證。作為掌握著國家話語權的毛澤東，對於自己的話語傳播是缺乏控制的。這樣的話，有人鑽了空子，就會通過社會控制力去架空其話語權的效果。出現這樣的情況，在於缺乏有效的掌控機制。例如毛澤東對《水滸》的一些評價是他和北京大學古典文學教員蘆狄兩人在一起讀書時隨意談到的。毛主席在《水滸》之前談了《紅樓夢》、《三國演義》，之後談到魯迅對《水滸》的評價。據蘆狄回憶，當時只是即興漫談，後來主席身邊的秘書張玉鳳提示說把主席的指示記一下。這樣讀後感變成了指示。後來，在秘書不斷地申請下，大量地印了《水滸》書，書中加印了魯迅的評語和主席的評語！蘆荻她壓根沒有想到，她在毛澤東的書房裏整理的毛澤東剛剛的談話記錄會在全國「掀起」一番「運動」，「評《水滸》」立即在向文藝界成為一個重要的文藝創作活動。〔註34〕從這裡可見，事件的緣由出於機巧而非預謀，這是不符合文藝政策制定和執行規範的。過度執行領導人的非正式談話，會使政治話語也就陷入了被泛化的危險境地。假設這種做法深得主席心意，那麼這種文人式的指點江山就會被一些有個人利益的人利用而興風作浪。話語的發出者變成了抽象的符號，實際的控制完全將其架空了。究其原因，還是缺乏文藝政策有效規範的執行機制去保證。

政治話語充分展現了政治、語言與權力的關係。中共在民主革命時期爭奪文藝領導權採取了一系列方法措施，積累了政治話語權力獲得的豐富經驗，幫助中國共產黨鞏固了自己的執政地位。建國之後，當社會主要矛盾、領導層內部發生變化時，中共依然在文藝界上演愈演愈烈的權力爭鬥，對我國的文化事業帶來巨大損失。我們從政治話語的角度分析「文革」中後期調整文藝政策的情況，以《朝霞》雜誌為個案進行解讀，可以窺見：當時要將文藝立刻轉向具有建設性的方向，希望儘快產生具有較高藝術價值的文藝作品，困難很多很具體，並非我們想像的那樣簡單。自下而上的文藝創作努力是非常艱難的，只有從政治話語層面去認識隱藏的天理和人欲之關係，從制度層面去規範話語闡釋的多樣化界限，才能從根本上解決阻礙文藝創作生機勃勃的問題。

〔註34〕馬濤：《1975年毛澤東「評〈水滸〉」內幕》《黨史縱橫》，2011年第12期。

第二章　文藝期刊「樣板」在傳媒視閾中的表現和功能——《朝霞》雙刊的文化影響研究

第一節　《朝霞》雙刊與「文革」後期其它刊物的互動

　　期刊、報紙等定期發行的出版媒介，在所有的紙質媒介中是最緊跟時事和反映當下思想價值動向的。在「文革」時期，前期的「兩報一刊」，無疑是政治的風向標。「兩報」指《人民日報》、《解放軍報》，「一刊」指《紅旗》雜誌。文化大革命時期，其他的新聞媒體的主管都被打倒了，《人民日報》和《紅旗》由中央文革小組組長陳伯達爲首的工作組領導，《解放軍報》是由「毛主席的親密戰友」、副統帥林彪所領導。文化大革命中代表「無產階級司令部」聲音的社論通常同時在這「兩報一刊」上發表。「兩報一刊」發表社論後，中央和各地報刊都要全文轉載，廣播電臺都要全文廣播。於是「兩報一刊」就成了中國唯一的喉舌，出現了「小報抄大報，大報抄《紅旗》」的不正常現象。當年的《橫掃一切牛鬼蛇神》（1966 年 6 月 1 日《人民日報》），《歡呼北大的一張大字報》（1966 年 6 月 2 日《人民日報》），《迎接無產階級文化大革命的全面勝利》（1968 年 1 月 1 日《人民日報》、《紅旗》雜誌、《解放軍報》聯合發表）等一系列重要的社論都是這個喉舌發出的，其「重要性」由此可見一斑。

　　由強大的政治後盾所確立的「樣板」在「文革」後期發生了一些變化。

文藝政策調整，大量期刊復刊後，需要一個文藝方面的學習「樣板」，《朝霞》期刊〔註1〕就承擔了這個角色。〔註2〕一次開會的談話中，江青表示對北京文藝界的一些人的工作很不滿，而上海的文藝工作，一些期刊的風格很合她的心意。姚文元隨即要求：全國各地的文藝期刊都應該學習「朝霞」經驗。在思想理論上，《學習與批判》領當時左傾思潮風氣之先，《朝霞》期刊爲這個理論刊物的直接實踐創作的期刊。它在當時文壇上的地位也很特殊，因爲它直接受命於上層，和《學習與批判》是同一套理論班子，能夠在全國領左傾文藝思潮之先。「文革」後期，各地各種期刊紛紛復刊，期刊數量迅速增加。然而，《朝霞》文藝期刊仍然能夠在全國那麼多期刊中起著導向性的作用，原因就在於：《朝霞》編輯部的領導及人事組成和「四人幫」有著密切的走動，比較容易率先領會到各種政治動向。可以說，「四人幫」控制文化權力的企圖從《朝霞》雙刊與全國各地的理論報刊、學刊、文藝期刊的相互關係中得到了折射。

　　一、全國理論報刊、學刊在思想上和內容題材上與《朝霞》互爲借鑒；《朝霞》讓學理性、專業性極強的內容和思想路線宣傳相結合，並以較通俗的方式進入普通工農兵大眾的視野。

　　我們經常統稱《朝霞》是文藝期刊，其實，《朝霞》叢刊和《朝霞》月刊還略有差別。叢刊主要是文學作品集，更著重在文學作品方面；月刊的綜合性更強，除了作品，還有大量的理論、編讀往來、評說等。

　　《朝霞》月刊的內容更爲豐富，常常把文藝組主管的諸如《外國文藝摘譯》、《魯迅傳》小組，和參與工作的「電影小組」等小組負責編寫的一些東西放進去。它也會把文藝組之外的其它小組，諸如歷史組、自然辯證法研究小組、魯迅研究小組、《文學概論》編寫小組編寫的東西採用糅合的方式放入月刊中。產生這種現象，是因爲編輯部和寫作組人員配置的特殊性，他們都集中在上海某幾地辦公，往來頻繁，有的一人身兼幾任，編寫和組稿的資源

〔註1〕　《朝霞》雙刊：《朝霞》叢刊和《朝霞》月刊的統稱。《朝霞》叢刊實際上分爲兩個部分，即4本「上海文藝叢刊」和8本「《朝霞》叢刊」。《朝霞》月刊是1974年1月20日出版的16開本。每月一期，到1976年第9期停刊，共有33本。

〔註2〕　「文革」開始之後，全中國各地的所有的文藝的刊物，甚至所有的刊物都停刊了，整個中國大陸眞正的成爲一個文化的沙漠，可能除了極少數科技刊物還能夠維持出版，文藝社科類的刊物一本都沒有。

共享。〔註3〕例如：姚文元授意在上海成立的《紅旗》雜誌組稿小組，由徐景賢、朱永嘉、王知常和蕭木四人組成。徐景賢是名義上的組長，朱永嘉則是實際上的負責人。他們同時也是《朝霞》雙刊的負責人和主創編制。陳冀德曾是《朝霞》雙刊和《外國文藝摘譯》三刊的主編。另外還有如曾在寫作組工作，後被姚文元點名調到《紅旗》雜誌去的胡錫濤。所以，在文藝理論方面，《朝霞》月刊和《紅旗》、《解放日報》、《文匯報》、《外國文藝摘譯》是互相通氣呼應、互爲借鑒引用的。

　　除了上述報刊外，國內的理論期刊主要就是學報。之所以說學報和《朝霞》、《學習與批判》等上海「四人幫」控制的刊物具有密切的相互性，主要還是因爲兩者人員之間的調動往來。「文革」期間，由於上層動員在思想理論戰線全面開展鬥資批修的鬥爭，文教系統首當其衝。當時很多寫作組的成員們是從各高校抽調去的，也只有高校的一些學者、教師、優秀畢業生才有較高的理論水平和寫作能力。以上海市委寫作班子爲例，文學研究所的一批青年理論研究者如戴厚英（華東師範大學畢業）、高玉蓉、吳聖昔、吳立昌（均爲復旦大學畢業）、高彰釆（山東大學中文系畢業）、陳冀德（上海師院中文系畢業）。還有華東師範大學調來中文系教師王紹璽，從上海師範學院調來中文系教師徐緝熙，復旦大學的「乾嘉學派」研究者朱永嘉、王知常，華東政法學院哲學系調來的郭仁傑等。魯迅研究小組——即爲後來的石一歌，就是從復旦、師大、戲劇學院、教育學院等精英薈萃之地，抽調精兵強將組成。《文學概論》編寫小組就成立在華東師大。

　　沒有抽調去重要寫作組的人員，在學校基本上難以繼續專心從事工作，被集合著學習上面的精神，開展批評和自我批評大會，好一些的就被組織著編寫書和教材等。高校的大學生們也開始學著寫理論批判文章，若有不錯的，上海那邊就遠距離採用了。例如，1974 年 2 期的《朝霞》上「對短篇小說《生命》的評論」專欄，全是遼寧大學、上海師大、復旦等學生的作品。儘管是自上而下搞思想學習和文學理論批評，很多老師由於不能安心搞自己心儀的科研，生活上也得不到關心，精神狀態上都是百無聊賴。1973 年，數學家陳

〔註3〕注：姚文元授意下，朱永嘉先後在《解放日報》社廢棄的辦公室裏，組建了文藝評論小組，在《文匯報》社借來的辦公室裏，組建了自然辯證法研究小組。參見陳冀德：《生逢其時——「文革」第一文藝刊物〈朝霞〉主編回憶錄》，香港：時代國際出版有限公司，2008 年 7 月版，第 129～135 頁。

景潤的生活引起了主席的關切，毛主席找姚文元談話，作了如下指示：「有些刊物，為什麼不恢復？像《哲學研究》、《歷史研究》。還有些學報，不要只是內部，可以公開。無非是兩種：一是正確的，一是錯誤的。刊物一辦，就有鬥爭，不可怕。」毛澤東對學術刊物的關注，使得姚文元忽然對一些學者和學術期刊工作熱心起來，他為此多次與遲群交流，有如下的一些談話內容：

> 學部能搞哲學編輯、歷史編輯的，有多少？有哪些人？力量怎麼樣？主席最近提起翦伯贊的死，意思是沒有做好工作。還問到馮友蘭的情況。學部的領導力量怎麼樣？關鍵是領導權掌握在誰手裏。學部主要是搞清領導層的問題。

> 知識分子總得用，吃了飯，總得搞點事情」，「保留一點對立面，沒有關係。

> 工人階級要領導一切，要摻沙子，改造世界觀，這個基本原則，基本陣地不能動搖。

姚文元另一次和遲群談話時還談到山東大學出版的《文史哲》（即《山東大學學報》）：

> 山大現在是一分為三，科技一攤、理工一攤、文史一攤，文史搬到曲阜孔廟內，很多人沒事幹，在當地搶購東西。《文史哲》面比較廣，錯誤也多些，但總是有些基礎的，在正確路線領導下，錯了就批判嘛，有什麼要緊。〔註4〕

在這樣的關切下，伴隨著文藝政策的調整，特別是1973年毛澤東主席做出了關於出版大學學報的指示後，一些大學學報陸續復刊，並相繼創辦了一些新的大學學報。終於，近現代以來的學報歷史得以維繫。因為自1966年6月，「文化大革命」開始之後，長達十年之久的文化浩劫，使全國高校的教學與科研活動受到了最為嚴重的干擾與衝擊。自1966年下半年至1972年下半年，在中國大學學報史上出現了長達7年之久的「空白」（除了《安徽大學學報》等少數學報之外）。但是，復刊後的各高校學報人文社科版成為「文革」後期跟風演繹和宣揚「四人幫」那一套理論的一個重要地方。

譬如，說《朝霞》是「陰謀文藝」期刊，主要是指「四人幫」在對《朝霞》等有直接控制力的期刊和其它主要期刊上炮製了一篇篇的評論文章，大

〔註4〕參見方厚樞的《「文革」十年的期刊》，《編輯學刊》，1998年第3期。

搞「影射史學」和「陰謀文學」。1974 年搞了一陣子所謂的「批林批孔」後，又以「評法批儒」爲幌子，肆意歪曲、捏造歷史、借古喻今、指桑罵槐，在報刊上連篇累牘地發表大量注釋中國歷史上的法家（其中不少是「四人幫」劃定的「法家」）著作，和「批儒」的文字、材料，含沙射影攻擊周恩來總理以及不順從他們的革命領導幹部。在 1975 年的《評〈水滸〉》時，他們又心懷叵測地利用報刊批判所謂當今的「投降派」、「還鄉團」。他們還以評論普列漢諾夫、汪精衛等人生平爲名，借題發揮，說什麼「前半生是革命的，後半生是反動的」，別有用心地攻擊中央領導。在所謂「批鄧、反擊右傾翻案風」運動中，報刊上又充斥了大量「批判」文章，把矛頭指向主持國務院工作的鄧小平副總理。這種情況同樣演繹在高校的學科研究領域。從 1973 年開始，北京師範大學、廣西大學、華南師範大學、齊齊哈爾大學、山西師大、吉林大學、北京大學、中山大學等校的學報社會科學版陸續復刊，很快就一窩蜂地進行「批林批孔」、「評法批儒」，取材也無外乎就是與《學習與批判》、《朝霞》期刊裏面的一些題材雷同。總的來說，這些評論文章，都會以一些文學作品爲載體來嫁接「四人幫」所要宣揚的一些思想觀念，因此，從歷史上的文人思想家、經典著作中解析出「資派」、「革命派」、「法家」、「儒家」，是評論文章普遍採用的寫作套路。而當時重點選擇的人物有魯迅、杜甫、李白等作家，孔子、孟子、荀子、朱熹等儒家代表，墨子、韓非子、李悝、商鞅、桑弘羊、晁錯、柳宗元、王安石、李贄等法家代表；《紅樓夢》、《水滸》、《西遊記》等四大名著中的人物。作品也大多是《紅樓夢》、《水滸》、《西遊記》、《三國演義》、蘇修文藝等。

　　上述這些評論文章，除了暗含「四人幫」的用意之外，現在讀來的直接感受就是「很左」，「火藥味很濃」。這些含有知識性、學理性的批判文章，「並不罵人，也不像當今的一些大批判干將那樣滿口髒語惡詞，而還是保持著一種外層理論態勢。但是，這種理論態勢完全是單向的，根本不考慮批判對象的邏輯結構和歷史過程，只按自己一方的預定概念進行斷章取義的組接，然後得出一個個危言聳聽的政治結論。他們追求『犀利』和『痛快』，其實就是追求在斷章取義和危言聳聽這兩者之間的大膽跳躍。」〔註5〕

　　但還原到當時的情境，有人的閱讀體驗是能夠學到知識和警句。排除文中政治傾向性的因素，文化匱乏時代和當下文化豐富、知識爆炸年代，人們

　　〔註5〕參見余秋雨：《借我一生》，北京：作家出版社，2004 年 8 月版，第 166 頁。

面對讀物的心態差別很大。所以當年《朝霞》成爲文學愛好者「熱捧」〔註6〕的刊物，《走出「彼得堡」》這篇評論文章至今都被一些人看做是寫得酣暢淋漓，大快人心。現在的人想瞭解某個作家及作品，從書店、網絡就能很容易獲得，而當時則不然。據羅建華回憶，他們進入「儒法文化、古典文學、現代歷史的新天地，知道了柳宗元，知道了《鹽鐵論》，知道了金聖歎，知道了沈括和他的《夢溪筆談》，當然更知道了魯迅與胡適」〔註7〕，就是靠的《朝霞》和《學習與批判》這類刊物。羅建華甚至還會在筆記本上學習和摘錄文章中的一些警句，譬如：余秋雨《路》中的一段豪言壯語——「歷史車輪前進的道路，歷來是由波湧浪疊的革命運動來開拓的」，「用自己的眼睛去讀世界這一部活書」。也許很多作者對文學和藝術的渴望是被迫用思想批判的言論僞裝起來的，所以很多文本中總能找到一兩個不錯的語句，引起讀者的文學共鳴。

這個現象，是非常奇特的。因爲按照正常的情況，一般的群眾是不會看學報和理論期刊的，文藝愛好者也不會看這些枯燥的東西，它們只是適用於科研領域的人員翻閱和圖書館資料備份等。和學報等其它理論期刊不同，《朝霞》是一個大眾綜合性文藝刊物，它能夠讓學理性、專業性極強的內容和思想路線宣傳相結合，並進入普通工農兵大眾的視野。譬如：把一些理念轉化爲生動的形象，有些欄目刊載歷史人物的傳記或者讓群眾「故事新編」，由於故事性很強，可讀性就很高，最後再點題，將主旨傳達。可見，特殊年代使得以《朝霞》文藝爲代表的期刊意外地發揮了一些功能：

它客觀上讓一些理論性話語進入普通人的大腦詞彙庫。在「概念化文藝」、「政治化文藝」占主導地位的年代，理論性話語借助較通俗的媒介得到了大量傳播，很多人都能隨口說出幾句深刻而有「思想性」的詞彙和句子。

它客觀上傳播了一些知識和文化信息，所以很多愛好文藝，有求知欲和寫作意願的人覺得這些刊物對他們是有幫助，有實用性的。

〔註6〕注：關於《朝霞》雙刊在當時人們心中的閱讀感受，現在很難考證，只有極個別的人在自己的專著和回憶錄中有文字記載，如林賢治《我的三十年閱讀史》、朱學勤《書齋裏的革命》，還有高華、王蒙等。但是，當時《朝霞》雙刊的受眾是廣泛的，網絡上大量的個人博客中，很多人都回憶了當時讀《朝霞》的情境，本書以此作爲補充根據。例如：張小蘇的 BLOG（網址：http://blog.sina.com.cn/zhangxiaosu），「心路歷程」的博客（網址：http://hexun.com/meiyuqin493/default.html）等等。

〔註7〕羅建華：《兩種雜誌和一套書》，《長江日報副刊》，2004 年 8 月。

　　二、各地的文藝期刊和《朝霞》文藝既保持思想高度統一，又具有相對獨立性。它們對一些《朝霞》文藝作品的刊載或批評，反映了各地、各層級機構的文藝權力關係。

　　「轉載」文章，是表示文章並非自己原創或首創，出於欣賞和喝彩的原因，又再次刊載的含義。在特殊的歷史時期或特定的環境下，「轉載」也體現了某種權力級別的隸屬關係。「文革」期間，報刊雜誌之間的轉載之風最盛，重要文章評論如同行政機關派發傳達文件一般，各地報刊紛紛轉載。

　　「批評」文章，是對某一作品或者某一文章的評論。報刊之間的相互打交道，還可以用評論其它報刊上發表的作品的方式。「批評」在文化領域本是個中性詞，但在「文革」時期，「批評」性文章的態度往往會極端化，而且會直接鮮明地表現在文章的標題中。好評的文章，標題裏面會出現「贊」、「頌」、「歌」等字眼；批判的文章，標題也會常出現「聲討」、「揭批」、「戳穿」等字眼。

　　這些報刊之間的「文字交道」充分體現了其所屬管轄地或所屬機構的權職級別。當某個報刊轉載了別家的文章，或者某個報刊評論讚揚了別家報刊或其發表的作品，或者某個報刊評論批判了別家報刊或其發表的作品，都能從中揣摩出它們的話語權力級別和威懾力。

　　若從上文談到的角度分析，據筆者統計〔註8〕，各地方文藝復刊之後，幾乎每一期的開頭幾篇文章，都是從《人民日報》、《解放軍報》和《紅旗》雜誌轉載的社論或重要文章。它們依然保持著文革「前期」的要求，即各地政治學習的主要內容，就是學習中央文件和「兩報一刊社論」。因為「文革」時的「中央精神」主要是通過「兩報一刊」傳達到全國各地，全國各地也主要通過「兩報一刊」團結在「以毛主席為首的黨中央周圍」，宣揚地最多的思想，還是延續的「文革」前期上溯至毛澤東的《在延安文藝座談會上的講話》的

〔註8〕注：根據《全國總書目》「報紙、雜誌目錄」，筆者對「文革」中後期復刊的文藝期刊進行查閱，統計所得的結論。一共包括《解放軍文藝》、《北京文藝》（《北京新文藝》）、《安徽文藝》、《四川文藝》、《內蒙古文藝》（《革命文藝》）《河北文藝》、《遼寧文藝》、《吉林文藝》、《山東文藝》、《湘江文藝》、《廣東文藝》、《天津文藝》、《黑龍江文藝》、《陝西文藝》、《甘肅文藝》、《福建文藝》、《柳州文藝》、《湖北文藝》、《洞庭文藝》、《雲南文藝》、《延邊文藝》、《杭州文藝》、《寧夏文藝》、《新疆文藝》、《武漢文藝》、《河南文藝》、《青海文藝》、《江蘇文藝》、《浙江文藝》、《貴州文藝》、《哈爾濱文藝》、《西藏文藝》等文藝期刊。

思想，諸如強調文藝要為工農兵服務，表現無產階級世界觀等。《朝霞》月刊則不同。它已經沒有每期轉載「兩報一刊」了，它依附《文匯報》、《學習與批判》而率先炮製了所謂「走資派還在走」，「文藝黑線回潮」，批判「無衝突論」等文章。對於糾抓「大毒草」，《朝霞》月刊總能以更激進，更左，更快，更緊跟「四人幫」步伐的姿態出現。一個典型事例就是《朝霞》集中火力批判小說《生命》。《生命》是瀋陽《工農兵文藝》雜誌 1972 年創刊號上發表的小說。該小說以 1967 年二月底的農村文化大革命為背景，以主人公、大隊貧協主席、黨支部委員田青山和「四清」下臺幹部、造反兵團頭頭崔德利之間的矛盾衝突為主線，描寫了向陽村的一場奪權鬥爭。1974 年 2 期開闢了《對短篇小說〈生命〉的評論》的專欄。在「編者按」裏，這個作品被《朝霞》認定為「從根本上否定了無產階級文化大革命是『完全必要的，是非常及時的』，歪曲了貧下中農的形象。」該期還轉載了《遼寧大學學報》1973 年 4 期的一篇文章《要正確地反映無產階級文化大革命的光輝歷史》，該文認為《生命》將文化大革命的歷史搞顛倒了，黨內走資派很得意，貧下中農很被動。另一篇由上海師大中文系寫的文章認為，《生命》中老鐵頭這個無產階級造反派的形象實際上是個權迷心竅的走資本主義道路的當權派。《朝霞》上另外兩篇相關批判文章也表達了類似的主題。除此之外，《朝霞》還集中批判了《安徽文藝》1973 年第 3 期發表小說《除夕之夜》和晉劇《三上桃峰》等一批作品，主要依據的理論就是對「無衝突論」的作品的警惕和揭發。對於上述對象，各地文藝很快也會跟風批判或跟風表揚。可見，上海的《朝霞》雜誌作為地方文藝，與一般的地方文藝是不太同級的。由於其創編依附「四人幫」意志，跟全國各地的文藝相比，它邁的步伐總是略有不同。它獨領「文革」後期的各地文藝期刊，將「反映文化大革命的鬥爭生活」的特定內涵，貫穿到「文革」文藝生產的每個領域。

作品方面，當時各地方文藝的普遍情況是，各地文藝都發出了類似《朝霞》徵文啟事一樣的宣告，要求來稿要多反映和歌頌文化大革命的成果，但基本沒有轉載《朝霞》雙刊上的作品，而是採用當地工農兵文藝愛好者的稿件。文藝作品的批評主要是以當地的傳統劇或本刊發表的作品為主，著力於推介本地文藝愛好者的作品，調子也不追求那麼激進。從某種意義上，能夠看出當時的文藝工作者在一定程度上的精神堅守和地方主義。可見，「四人幫」利用《朝霞》文藝製造了很大的社會影響力，但是就文學藝術上而言，確實

並沒有得到各地文藝太多的具有獨立性和信服力的喝彩。「文革」後期「四人幫」炮製的文藝雖風頭很勁，卻民心已失。

以「作品轉載」爲視角考察當時期刊和編輯工作之間的往來，《朝霞》文藝似乎並沒有顯示出更多的優勢。但是，「四人幫」大力宣傳的某些作品，特別是通過影視戲劇的方式展現的作品，如《春苗》(《赤腳醫生》)，在全國群眾的生活和精神世界留下了深刻的印象。這一點是可以從各地文藝反映出來的。〔註9〕很多作品是將《春苗》的故事改編爲詩歌、快板、歌曲等體裁，或是學《春苗》看《春苗》爲主題的繪畫，還有同名同主題的歌頌各地眞人眞事的作品。

上述諸種面向，都體現出了《朝霞》文藝在全國各地文藝期刊中的特殊性。這些期刊在精神上的契合性、差異性、從屬性、對抗性，都反映出它們作爲形塑文學與文化的重要媒介，在話語權上的某種姿態和位置。

從陳冀德的一段回憶，可以看出上海方面歷來的微妙。「文革」期間，徐景賢曾布置文藝組再評《海瑞上疏》，矛頭直指中宣部的周揚，文章以方澤生的筆名發表。根據不成文的規定，地方報刊，是不能率先發表點名批判省市級以上中央領導人的文章的。但是上海方面想要緊跟形勢搶頭功，最後以「中宣部的那個人」的字眼解決這個約束。〔註10〕徐景賢還曾對從《朝霞》調到《人民文學》的編輯施燕平和《朝霞》編輯任大霖有過一段談話，其中很多內容都涉及到徐景賢對上海文藝話語權的考量，如下面的一些內容：從上海到北京去的文藝編輯同志，要謙虛謹愼，團結人心；上海作者的稿子不能發得太多；《朝霞》批判了遼寧的《生命》，應該轉載一些遼寧的作品，以改善與那裡的關係；除了上海之外，各地報紙對《春苗》的評論沒有；文學創作、文學評論，絕對不能搞成地方化。〔註11〕吳俊從這番談話中得出幾個判斷，他認爲：將文藝問題與地方政治的權力、利益、態度等問題掛鈎，是當時相當嚴重的普遍現象；這種現象的弊端已爲一些高層領導清醒認識，但是積重難返；上海的地方政治利益不僅已經變爲一種特殊利益，且爲當地領導有意保護維持。〔註12〕

〔註 9〕　參見附錄 1。
〔註10〕　參見陳冀德：《生逢其時——「文革」第一文藝刊物〈朝霞〉主編回憶錄》，
　　　　　香港：時代國際出版有限公司，2008 年 7 月版，第 132 頁。
〔註11〕　參見吳俊：《另一種權利割據：當代文學與地方政治的關係研究》，《南方文壇》
　　　　　2007 年第 6 期。
〔註12〕　同上。

　　實際上，當一種地方文化開始產生唯我獨尊的意識和竭力維護它的人事權力體系時，也是一種文化發生偏激、囂張、自閉、排外等轉變的開始。「文革」十年，上海炮製了四臺樣板戲，佔了全國全部樣板戲的一大半，還炮製了《朝霞》文藝等「極左」的文化風潮，一個重要原因就是它在文藝觀念上的優越感和文藝權力上的特殊性。

　　三、《朝霞》文藝和《學習與批判》的關聯性，給我們呈現出了當時文學作品創作實踐和社會理論、文藝理論指導之間或契合或分岔的豐富樣態。

　　《學習與批判》雜誌，是中共上海市委寫作組以復旦大學名義主辦的理論月刊，其自我定位是「一份哲學社會科學的綜合性雜誌」。它的創辦和停刊時間基本上與《朝霞》月刊同步，其在「四人幫」授意下明顯的意識形態性質，與《朝霞》的互動關係，使這兩種雜誌具有不一般的親密性。

　　《學習與批判》中的「學習」，主要是學習十大文件，弄通馬列主義和毛澤東思想，學會辨別各種思潮和學派，還要指導讀者研究一些經濟問題；「批判」則主要是通過隨筆、筆談、評論談感想。《學習與批判》和《朝霞》的理論寫作班底基本上是同一群人，所以這種影響是非常直接的，甚至兩種期刊上常會有相同作者的文章。隨著當時的現實政治鬥爭的升級，路線鬥爭在各個方面加以體現。大力宣揚的「評法批儒」，「批蘇修文藝」和「反資產階級法權」說到底都是路線鬥爭。今天，我們「以『思無邪』之心看其中的文章，有些還是有趣而生動的，但一與當時的政治形勢聯繫起來，問題就大了。」〔註13〕因為，裏面為「四人幫」搖旗吶喊、影射老一代革命家的文章數量眾多。

　　兩個期刊的緊密合作是循著「理論學習——創作實踐——作品評論」的路子。《學習與批判》上的許多提供用來學習的文件和思想精神隱含了《朝霞》密切關注的政治氣候，是其組織號召工農兵寫作遵循的理論預設；《朝霞》的組稿則是按照前面的精神進行的文藝實踐成果；《學習與批判》還要對某些《朝霞》上作品進行評價，以既定的思想路線為基準再次加以提煉，類似於效果論證的評述。《學習與批判》的大多數文學評論文章就是針對《朝霞》雜誌刊登的作品而發的，都是用高度理性化的方式評價作品，說教味道很濃。譬如：一九七四年的第一期《學習與批判》，發表了戚文德的評論文章《提倡業餘戲劇、電影創作》，緊接著就有三篇關於話劇《鋼鐵洪流》的評論。同期伴隨著各條戰線都要為青年著想的號召，對《征途》的書評就高度讚揚了該小說塑造好知

─────────────────────

〔註13〕胡松濤：《「幫刊」──〈學習與批判〉》，《書屋》，2006 年第 1 期。

識青年的英雄形象。兩種期刊在很多方面完全可以互相說明的狀態一直持續到它們停刊。《朝霞》作品評論與《學習與批判》評論間的具體呼應如下面總結：

任犢：《一代新人在成長——讀短片小說〈金鐘長鳴〉》，《學習與批判》，1973 年 2 期。

常峰：《塑造具有鮮明時代特色的工人階級英雄形象——讀〈特別觀眾〉想到的》，《學習與批判》，1973 年 2 期。

齊方：《話劇革命的新收穫——簡評〈鋼鐵洪流〉》，《學習與批判》，1974 年 1 期。

石望江：《發生事故以後——看話劇〈鋼鐵洪流〉、〈第二個春天〉後想起的》，《學習與批判》，1974 年 1 期。

蕭豫：《兩個劇本　兩面鏡子——談中國話劇〈鋼鐵洪流〉和蘇聯話劇〈煉鋼工人〉》，《學習與批判》，1974 年 1 期。

上鋼三廠五‧七中學　上海青年話劇團《補課》創作組：《補上了難忘的一課——談〈補課〉的主題提煉》，《學習與批判》，1974 年 1 期。

王一良：《塑造好知識青年的英雄形象——長篇小說〈征途〉讀後》，《學習與批判》，1974 年 1 期。

上棉十七廠青年工人　鄭樹清　上無四廠青年工人　莫建備：《青年革命英雄的光輝形象——談談電影文學劇本〈陳玉成〉》，《學習與批判》，1974 年 2 期。

葉倫：《青蘭的「出」與「勝」》，《學習與批判》，1974 年 3 期。

復旦大學工農兵學員　仲華：《「青蘭」和「海瑞」》，《學習與批判》，1974 年 3 期。

中華造船廠工人寫作組：《迎著風浪前進——讀短片小說〈試航〉》，《學習與批判》，1974 年 7 期。

方澤生：《數風流人物，還看今朝——〈上海短篇小說集〉序》，《學習與批判》，1974 年 10 期。

宋海：《努力以黨的基本路線指導創作——讀長篇小說〈較量〉》，《學習與批判》，1974 年 10 期。

任犢：《讀〈朝霞〉一年》，《學習與批判》，1975 年 1 期。

上海顏料化工廠青年工人 樓乘震：《新生事物的成長不是一帆風順的——讀小說〈典型發言〉》

石川：《努力做到内容和形式的統一——看影片〈春苗〉札記》，《學習與批判》，1975 年 11 期。

上海味精廠工人杜恂成：《「鬥爭並沒有停止」——讀話劇劇本〈樟樹泉〉》，《學習與批判》，1976 年 2 期。

單就其理論文章的合理性而言，今天看《學習與批判》裏面的有些文章也不見得完全沒道理，沒特色，沒水平。例如：署名方澤生的《數風流人物，還看今朝——〈上海短篇小說集〉序》（《學習與批判》，1974 年 10 期），這篇文章沒有按照「文革」通行的評論思路，那種重點談是否直接寫了在「文化大革命」時期兩條路線之間的尖銳鬥爭，而是就英雄人物的塑造這個單面論述。就這個單面而言，他也不是一味的講要樹立「高大全」的英雄形象。

該文首先高度表揚了幾個作品的人物塑造是非常新穎的。《特別觀眾》這個小說對季長春的塑造，這個人物把聲音的「失真」，看成自己的「失職」。其實是描寫了一個對工作極有責任感的工人。另外，《區委副書記》中苗俊敏的「特殊」工作方法爲這個人物形象的新鮮度和美好度添色不少：

> 她看見辦公室裏的沙發，提醒自己和同志不要「讓沙發埋沒了手腳」，「應該多使用那個設在群眾中的流動辦公室」——「隨身背的那隻黄帆布包」；群眾找她，她做思想工作，也是「不拘一格」，或在大樓邊，或在扶梯上，甚至「漫步漫步就談開了」。

這樣的形象和描述，是符合我們讀者的期待視野的。該文沒有過多強調他們的路線性，而是還原爲工作生活中的個人。人物在崗位上的職責感豐富了以路線感爲規約的人物形象，非常生動，即便今天的我們都是喜歡的。通過上面的舉例，此文歸結到如何塑造生動而令人尊敬的正面人物，一個是要反對追求庸俗「個性」：

> 我們反對恩格斯批評的那種糟糕的個性化，像文藝黑線那樣離開了英雄形象鮮明的階級性和共同的品質，用一些瑣碎的庸俗的細節，去渲染英雄人物的所謂「個性」。

另外，還要反對雷同描寫英雄人物：

　　　有人搞創作，不是努力從生活中提煉形象，而忙於把得來的一
些材料填到主觀「設計」好的英雄模型中去。在他看來，英雄自有
一定之規，碰到困難，總是不吃飯、不睡覺、不顧家；一開口，總
是與眾不同，夸夸其談，甚至說話的腔調，走路的姿態，也在他的
規範之中。

應該說這篇文章和當時許多評論文章相比，有獨樹一幟的地方，對文學寫作
有一定的幫助促進作用。

　　當然，也有很多文章是難以成立的。「學」因「術」而爲的文章，邏輯上
的論證往往不嚴密。甚至是先將一堆封、資、修的史學紛然雜陳，一堆英雄
史觀、天命論、天才論、人性論等大鍋燴，然後用語錄加以批判。

　　《學習與批判》是一個社科常識類的期刊，《朝霞》主要是一個文藝期刊。
當後者與前者太靠攏的時候，換句話說，當某些《朝霞》文藝作品的寫作太
符合《學習與批判》的一些思想觀念時，這些文學作品就變得更難被接受。
因爲，理論本身天然地具有合理性，邏輯性，推斷性，可以自成一體。所以
看進去了之後，總覺得在某一層面和角度上有一定說服力，也許就輕易上了
「理論陷阱」、「理論假面」的當。《學習與批判》的一些文章容易給我們產生
這樣的觀感。可是《朝霞》的作品，表現的是生活層面，往往生活層面的東
西是合現實性的（包括傳統習俗、思維慣性、生存哲學、現世技巧），也是個
實踐性操作性的東西，所以有時候文學作品太合理論性，就不太具有生活的
豐富真實感。理論敘述可以自圓其說，而生活卻往往出其不意，不合你所想
的。鑒於這個因素，我們有時會發現，相對於《學習與批判》的文章，有些
《朝霞》文學的內容更偏激難以理解。如 1974 年 8 期的《學習與批判》中有
一篇署名金風的文章《打掉妄自菲薄》。作者依據「毛主席的革命路線和『獨
立自主、自力更生』方針的指引」，提出了我們不要妄自菲薄，而要樹立信心，
奮發圖強，艱苦創業，爭取各行各業都要努力趕超世界先進水平。該文還指
出我國在工業和科學技術戰線上，確實出現了許多天不怕、地不怕、不怕「權
威」、不怕洋教條的敢於革新創造的闖將，這是「中國的脊骨」，是站起來了
的中國人民可貴的革命志氣。文章寫得鼓舞人心，激人奮進。隨後 1974 年 9
期的《朝霞》月刊，發表了小說有段瑞夏的《典型發言》、胡萬春的《新人小
傳》、胡廷楣的《車長》、還有一些散文特寫，都是描寫在工業和科學技術戰
線上的「闖將」。胡萬春的《新人小傳》中，一個 7 歲的蕭志剛帶著幾個小朋

友，偷家裏的鐵鍋舊斧，在撿來的幾塊磚砌成的爐子裏煉鋼。他被家長看成是無法無天的「小活猻」，作者卻正面地認爲他是有思想，有頭腦的好孩子，並激動地說，建設社會主義需要鋼，也需要他這樣的有志成爲鋼鐵工人的孩子。這部分的描寫把一個懵懂的兒童拔高到如此這般，今天的讀者就會覺得太牽強，甚至有些荒謬。

反之，《朝霞》文藝在遵守寫作的同時還是可以有一些相對靈活的空間。首先，文藝審美化的筆觸可以緩衝路線鬥爭的尖銳性，當然，這是相對而言。其次，故事的盡量生活化和眞實化，使人物形象的塑造相對複雜和多層次。這就使得後者對前者保持了一定距離，甚至呈現出異向或反向的觸探。

如「評法批儒」是當時一個非常重要的理論命題。對這一問題的論述，已經多到泛濫的程度。文章選材雖多，風格和思路卻是一成不變。稍有創新的，便是《朝霞》月刊上面的「講故事」、「故事新編」欄目。將孔孟典故，歷史上的事件，以輕鬆調侃的筆調加以敘述，先不論科學嚴密性，至少看不到赤裸裸的批判和路線鬥爭的術語，在趣味中獲取了知識。

再如「文革」後期特別是 1975 年之後，反對資產階級法權是另一個重要的理論命題。《學習與批判》對這個問題做了系統的探討：從批判蘇修雇傭勞動關係，到提倡講階級感情；從學習馬克思經濟理論，到對資產階級全面專政；從反黨內走資本主義道路當權派，到打倒反動學術權威。與這一整套理論相適應的，《朝霞》雙刊上面發表的小說幾乎全部都涉及到了反資產階級法權的問題。但沒有一篇小說，對當權派這些「新垃圾」採取像理論宣傳那樣的激進態度。小說中的當權派形象中沒有一個是「企圖復辟資本主義」的，很多屬於「好心辦錯事」的「過錯型」人物。小說中正面人物的對立面是人物（他人或自己）頭腦裏的「私」字，它一旦被認識到，小說結尾就會出現一幅相對「和諧」的畫面，常以美好的景色描寫將矛盾渲染淡化開去。這時期的小說創作明顯的與主流政治意識形態所強調的「破除」「砸碎」「鎮壓」等等「鬥爭性話語」不相一致。《朝霞》小說在情節設置上趨向緩和矛盾，對造反派的正面人物形象塑造也開始產生複雜的情緒意向：有的造反派開始出現思想觀念跟不上，或工作方式太偏激，或辦事能力不高的弱點。

第二節　《朝霞》雙刊編輯和運作策略

一、《朝霞》雙刊的形式包裝

文化大革命是一個充滿象徵意義的革命，它並沒有導致政權本質上的更替，所以一切「文革」行為是極富假想意味的。很多人的革命動力存在於精神意識中，其持續的發揮作用是因為集體大眾在深廣度上與上層的主導意志互動。領導層通過提供富有象徵意味的語言、模式或形象，可以型構一種知識系統，一種價值觀，一種秩序。你很難想像在這樣特定的文化環境中，把荒唐虛假的事演繹得如此風格莊重，甚至可以塑造眾人所認為的「真實、正確、正常。」

從「文革」之前的左翼文學到十七年，「中國共產黨的精神和道德的感召力量獲得了包括知識分子在內的中國民眾的廣泛支持。那麼這種意識形態的東西是通過怎樣的形式去感召民眾將內在的精神力量顯現出來的呢？是通過文學藝術。」〔註14〕「文革」的後期階段，「四人幫」表現出繼續借鑒發揚文藝的凝聚力和領導感染力，實則懷抱借其進行實權鬥爭，導致了文藝工具性的超度。利用文學宣傳政治理念是一個主要手段。拉斯韋爾曾經給「宣傳」下過這樣的定義，宣傳就是運用象徵符號來控制人們的群體態度。〔註15〕政治傳播的符號將會給媒體和公眾提供一種信息暗示，從而盡量使傳播結果變得有效、確定、可以預期。他們把精神寓意強化在文藝文本中，並再從中突出重點中的重點，塑造經典中的經典，拔高精神的力量，強調超人的意志，更是到了無以復加的極致狀態。就《朝霞》文藝為例，即便是在期刊的外在包裝和形式上，精神強力滲透到各個可以富有象徵內涵的領域。但是，文學的特點在於它可以把政治信息的內容以思想情感的形式表現，用形象生動的文本調動人們的情緒，從而將其加固和模式化。正是這個原因，《朝霞》叢刊迴避了當時殘酷的敵我鬥爭和陰鬱黑暗的社會現實，把其浪漫化為富有青春激情的理想實踐。

西馬批評家弗雷德里克・詹姆遜認為：「形式的意識形態」，「即是由不同

〔註14〕蔡婷：《社會主義文化領導權的鞏固與重建——新時期中國共產黨的文藝政策研究》，華中師範大學碩士學位論文，第10頁。

〔註15〕李正國：《國家形象建構》，北京：中國傳媒大學出版社，2006年版，第161頁。

符號系統的共存而傳達給我們的象徵性信息，這些符號系統本身就是生產方式的痕迹或預示。」〔註 16〕《朝霞》雙刊中有太多的符號痕迹彰顯著對當時主流意識的渲染：

刊物的命名。《朝霞》文藝延續的是無產階級文學的模式，主要是學習蘇聯文學。新中國成立之後，很多國家的文學作品是禁止進入中國圖書市場的，而對蘇聯等社會主義文學則是開了綠燈。我們現在還可以看到建國後引進的很多蘇聯等社會主義國家的文學作品，例如《朝霞中的城市》、《人民需要明朗的朝霞》、《點燃朝霞的人們》、《迎著朝霞》……可見當時市面上有很多的文學作品都以「朝霞」命名。若要認真追溯《朝霞》叢刊的定名，其實是受了第一輯叢刊名稱的影響。具王堯說：「『上海文藝叢刊』是上海人民出版社於 1973 年出版的一本叢刊。第一輯名為《朝霞》。這個名字來源於這本叢刊中史漢富一篇同名小說。」〔註 17〕《朝霞》這篇同名小說本身洋溢著生機，特別是最後一段：「這時，東方升起一片朝霞，染紅了半個天空。我再一次回首望著生活了多天的農場。此刻，一隊隊青年男女，正沐著霞光，肩負農具，走向田間，走向廣闊的天地。啊，多美的朝霞，多好的新一代的青年！」〔註 18〕借用了「朝霞」一詞本身的隱喻性及大量同名社會主義文學作品的背景，革命的理想主義給這個刊物鍍上了霞光。後來編輯部將《朝霞》雜誌的創刊號送到姚文元處，想聽聽他的意見，他不僅沒有批評，還很欣賞。姚文元在看到叢刊第一輯題頭為『朝霞』時，對他身邊的人說，「朝霞是一種高卷雲，它吸收太陽中的各種顏色，只反射紅色，所以是紅的。《朝霞》，這本書的書名起得好。」〔註 19〕有了姚文元的這句話，後來七四年創刊的月刊據此而得名，《上海文藝》叢刊從七四年起也因此而改名為《朝霞》叢刊。姚文元在會見外賓時，還把《朝霞》稱為全國文學刊物的「樣板」。

另外，從《上海文藝叢刊》到《朝霞》叢刊，每一期的名稱都不同，而是以該期的一篇作品的名稱為期刊名，具體的選擇標準就是看「這一期上哪一篇寫得比較好的」。〔註 20〕這種命名方式有很明顯的推介和宣傳作用。

〔註 16〕參見〔美〕弗雷德里克·詹姆遜《政治無意識：作為社會象徵行為的敍事》，王逢振、陳永國譯，北京：中國社會科學出版社，1999 年，第 65 頁。

〔註 17〕謝泳：《〈朝霞〉雜誌研究》，《南方文壇》，2006 年第 4 期。

〔註 18〕史漢富：《朝霞》，《朝霞》叢刊，1973 年第 5 期。

〔註 19〕史義軍：《「羅思鼎」和「朝霞」事件》，《炎黃春秋》2006 年第 2 期。

〔註 20〕施燕平口述，吳俊、黃沁整理：《我的工作簡歷》，《當代作家評論》，2004 年第 3 期。

　　話語的牽引。在《朝霞》閱讀過程中，有很多的文字會給你一種潛移默化的薰陶，始終讓人感覺是具有象徵性的符號。例如一些名稱：作者名如「清明」、「立夏」、「夏興」……；主人公名如「夏彩雲」(《第一課》)，「朱烈紅」、「嚴梅芳」(《紅衛兵戰旗》)，「苗紅」、「柳青」(《朝霞》)……；作品名如《狂飆頌歌》、《前進，進！》、《初試鋒芒》、《新的揚程》、《火，通紅的火》……；事物名如「大紅花」、「熊熊燃燒的篝火」、「乘風破浪的輪船」、「疾馳蜂鳴的火車」……；地點多是選在開闊遼遠宏大的「大會廣場」、「農場」、「海邊」，象徵著「蒙馬特爾高地」的大山……。修辭方面常常是將簡單的排比，民歌味道的押韻運用到文中。如：「心潮啊，在更深沉的海洋裏翻滾……思路啊，在更雄偉的山嶺上馳騁……」(《不滅的篝火》)；車龍頭把把穩」象徵「大方向錯不了」(《紅衛兵戰旗》)；「沉思呵，想教導，鬥爭呵，看眼前」(《團結勝利曲》)……。

　　從上述列舉我們可以看出：其一，《朝霞》雙刊裏的名稱類符號都是極具感召力和聯想性的，本書雖只是列出幾例，但這種現象在叢刊中是十分普遍的。其二，修辭上，稚嫩的表現手法的大行其道，只能說明當時刊物對作品透露出來的精神取向的關注勝過對文學語言和技巧的關注，也是推翻「彼得堡」作家群〔註21〕之後，初學寫作者開始文學創作的「嘗試集」。

　　當時整個社會的實際情況也是如此富有象徵性。文化生活的方方面面都被賦予一種精神意指的內涵。表現得最突出的就是「文革」中霎時間就出現的一股「改名熱」。北京市公共汽車站的站牌都塗寫上了「打碎舊世界，建立新世界，改掉舊站名，建立新站名」的標語。「長安街」街牌被改為「東方紅大路」；「東交民巷」改為「反帝路」；「西交民巷」改為「反修路」；越南民主共和國大使館所在地「光華路」改為「援越路」；「北京崇文織布廠」改為「北京東方紅興無織布廠」；「東安市場」改為「東風市場」；「同仁醫院」改為「工農兵醫院」；「清華大學附屬中學」則改為「紅衛兵戰校」，中國科學院哲學社會科學部也改名為「毛澤東思想哲學社會科學部」等等。〔註22〕「一些自認為革命或想用行動表明自己革命的人，還提出改名換姓，把所謂帶有『封、

〔註21〕注：以筆名任犢發表的《走出「彼得堡」！——讀列寧一九一九年七月致高爾基的信有感》(《朝霞》月刊 1975 年第 3 期，《文匯報》、《人民日報》也都轉載) 談到了對知識分子改造和文藝隊伍建設的問題。「彼得堡」，就是資產階級知識分子的包圍圈。

〔註22〕高皋、嚴家其：《文化大革命十年史》，天津：天津人民出版社，1988 年 9 月版，第 52、53 頁。

資、修』反動色彩的姓名改爲『紅岩』、『衛東』、『捍彪』、『繼紅』、『永革』等帶有『革命』意義的字語，公安部門則以『報則速批』爲原則，表示了對這種『革命』行動的支持。許多單位都張貼出更改姓名的大紅喜報。」〔註23〕從這個情況看，可以說《朝霞》文藝在一定程度上透露出了當時人們在生活中眞實的精神狀態。

　　圖像的映射。採用圖像包裝文學，是後現代文化時代普遍使用的市場策略，因爲圖像相對於文字更具有直接的表現力、感染力和征服性。《朝霞》雙刊也將這種非文學的語言形式納入了文學文本，其中採用了大量的圖畫。這有意無意地表明：它的定位是力求面向大眾的通俗類文學讀本，要應時應景，要喜聞樂見。《朝霞》雙刊的圖畫分爲三類：題圖（標題圖）、插圖（情節圖）和尾圖（裝飾圖）。整個《朝霞》叢刊約 200 幅圖，數量最少但份量最重的屬情節式的插圖，總共有 36 幅。《朝霞》月刊也延續了叢刊的風格。在插圖中正面人物與反面人物一眼就可以看出，類似的動作姿勢和神情舉止已然成爲了「樣板」化的形象。其中正面人物的形象安排在最突出的位置，神情目光是肅穆堅定的，腿腳胳臂是強壯有力的，身形姿態是昂揚挺拔的。圖中的女性形象往往是被雄化得很明顯，如果換成男人裝扮，也不會覺得詫異，「杏眼柳眉櫻桃嘴」的女性形象被認爲是封資修的裝扮。這種普遍現象，反映了當時美術設計的刻意行爲，因爲形象問題更是精神面貌的問題。電影《春苗》在演員的選擇上就是例證。「試想，如果把扮演春苗的演員，化妝成眉秀長目、削肩細腰、皮膚蒼白、步態搖曳的古『仕女』，沒有赤腳醫生濃烈的『土氣』，這個形象還會有什麼光彩呢？」〔註24〕

　　插圖封面都是專門設計。譬如人民出版社的辦公室主任陳坤生就請來了搞封面設計和書寫刊頭的名家，設計了十幾種封面圖案和刊頭。第一期叢刊的封面設計選擇了動態的、冉冉向上的條形圖案，象徵著萬事萬物的蓬勃生長。胸科醫院業餘作者史漢富的一篇小說《朝霞》，與封面設計相配。封面和書名象徵著刊物的青春和力量。〔註25〕

〔註23〕高皋、嚴家其：《文化大革命十年史》，天津：天津人民出版社，1988 年 9 月版，第 56 頁。

〔註24〕石川：《努力做到內容和形式的統一——看影片〈春苗〉札記》，《學習與批判》，1975 年第 11 期。

〔註25〕參見陳冀德：《生逢其時——「文革」第一文藝刊物〈朝霞〉主編回憶錄》，香港：時代國際出版有限公司，2008 年 7 月版，第 50～51 頁。

　　所以，《朝霞》在當時一些人認爲有可看性，不光是因爲內容，還有形式的因素。

　　黑體字的標注。《朝霞》叢刊對文件精神，政治方針，領導語錄的展示可以說是竭盡全力，在作品中大都會用加粗的黑體字表示強調。例如，在景物和環境描寫中，把標語內容或汽車欄板上的油漆字引入文中強調；把某書或某文章中的文字大段摘錄並強調。這些黑體字對於故事情節設置是否必要，對於增加作品的文學藝術表現力是否必要，是值得懷疑的。在作家的創作中，倘若某些強調的言辭與其內在表達的需要不是連在一起的，這種非文學因素的干擾就會凸顯在作品之外。

　　標注「黑體字」本身就是刻意行爲。黑體字的形式性在於，它一般不是出現在文學作品中，而是出現在文件性的材料中，非常醒目，讓讀者引起注意。值得思考的是：這些黑體字是寫作者投稿時就在稿件中打著重號，以期望引起注意或便於被採納？還是編輯審稿後，要求在排版印刷時加粗的？還是稿件中並沒有而編輯硬加的？這個細節的不清晰，使我們瞭解當時的文學生產有了難度。

　　上述表現，使得刊物整體在詞意結構和適用語境上趨向於一種純化，這種變化不是因爲文學內在的發展引起的，而是由外界思想意識的牽引導致的。不管是名稱詞彙，亦或是修辭表達；不管是圖像，亦或是標注，都成爲塑造某種概念隱喻（即符號）的話語手段，與文學性的追求已非同路。通過語言和心理相互映像的原理，能夠起到控制認知、思想和行爲的目的。有學者認爲：對隱喻的認知是人類組織概念系統的基礎；隱喻是人類組織經驗的工具；隱喻作爲一種語言現象的表面背後是一種深刻而複雜的人類思維行爲。〔註26〕

　　「文革」期間的文藝比任何時期都顯而易見地政治化。但是，政治的世界是複雜和充滿價值觀的，無論在認知上還是在感知上都遠離人們即刻的日常經驗。政治活動家們爲了實現自己的意圖，讓受眾者朝著自己設定的方向感受、思維和行動是經常會用到的方式。尤其在塑造文藝標本時，運用隱喻——往往是民眾比較熟悉的、容易接受的事物，來定義自己的所需所想，讓其與民眾大腦中最多的神經結相匹配，從而引起其大腦中認知和情感最大程

〔註26〕參見束定芳：《隱喻學研究》，上海：上海外語教育出版社，2000 版，第 128
　　　　頁。

度的接受。《朝霞》文藝爲了樹立某種思想形態的指導地位，依靠一些有象徵性的形式去達到對人們閱讀心理牽引的作用，這些形式和語意修辭就變得具有符號意義了。《朝霞》的這種表現形式在當時幾乎所有已經「復刊」或「創刊」的文藝刊物上也能看到，但是它表現得最突出最普遍。

二、《朝霞》雜誌的增刊實踐

　　由於文藝刊物的稀缺，《朝霞》叢刊三四個月才出一本的情況已經不能滿足讀者的需求，一方面是叢刊內容涵蓋面較窄，趕不上社會變化的速度，另一方面讀者大量的來信反饋和投稿。1974 年 1 月，《朝霞》編輯部決定在《朝霞》叢刊原有的基礎上增加出版《朝霞》月刊，這個決定最早是以《徵稿啓事》的方式通告出來的，發表在 1973 年第 3 期的《學習與批判》上，如下說明：

> 　　上海文藝叢刊一九七三年已出《朝霞》、《金鐘長鳴》、《鋼鐵洪流》、《珍泉》四輯。一九七四年開始，改名《朝霞》叢刊，仍爲不定期出版，主要發表小說（包括中、短篇小說和長篇選載）以及電影文學劇本、話劇劇本等。
>
> 　　一九七四年起，還將出版綜合性文藝刊物《朝霞》月刊，內容以短篇小說爲主，兼發散文、詩歌、報告文學、文藝評論等。

通過創辦《朝霞》叢刊，編輯部已經積蓄了一些資源，受到了很多的關注。增刊擴容，是《朝霞》編輯部繼創辦《朝霞》叢刊後的又一「重大」舉措。有些雜誌是先出叢刊，後改爲定期刊物，如《魯迅研究》；有先出定期刊物，後增加叢刊的，如《文學評論》；也有很多是遇到特殊需要臨時增加一兩期，作爲正刊的附屬。像《朝霞》這樣先出叢刊，後出月刊，叢刊和月刊互爲補充的，實屬少見。增加了月刊的《朝霞》叢刊更像是專刊，將一段時期的不錯的作品（尤其是篇幅較長的作品）做一次集結，重點推出；月刊則定時量多地發出。朱永嘉對《朝霞》月刊提出了帶有方向性的意見——要求觸及時勢。在他的意見下，整個《朝霞》編輯部都形成了一致的看法，即月刊應該不失時機地彌補叢刊在反映現實鬥爭生活比較滯後的缺陷。〔註 27〕《朝霞》月刊的增設，代表著上海市委寫作組和編輯部在辦刊策略上的一些轉變。發

〔註 27〕參見陳冀德：《生逢其時——「文革」第一文藝刊物〈朝霞〉主編回憶錄》，香港：時代國際出版有限公司，2008 年 7 月版，第 53 頁。

展文藝和選拔精品的思路退居其次，如何更好地運用文藝反映不斷變化的形勢，使其更好地滿足激進派權力層的需要，成爲他們急切需要考量的問題。這些轉變主要體現在如下的幾個方面：

第一，文學意識上，由文學藝術性向文學理論性偏移。

《朝霞》叢刊基本上全是文學作品，所有叢刊中只有 3 篇理論文章，包括《金鐘長鳴》裏面收錄的兩篇：段瑞夏的《做偉大時代鬥爭生活的記錄員》（創作體會）和常峰的《努力塑造工農兵英雄形象》（《文學常識講話》選載），《序曲》裏面收錄了一篇任犢的《熱情歌頌新的人物新的世界（代序）——提倡更多地創作反映文化大革命的文藝作品》。《朝霞》月刊大大加重了理論性文章的比例，向《學習與批判》這樣的社科綜合類的刊物在思想理論上的借鑒較多，尤其關於「限制資產階級法權」的理論，如何改造知識分子觀念等問題的闡釋文章收納得很多。在審美維度上，與叢刊相比，結構月刊的話語方式更側重理性。從這裡我們可以看到，《朝霞》創辦的初衷本是豐富文藝生活，增加作品的創作和發表。但是，後來隨著月刊的出現，鼓勵文藝創作的努力又被掩蓋了。

第二，組稿發行上，從追求品質向追求數量偏移。

《朝霞》叢刊整體呈現出來的作品質量和刊物風格相對月刊而言是精緻一些的。叢刊更像是出版的短期書籍，月刊則更像是發行的長期報紙。《朝霞》叢刊相對出版時間較長，也較靈活，可以不定期發行，爲收集好的作品提供了緩衝的可能。叢刊的組稿過程中還貫穿了較強的提拔意識，每一期的刊物都具有推介性的命名，《序曲》這一輯明顯帶有「精品」展示的目的。當然，選拔的標準是當時用文學正確地反映了「文化大革命」的作品。《朝霞》月刊則是每個月定時出版，由於編輯時間較短，內容涉及廣泛雜陳，寫作者更是各個領域各個層次的都有。相對而言，叢刊裏面大多收錄的是結構教完整，語言打磨較多，有一定的厚重感和篇幅的文學作品；月刊裏面則有很多小文章，短篇幅的詩歌、隨感、雜談，讀者的來信意見。這種情況雖有臨時拼湊的嫌疑，倒是符合當時大力發展「工農兵文藝」的號召。月刊的風格偏向文體泛化，生活化的文學形式形成了較叢刊而言更爲複雜的整體觀感。這種多樣化的觀感是一種假象，還是無法掩蓋住在政治強有力的控制下文學期刊的單調、重複和有限。

第三，欄目設置上，從傳統的分門別類向應時應景轉變。

《朝霞》叢刊都是以文學作品爲主，在欄目設置上明顯是按照既有的文

學體裁分類的標準，主要是散文、詩歌、小說、劇本。而《朝霞》月刊則是自設了一些主題如：「批林批孔」、反擊「文藝黑線回潮」、歌頌「文化大革命」、「批鄧、反擊右傾翻案風」、「教育革命頌」，然後圍繞上述主題開設了一些專欄，如「深入批林批孔・提高路線鬥爭覺悟」，「對短篇小說《生命》的評論」，「蘇修文學批判」，「《紅樓夢》評論」，「法家詩文選讀」，「努力反映抓革命促生產的鬥爭生活」，「學習馬列文藝論著札記」等。各種體裁的文學作品都被打亂了重新統攝到這些欄目中，作品的表現意圖明顯給出，說教性增強。

新增的《朝霞》月刊利用大份量的文藝理論和文藝批評，對當時文藝界的期刊影響力和控制力是最為直接的。由於這種增刊的實踐似乎含有上海市委寫作組領導下的《朝霞》編輯部的某種投機心理，所以它必然導致文學性的喪失。

三、《朝霞》文藝的推廣

《朝霞》雙刊有沒有人讀，一直都不是讓編輯部頭疼的問題。在精神資源極度匱乏的時代，報刊雜誌屈指可數。從「文革」後期開始，全國各省市的文學刊物開始復刊，但是當時《人民文學》尚未復刊，全國性的刊物除了《解放軍文藝》外，《朝霞》文藝可謂一支獨秀。《朝霞》叢刊價格不一，在 0.6 元到 1 元之間浮動，《朝霞》月刊大都定價為 0.25 元，售價便宜，一般工人和農民都買得起。它們在當時的出版印數是頗豐的。在選擇受限的情況下，只要「有」就是好的。當時讀者市場是不用去爭取的，受眾的興趣和口味也不用去分析和迎合，仍然懷有精神訴求的人們會主動把文學夢寄託在《朝霞》這類刊物上。據謝泳在某文中所說，「文革」時期閱讀這本雜誌的人相當廣泛。〔註 28〕當時具有極大影響力的《朝霞》文藝包裹的受眾心態卻不盡相同。至少有三種心理狀態的讀者群：一是厭惡型。認為整個「文革」文學包括《朝霞》文學非常暗淡，沒有可資欣賞之處。特別是《朝霞》的「幫」氣使得文學趣味拙劣。有這種想法的人在當時並不多，大部分是「文革」結束之後才會對《朝霞》抱持這種態度。二是無奈型。在沒有太多文學可讀的年代，只有讀《朝霞》。朱學勤的回憶「雖然也是左，但比『兩報一刊』好看，相信同年齡的人都還記得」〔註 29〕正好詮釋了這種心態。網絡上已經有很多年過半

〔註 28〕謝泳：《〈朝霞〉雜誌研究》，《南方文壇》，2006 年第 4 期。
〔註 29〕朱學勤：《書齋裏的革命》，長春：長春出版社，1999 年版，第 13 頁。

百的博主表達出對《朝霞》的懷念，主要是懷念各自那段青春的歲月裏，精神文化領域只有《朝霞》的陪伴。《朝霞》的作品大都是短小體裁，所以非常適合學生學習、摘抄、謄錄。三是追捧型。當時恰恰有一些文藝青年，是對《朝霞》充滿熱情的，他們的閱讀趣味、閱讀感受大都被時代的政治觀念所抑制或統攝。不管讀者群的心態是怎樣，當時的文藝出版發行是在高度計劃一統的體制下，基本不存在受市場因素的影響。所以，作為「文革」時「四人幫」集團借上海市委寫作組的平臺重點打造的《朝霞》文藝，主要考慮的是要引導全國文學創作，為文藝和意識形態進行制度化服務的功能。其中一個重要的職責是必須為「文化大革命」塑造文學經典。

在「文革」後期，江青為代表的「四人幫」的一個巨大壓力就是毛澤東本人對文化界的不滿。「文化大革命」有沒有成果，是要以作品說話的，光是幾個「樣板戲」顯然不夠，塑造文學經典顯得尤為迫切。這本來是一個文學創作的問題，但從某個角度說，它更是一個在作品背後配套的經營和推廣過程。《朝霞》文藝依靠其在權利和體制上支持的優勢，可以聚集大量的資源來打造所謂的經典，經典化在當時受眾心中產生的強度超過任何的時期，成為一個時代的文化符號。《朝霞》文藝所極力塑造的「經典」是否真正意義上的經典暫且不論，《朝霞》在當時成就作品的能力卻是毋庸置疑的。它能夠在一個主導方向下，借助多種力量的合作，多種傳播方式夾雜在一起的合力對文學作品的宣傳產生巨大的作用。由於這種推廣方式不是純文學意義上的，文學本身的品質的發展並沒有得到助力。

《朝霞》文藝是以行政權力調動配置文藝創作的所有環節，具有相當大的控制力。全國的較為突出的寫作者、編輯、藝術家（如美編、演員）都可以因其進行文藝創作的需要而被納入臨時的創作組。同時，除了《朝霞》雙刊對某些重要的文藝作品宣傳，其它期刊發表相關的推崇文章之外，一些歌曲、美術、戲劇影視也如期地進行捆綁式推廣。

第三節　《朝霞》雙刊的媒介功能和文學品格

上一節的內容既有以《朝霞》期刊的文本為對象的文學符號研究，也有以《朝霞》期刊的生產過程為對象的文學活動研究。從前文可見，要分析《朝霞》期刊的傳媒品格和文藝品格，其精神意義問題，始終是一個貫穿性的話題，且可以作為我們客觀認識這個文藝期刊的一把鑰匙。

關於期刊的媒介功能，可以理解爲「期刊的傳播通過文字的書面化表達形式，將抽象的理念和符號體系轉化成物質形態所呈現的書面符號來達到信息的傳送，書面性意味著期刊與印刷技術共生，通過紙質這種物質形態將信息固定下來，使信息進入傳播渠道，並在一定的空間和時間內進行傳播。」〔註30〕如果把交換傳遞的信息當成實質性的，那麼期刊是工具性的角色。它的一頭連接的是讀者，一頭連接著作者。文學期刊的特性在於它所輸入的信息和傳送的信息都是以文學爲中心和依據的。在早期信息傳播十分落後的時代，傳媒的制約性力量受到了一定程度的遮蔽，沒能引起人們的注意。在當代的信息社會，往往文學期刊「不甘心處於一個中介性的位置，在傳媒力量逐漸滲透到生產內部的時候，文學期刊對文學的反作用力被成倍地放大、擴充。文學期刊在擔當傳播職能的同時，悄悄進入到文學的內部，從被動承載躍進到主動干預」〔註31〕，在當代嚴酷的政治環境下，這種情況也會發生，《朝霞》就是特例。〔註32〕媒介的作用日益凸顯，文學傳媒的巨大影響也被彰顯出來了，成爲繼世界、作家、作品、讀者之後文學活動的第五要素。因而，「文學期刊期待一個身份上的重新認定，除了中介性的工具地位外，在顯性的傳媒品格下，期刊到底是以何種方式參與到文學的建設中來的，在顯性身份的表徵下隱藏著何種狀態的隱性身份」〔註33〕。

在極具介入性的期刊力導下，《朝霞》期刊本身已經參與到了當時的文藝建設中，並對文本符號的編解碼過程進行滲透和改變。圍繞著「歌頌文化大革命」，「讚頌無產階級」，「與走資派鬥爭」的隱性要求，在文本的顯性層面（從形式到內容）表露出了前文所提到的種種符號特徵。這些具有象徵意味的符號特徵，以極大的精神感染力和規誡力，軟性地禁錮著每個讀者的思想意識。然而，在除此無它的文藝期刊環境下，這種軟性的、無形的媒介意識

〔註30〕 李明德：《仿像與超越——當代文化語境中的文學期刊》，北京：中國社會科學出版社，2007年2月版，第17頁。

〔註31〕 同上，第18頁。

〔註32〕 在李明德的《仿像與超越——當代文化語境中的文學期刊》這本書中，以文學期刊爲主線，梳理了從計劃時期，（以十七年時期的《人民文學》爲代表），到市場經濟消費文化時代的流變。唯獨把「文革」時期，作爲空白，基本沒有論述。本書認爲「文革」後期的主流文藝期刊《朝霞》也是符合論述條件的，算作補充，以供參考。

〔註33〕 李明德：《仿像與超越——當代文化語境中的文學期刊》，北京：中國社會科學出版社，2007年2月版，第18頁。

又變得那麼硬性，不容違犯。當然，因爲它是媒介和政治的高度聯姻。建國之後的五十年代開始到「文革」，我國的文藝刊物所負載的使命要遠遠大於它本身的傳播功能，尤其是敏感的包含文藝理論的刊物，它不僅是反映時代政治風雲變幻的晴雨錶、「氣象臺」，同時也肩負著引導方向，宣傳和闡釋上層意識，發佈一些文藝方針、政策，討論重大政治社會問題的使命。《朝霞》雜誌就是這樣的刊物。

　　《朝霞》從策劃和組織創作過程中，充滿了期刊對「媒介品格」的不安分。從《朝霞》的徵稿啓事可以看出主創者們的意向很明顯，如在任犢的《熱情歌頌新的人物新的世界——提倡更多地創作反映文化大革命的文藝作品》這篇文章中，「殷切地期望革命的文藝工作者努力『和新的群眾新的時代相結合』，……認眞學習革命樣板戲的豐富經驗，努力創作反映文化大革命的文藝作品，熱情歌頌在這場政治大革命中出現的社會主義的新的人物、新的世界，應當是我們廣大工農業餘作者和革命文藝工作者紀念《講話》、執行毛主席革命文藝路線的一項光榮任務。」〔註34〕從這段話可以看出《朝霞》延續了40年代延安講話的思路，即熱切呼喚的是「新的群眾」、「新的人物」、「新的世界」，即要發展大批年輕的工農兵業餘作者和具有無產階級思想素質的寫作者，展現正面積極的「文革」風貌。在這樣的組稿理念下，在《朝霞》叢刊的創作隊伍呈現出明顯的特點：一是以基層生產集體署名的作品有很多；二是創作者的低齡化十分明顯，很多作者都是第一次公開發表作品；三是寫作組直接發表文章，且引導意識很強。

　　在「文革」中後期即70年代之後，以期刊編輯部和寫作組爲主要發動組織力量，聯手在全國開始有意識地培養工農兵學員，在學校教育中注重寫作能力的培養〔註35〕，並且把各地的苗子寫手吸納入寫作組。編輯部已經意識到「工農兵業餘文學創作隊伍的形成和成長，需要報紙和刊物做艱苦的組織和培養工作。」〔註36〕當時沒有稿酬，但《朝霞》編輯部每天收到的來自全

〔註34〕 任犢：《熱情歌頌新的人物新的世界——提倡更多地創作反映文化大革命的文藝作品》，《朝霞》，1975 年第 6 期。

〔註35〕 見侯攀峰：《談「文化大革命」期間的寫作實踐和寫作理論》，《内蒙古師範大學學報》（哲學社會科學版），2002 年 6 月。文中談到「文革」後期全國高校把寫作課提高到了不應有的地位，寫作教學地位提高，並且湧現了一大批寫作教材和寫作理論研究文章。

〔註36〕 任犢：《讀〈朝霞〉一年》，《朝霞》，1975 年第 1 期。

國各地的稿件多達幾百件，可見《朝霞》在當時的號召力之大，是其它刊物所無法比擬的。另外，《朝霞》作爲一個文學刊物，在促進文學創作方面做了大量工作，如開展寫作學習班〔註37〕。至上而下的對文學寫作的重視，掀起了一股全民創作熱情高漲的風潮。這是主導意識形態話語引導民間話語，民間話語迎合主導意識形態話語雙向互動的過程。在這一過程中，雜誌向社會徵集作品，寫作愛好者參考這些報刊雜誌發表作品的類型和風格而創作。當然，這種精神的「強心劑」造成的只是假性的充實，它遮掩了眞正的精神困境。在刊物有限，主題固定的情況下，這種互動只能是一次思想的格式化，精神的自由舒展被悄然放逐。

　　過去，我們常常強調的就是上面這一點，所以謂之爲「陰謀」。但是，文學期刊，除了有可以爲政權借用的媒介品格之外，還有文學品格。我們至少能夠將《朝霞》明確地辨認爲是文藝刊物而非文件彙編。賦予文學期刊這種品質的是組成刊物的小說、詩歌、戲劇、散文。文學作爲藝術世界中借助文字符號表達感情、理想、意志的重要形態，它的生產力主要體現在對文學精神的構建和情感意願的表達，對人類的生存狀態進行批判和理想構造，從而爲人們的精神家園給予力量和勇氣上。某種程度上，《朝霞》雙刊中所傳達信息的文學屬性把「畸形思想」的陰影淡化了。

　　以審美和藝術性爲宗旨的文學，再如何變形，還是會具有文學性，多寡之分而已。況且「文革」後期文藝重點表現頌揚的「文化大革命」本身就是富含了理想和精神激蕩的對象。以近年來學界對「文化大革命」的理解爲例，至少包含兩個層面：是一場特殊背景下特殊的政治鬥爭運動，也有烏托邦式建國方案的錯誤引導。〔註38〕在指導思想經過過渡之後的《朝霞》雙刊中，前一層理解是隱性存在的，後一層理解才是顯性存在且被極度宣揚的。從前

〔註37〕參見楊懿斐：《〈朝霞〉：文革後期文學主流及其敘事策略——〈朝霞〉月刊研究之一》（《齊魯學刊》，2006 年第 6 期）。主要表現在：1、組織文學評論積極扶持「工農兵業餘作者」的創作。2、經常刊登一些樣板作品以及介紹經驗交流體會的文章來示範並引導《朝霞》月刊的文學創作。3、舉行徵文活動，舉辦各種類型的寫作學習班、座談會，並開闢「新人新作」、「文藝新花」等專欄抓住每一個環節，積極培養文藝新人。

〔註38〕參見王海光：《十一屆三中全會以來「文化大革命」研究的新進展》（《黨史研究與教學》，2002 年第 6 期）和魏旭斌：《大陸史學界「文化大革命」史研究綜述》（《湖南農業大學學報》社會科學版，2004 年 2 月）兩文對「文革」研究的綜述。

一層面看，狂熱的革命文本中，革命本質和思想鬥爭被放大，反叛意識和不妥協的激情喚醒的是人們強悍的生命意志。從後一層面看，很多的讀者和寫作者都在這種狂熱的革命文本中獲得參與時代建設的自豪感。青年人重理想，輕現實；重精神，輕物質；重直接，輕苟且，這些品質似乎與文本中的革命者的品質相符。青年人由於缺乏對現實生活的深刻體認，容易對革命形成非常浪漫化、簡單化、理想化的想法。主流意識形態的推崇和強烈的使命感讓年輕的人們以爲自己就是中國社會的救世主，近乎荒誕的生活思維被本質上崇高的拯救意識所掩蓋。文本中具有聯想性和表演力的語詞、名稱、情節、圖畫看起來不那麼面目可憎和格格不入，且深入人心。

文學活動和社會活動畢竟不是完全對等的，它具有調節、轉化、自生的功能。文藝的感染力也是媒介傳播的工具性難以規誡的。《朝霞》雙刊是政治宣傳和運動的產物，也是「文學文本」，是文學實踐活動的對象，體現著一種主客體關係狀態。儘管其策劃和創作，是在嚴密的思想和體制控制之下，但當文本由產生，到讀者，再到文本之外的社會轉移時，其間仍有溢出「主導意識形態」的可能。這種可能性表現在某些領域文學活動自生的活力：一方面，不能否認某些寫作者是懷著聖潔的心情用筆描寫現實的生活狀態，其文本的激進姿態來源於強烈的理想主義情懷。作品裏面描述的現實世界和當時人們的生活經驗是存在的，那種整體意志，個人願望，生活秩序就是人們日常的切實感受。另一方面，讀者會結合自己的內心需求去理解「文革」作品，甚至超脫文本地去想像。就大多數讀者心理來說，那時很多讀者的首要期待並不是想要瞭解當時的文藝思想，而是想要看看裏面的故事和插圖是否好看，散文和詩是否打動人心。正是這種空隙，使得在「極左」的粗糙的文本中，讀者也可能調整並進行自我心理救贖。再者，《朝霞》的創作機制也爲一些文學青年找到了人生的上昇空間。《朝霞》作爲「文革」爲數寥寥的文學場域之一，它激發了一些希望通過文學作品來施展抱負的文學青年。

第三章　不同層級的創作隊伍及他們在文壇的發展狀況——《朝霞》雙刊的寫作群體研究

　　以往我們會認定「文革」主流文學的創作不可看，自然也會認為寫作這些作品的人不值一提。直到越來越多的當代名家大師被翻出「文革」「老底」，人們才認識到研究當代作家的「文革」寫作經歷及新時期的轉變，是不容忽視的一題。據此，如果忽略了《朝霞》內部人員的分層和多樣化，也無法對「四人幫」控制下的「文革」後期主流文藝的寫作群體做真實有效的闡釋。

第一節　寫作群體的分類研究

塔尖人物：寫作組成員

　　理論班底的構成，主要是寫作組成員。在《朝霞》月刊中，專門有一個欄目是「理論」，或者有時稱為「評論」，這裡面都是一些理論性很強的文章。有的時候，這些文章也會隸屬於一個口號式的欄目，譬如「深入批林批孔，提高路線鬥爭覺悟」。後來出現的「隨筆」專欄中，有的文章也帶有極強的理論性。這種理論文章的欄目，《朝霞》叢刊裡面沒有，叢刊是不定時出版，出版周期比月刊長，都是精選一些作品，基本上沒有理論文章。所以，有些研究者認為，月刊比叢刊更應時應景地服務和配合於當時的主流意識形態，這也是一個因素。理論文章，是直接體現上層主導意識和方向性的文章。寫作

這類文章的人，要政治素質好，筆頭好，理論修養較高，有過寫作成果，常常是一個基本固定的理論班底，這些人與上層接觸也較為直接密切。這就是寫作小組。

關於寫作小組，這個概念需要釐清。

其一，組建像「寫作小組」這樣的寫作班子，不只是「文革」才有的。

寫作班子的形式，「文革」之前就存在了。它的產生背景，是基於 60 年代毛澤東等人對當時形勢的判斷，即認為有人在利用文藝，尤其是小說，進行反黨活動和修正主義思想滲透。所以，中央採用以文藝對文藝的方式，開始從各級黨、政、軍領導機關、高校、基層單位，紛紛調集「無產階級的筆桿子」和「秀才」，〔註1〕成立自己的寫作班子。其職務就是「以各種各樣大批判寫作組的名義，撰寫形形色色的批判文章，或發表在中央和地方的報刊上，或刊登於本系統的內部刊物及牆報上。」〔註2〕最早且級別最高的寫作班子，是包括中央書記處書記康生，人民日報社社長吳冷西，中聯部副部長王力，中宣部副部長姚溱，《紅旗》雜誌副主編范若愚等人在內的，另有陳伯達，喬冠華等人參與部分工作。最早的一個寫作組是《未定文稿》編輯部（即華東局《內刊》編輯部），另一個就是成立上海市委寫作班子，大概在 1964 年組建。大概 1971 年之後，依靠原來的寫作班子，又陸陸續續成立了一些直屬的或外圍的專題寫作組和大批判寫作組。比較有名的寫作組如「羅思鼎」（上海市委寫作組）、「池恒」（《紅旗》雜誌寫作組）、「初瀾」（文化部寫作組），梁效（北京大學、清華大學大批判組的筆名），「唐曉文」（中央黨校寫作組），這些大都是「文革」中後期出現的。

其二，要把寫作職能上的「寫作小組」與組織結構性的「寫作組」分開。

如上文所述，在「文革」之前就有許多因寫作需要臨時成立的寫作組，這是相對純粹的「因文始而聚，因文終而散」的臨時班子。到「文革」期間，「組」這一編制單位，越來越傾向於成為一種常設機構。例如「中央的很多頂級領導機構都縮小形體叫成了『組』，例如『中央文革小組』、『軍委辦事組』等等，上行下效，各級黨政部門都紛紛叫『組』了。上海市的政府行政管理系統，也變成了『農業組』、『工業組』、『政法組』、『商業組』、『財政組』之

類，其實都是市一級的局或委員會。『寫作組』與這些組並列，管轄權限相當於現在的市委宣傳部、教育衛生委員會、社會科學院、社聯、文聯、作協，十分龐大。這種行政結構很不正常，卻是當時的現實。當然，不叫『宣傳組』、『文教組』而叫『寫作組』也可能有一點紀念的意思，因為它的領導成員中有幾個人恰恰參加過『文革』初期那個專寫大批判文章的寫作組。」〔註3〕現在有些人很容易把這兩個『寫作組』搞混淆了，把一個很大的行政管理系統錯當成了一個寫文章的小組。

其三，上海市委寫作組的地位值得思考。

上文提到的「寫作組」演變為一種具有行政職能的機構，尤其是上海特色。一個實例是，1976 年的全國十三省市魯迅著作注釋座談會，其它到會的十二個省市都是由省市委宣傳部帶隊，唯獨上海是寫作組參加。也就是說，上海的寫作組實際上是將行政職能和寫作職能統為一體的。《朝霞》主編陳冀德對這個現象也表示，上海當時做法「太出角」，「把宣傳部的命給革了」。〔註4〕可見，上海市委寫作組在文化思想宣傳領域有高於其它省市的特權。這當然是因為上海人才聚集，高校眾多。在意識形態領域批判「封、資、修」的任務中，充當了「先鋒」的角色，在全國範圍內具有「領頭羊」的地位。更重要的是，上海受到了江青的青睞，她認為上海比北京好，可以成為「基地」。所以，在文化活動的方方面面都顯示了它的地位非同尋常。

寫作組常以筆名發表評論文章，如周天、常峰、方澤生、任犢、石一歌、方耘；也有以個人名義發表的寫作組成員，如郭紹虞、吳歡章、胡萬春、段瑞夏、高義龍等。寫作組當然不是僅為《朝霞》寫作的，我們時常還可以在其它地方，諸如「兩報一刊」等看到他們。按照張宏在《當代著名作家文革作品大全》的說法，寫作組是自成體系的，《朝霞》編輯部（還有如《外國文藝摘譯》編輯部、《紅旗》編輯部、《學習與批判》編輯部等，是平級的）只是它的業務聯繫單位。各個寫作小組根據上面的要求寫成文章，然後給下屬的各個刊物編輯部送去發表。有寫作組參與的理論文章是具有指向性和引導性的。

除了寫作組的較為固定的班底之外，《朝霞》上還有很多很多出自高校的

〔註 3〕余秋雨：《借我一生》，北京：作家出版社，2004 年 1 月版，第 247 頁。
〔註 4〕陳冀德：《生逢其時——「文革」第一文藝刊物〈朝霞〉主編回憶錄》，香港：
　　　　時代國際出版有限公司，2008 年 7 月版，第 148 頁。

編寫組、學習組等的文章。實際上,我們可以看到,寫作組的成員也多是從高校、作協研究所、報刊編輯部中抽調去的精兵強將。畢竟是經過學院訓練出來的,理論修養自不必說。只不過,沒有被抽調去的人,不是處在批修的第一線,偶而也會發表一些理論文章。而抽調去的大多數人,開始的時候,從個人到文章都帶有較濃學術研究討論的氣質,但是時勢的要求,封閉的環境和上層的督促,推動他們把這些問題看成政治立場、原則問題。這裡,可能有個適應的過程。〔註5〕個人署名,我們一般會認為是個人的創作,但是,王堯等學者的結論是有道理的,即「在當時,以個人名義所寫的一些文章,往往只是個人或者某個「寫作組」對主流意識形態話語的一種轉述。」〔註6〕另外,《朝霞》上還有身份無法考證的個別作者評論文章,以及工農兵的集體討論稿,這些文章多是順應迎合之作。寫作組不僅是寫理論性很強的文章,他們也會搞文藝創作,尤其是寫作組的下屬單位諸如某指定作品的編寫組等。陳旭麓、余秋雨、胡萬春、段瑞夏都曾以個人名義發表過文學作品。

寫作組體系之外突出的寫作者

　　《朝霞》期刊上面有許多寫作者不是直接隸屬於寫作組,也表現得比一般的工農兵寫作者突出,這些人構成了該刊的文藝生力軍。《朝霞》編輯部對他們的「用」,是以兩種方式進行的:

　　一個方式是從其它期刊上尋找寫作者。

　　文藝作品寫作方面,《朝霞》基本上採用的是拉攏一批寫作上已經比較成熟的成員,作為《朝霞》寫作群的中堅力量。當時的許多專業作家,多因為十七年「文藝黑線回潮」,或者「三名三高」復辟的問題,進了「五七」幹校。工人寫作者也多「回爐」到工廠。所以,《朝霞》尋求作者的最重要的一個方式,就是從其它文藝刊物中尋求尚未有嚴重政治污點的作者。因為在《朝霞》期刊創辦之前,除了已有的少量報刊外,已經開始恢復了一些文藝期刊,主要是《文匯報》、《解放軍文藝》、《人民日報》及一些地方文藝。他們甚至直接把其它刊物上的優秀作品轉載到《朝霞》上。主編陳冀德還關注到了「文

〔註5〕參見羅玲珊:《要風得風要雨得雨——文革上海市委寫作班子揭秘》,《新聞午報》2006 年 1 月 7 日刊。周原冰告誡寫作班子的成員要做「戰士」,不要做「院士」。

〔註6〕王堯:《脫去文化的外套》,廣州:花城出版社,2007 年 4 月版,第 155 頁。

革」期間，唯一幸存的通俗文藝讀物《故事會》，它是由群眾文藝館主辦的。
《故事會》發行量很大〔註7〕。在農村特別受歡迎。民間藝人說故事，小分隊
演出，往往都取材於這本小冊子。她特地從任嘉禾（某編輯）那裡得到了一
份經常給《故事會》寫稿的作者名單。由此為線索，聯絡群眾寫作者。後來
經常在《朝霞》上發表作品、在《朝霞》編輯部工作的人中，就有這份名單
上的人。〔註8〕

　　以對作者的不完全統計，姚克明、朱敏慎、李瑛、上海警備區賈曉晨、
路遙、北京大學工農兵學員徐剛、張秋生、羅達成、俞天白、古華、李小雨、
李瑛、吳芝麟、段瑞夏、張長弓、宮璽、姜金城、賈平凹、寧宇、霞浦縣俞
兆平、陸天明、北京某部隊幹部計紅緒、葉慰林、孫顒、黃蓓佳等以上這些
寫作者，多是「文革」中後期出道的中青年作家。但在《朝霞》期刊創辦之
前或期間，他們已經開始了寫作，並有少量作品刊登在各種地方文藝刊物上。
這些作家大都生活和工作在農村、工廠、部隊，很大一部分有知青經歷，在
散文詩歌、短篇小說創作等領域上成就突出。而當今文壇上的許多重要人物，
就在這個名單裏面。〔註9〕

　　另一個方式，選拔重用一些本刊物需要的寫作者。

　　《朝霞》組織作者的工作思路是自上而下的。其一，通過出一本書或寫
一篇文章，出一支隊伍、出一套班子，是寫作組開展業務、培育新生力量的
傳統做法。其二，老中青三代相結合，老同志傳、幫、帶徒弟的做法。這是
在「文革」前夕就已經形成的選拔思路，官方早就意識到「經過幾年的工作
實踐，我們體會到，文藝要更好地為三大革命運動服務，為興無滅資的鬥爭
服務，必須大力發展群眾的業餘創作，培養既會勞動又能創作，既能使槍桿
子又會用筆桿子進行戰鬥的紅色文藝戰士。我們採用的辦法是『選幫獎』。通
過群眾業餘創作來發現新苗，反過來，又通過培養文藝骨幹來推動群眾業餘
創作。」〔註10〕例如：蕭木的小說《初春的早晨》是那一期最好的作品，他

〔註7〕　注：「文革」期間，叫做《革命故事會》。1974 年 3 月至 1977 年 11 月，由上
　　　　海人民出版社（此段時間，上海文藝出版社屬上海人民出版社領導）編輯出
　　　　版的《革命故事會》出版了二十三期。
〔註8〕　陳冀德：《生逢其時——「文革」第一文藝刊物〈朝霞〉主編回憶錄》，香港：
　　　　時代國際出版有限公司，2008 年 7 月版，第 43 頁。
〔註9〕　參見附錄1。
〔註10〕北京部隊政治部文化部：《我們是怎樣培養青年業餘作者的》，《人民日報》1966
　　　　年 1 月 12 日。

卻把段瑞夏的小說《特別觀眾》放在了第一篇，把自己的放在了最後。〔註11〕
在上下溝通的過程中，不可避免，會有一些人得到機會，獲得上昇的空間。
如邊風豪、濱之、陳伯玉、曹剛強、陳繼光、成莫愁、陳先法、陳祖言、董
德興、穀雨、胡廷楣、黃世益、胡永槐、蔣明德、蔣小馨、劉觀德、劉緒源、
樓耀福、居有松、路鴻、陸萍、立夏、劉希濤、林偉平、劉徵泰、林正義、
毛炳甫、馬開元、錢剛、錢鋼、錢國梁、清明、錢世梁、施方、史漢富、孫
明義、士敏、施偉華、唐乃祥、衛國珍、王琪霞、王魯夫、吳永進、謝炳鎖、
徐根生、徐如麒、謝其規、徐照瑞、楊代藩、余冠雄、姚華、袁軍、姚美芳、
余秋雨、於水、嚴祥炫、姚胥正、俞雲泉、鄭成義、張達邦、張東方、莊大
偉、朱和平、左鴻恕、張鴻喜、周林發、朱金晨、張敏賢、張偉強、周銀寶、
周志俊、趙自等作者〔註12〕都多次在《朝霞》期刊上發表作品。

　　對同一的作者多次用稿的現象，值得重視。它至少體現了兩種可能性，
或他們的作品得到重視，符合需要；或他們中的一些人與編輯建立了熟悉的
關係。與盲無目地亂投，稿件偶中的作者相比，他們成為了《朝霞》的「常
客」。

　　前文已述，寫作組是自成體系的，而《朝霞》編輯部是下屬的業務單位。
所以，編輯部才是負責《朝霞》日常工作的小集體。《朝霞》編輯部不僅是以
這兩種方式組建作者隊伍，而且編輯部自身也是以這樣兩種方式構成。主編
陳冀德負責編輯隊伍的組建，是從寫作組之外的人中考慮的。尋覓的思路之
一主要是從其它報刊雜誌等有經驗的工作人員中挖掘，譬如從已停刊的作協
主辦的兩個機關刊物《收穫》和《萌芽》中找人。最後，編輯部的成員有：《萌
芽》編輯部主任施燕平，曾在《新民晚報》工作過的《萌芽》的另一位老編
輯歐陽文彬，來自《紅衛戰報》的青年姚眞，來自空四軍軍部的宣傳幹事林
正義（做過林彪的女婿）。〔註13〕再者，吸收工人業餘作者如段瑞夏等好幾人
進編輯部。從構成就可以看出，這些人相對於寫作組的規範化、理論化，他
們要「文藝」一些，有時候也會自己寫文學作品發表在《朝霞》上。

〔註11〕陳冀德：《生逢其時──「文革」第一文藝刊物〈朝霞〉主編回憶錄》，香港：
　　　時代國際出版有限公司，2008 年 7 月版，第 47～49 頁。

〔註12〕是否有些是筆名，不可考證。

〔註13〕陳冀德：《生逢其時──「文革」第一文藝刊物〈朝霞〉主編回憶錄》，香港：
　　　時代國際出版有限公司，2008 年 7 月版，第 47、48 頁。

廣泛培養業餘文藝愛好者

　　《朝霞》期刊上有許多作者是很難考證的，這些人可能當時用的是筆名，繼《朝霞》之後也沒有發表太多有影響力的作品。有的直接是集體作品，主筆人不詳，我們常常看到這樣的署名，如「上海機電廠五·一工大文科班」，「老媽媽文藝宣傳隊」，「新五公社供稿」，「上海戲劇學院戲劇文學系編劇專業一年級集體供稿」。應該說，當時《朝霞》的業餘創作隊伍十分龐大，近的包括寫作學習培訓班成員，遠的就是一些讀者投稿。我們可以稱之為「匿名寫作群」，他們在整個《朝霞》創作隊伍中數量最多，光是「出版的《叢刊》第一輯，以小說為主，作品絕大多數是工農兵業餘作者寫的，其中近半數作者還是剛開始寫的新手」。〔註14〕僅1974年的情況而言，「粗粗統計了一下，一年來在《朝霞》（包括「叢刊」）中發表創作的工農兵業餘作者有一百多人。這中間，第一次發表作品的占大多數，約八十餘人。」〔註15〕

　　投稿是「文革」新作者發表作品的主要途徑，文學刊物比較注意發動新作者來積極投稿。《朝霞》曾在叢刊第一期的《致讀者》中鼓勵讀者們積極加入到「一個群眾性的革命文藝創作運動」中來，它「熱切希望得到廣大工農兵業餘作者和專業作者的支持」。〔註16〕後來又刊出希望讀者踴躍投稿的啓示，「希望廣大工農兵業餘作者和專業作者大力支持、踴躍來稿，努力運用革命現實主義和革命浪漫主義相結合的創作方法，塑造無產階級英雄形象，積極反映當前偉大時代的風貌，熱情歌頌毛主席革命路線的勝利。」〔註17〕文學刊物在發表個人作者的投稿作品的時候，一般都要進行外調和政審的工作，要審查作者的政治身份，這也是文革主流文藝把作者隊伍牢牢控制在工農兵範疇的重要步驟。

　　刊物的銷售數量大，投稿的人也多，每個編輯的桌上稿件成堆，一個龐大的創作隊伍形成。〔註18〕王堯曾在一文中講述了當時一位的文學青年愛好者陸老師的故事，文中寫道「我當時覺得這是陸老師寫得最好的作品，想仔細看看。他問我投哪家雜誌好，我建議他投上海的《朝霞》。他隨即讓把我家

〔註14〕編者：《致讀者》，上海：上海人民出版社，《朝霞》，1973年5月。
〔註15〕任犢：《讀〈朝霞〉一年》，《朝霞》，1975年第1期。
〔註16〕編者：《致讀者》，上海：上海人民出版社，《朝霞》，1973年5月。
〔註17〕編者：《啓示》，上海：上海人民出版社，《珍泉》，1973年12月。
〔註18〕參見陳冀德：《生逢其時——「文革」第一文藝刊物〈朝霞〉主編回憶錄》，香港：時代國際出版有限公司，2008年7月版，第53頁。

裏的幾本《朝霞》拿給他。」〔註 19〕這個民間的例證透露出的信息是,當時有些人對投稿的熱情,是在寄予自己的文學理想而非以此實現政治發達。作者本人的文學夢想需要找到放飛的空間,《朝霞》則是文革爲數寥寥的文學場域之一。相同的場域,不盡相同的訴求,把希望通過文學作品來爲「文革」服務的策劃者和希望通過文學作品來施展抱負的文學青年統一起來。

實際上,投稿數量巨大,但是水平參差不齊,大多數質量是很粗糙的。許多寫作者也表現出了對知識水平不高和技法欠缺的不自信,又不斷地從主導形態的鼓勵中自我打氣,尋找成就感。於是,全國開始有意識地培養工農兵學員,在學校教育中注重寫作能力的培養,各地開展寫作學習培訓班,一方面主要是寫作技能的培養,當然也會不可避免有政治意識形態的滲透伴隨其中。參加學習班的「絕大多數是文學青年,也有幾個老作者。三十人左右。以工。農、兵文學青年爲主體,其他如海員、店員,醫療衛生領域的也有。」〔註 20〕在《朝霞》叢刊第一期上發表作品,除了石一歌的傳記選載《魯迅在廣州》和蕭木的小說《初春的早晨》,基本上都是第一期學習班的創作。學習班的工作主要表現在:1、組織文學評論積極扶持「工農兵業餘作者」的創作。2、經常刊登一些樣板作品以及介紹經驗交流體會的文章來示範並引導《朝霞》月刊的文學創作。3、舉行徵文活動,舉辦各種類型的寫作學習班、座談會,並開闢「新人新作」、「文藝新花」等專欄抓住每一個環節,積極培養文藝新人。〔註 21〕至上而下的對文學寫作的重視,掀起了一股全民創作熱情高漲的風潮。

《朝霞》寫作群,從「寫理論的班子」到「寫文藝作品的筆桿子」再到「工農兵業餘寫作愛好者」是存在水平差異或層級區別的。對他們的細分,也是在於能夠更好地認識到對他們的劃分是大致的,不是那麼絕對,比如,寫作組成員不是絕對固定的,尤其是下屬的、外圍的編寫組,相對於上層寫作組具有一定的流動性。在學習班或工農兵文藝愛好者中的優秀分子,也可能選拔成爲文藝骨幹甚至寫作組的成員。

〔註 19〕王堯:《向〈朝霞〉投稿》,《南方周末》,2006 年第 5 期。
〔註 20〕陳冀德:《生逢其時——「文革」第一文藝刊物〈朝霞〉主編回憶錄》,香港:時代國際出版有限公司,2008 年 7 月版,第 43、44 頁。
〔註 21〕參見楊懿斐:《〈朝霞〉:文革後期文學主流及其敘事策略——〈朝霞〉月刊研究之一》,《齊魯學刊》,2006 年第 6 期。

第二節　寫作者的命運與評價

前面，本書針對當前對「文革」作者的評價含混，一棒子打死，一鬍子亂抓等現象，對《朝霞》寫作群做了分類統計和概述。從中可以見出，他們確實存在差異性，包括寫作的生態和寫作的水平、傾向性等。接下來，按照前文的分類情況，探討這些參與《朝霞》文藝為代表的「文革」主流文學的寫作者們的人生受到了怎樣的影響？如何評價他們的「文革」寫作經歷呢？

一

寫作組的許多重要成員在「文革」之後，大多受到審查，然後從文壇銷聲匿迹了，直到近年來個別人出回憶錄、自傳。在寫作組成員中，那些對政治鬥爭有所洞察，自覺地充當了「陰謀」文學的製造者的，不用多討論。值得思考的是，有數量甚多的高校、研究所的文人知識分子被裹挾了進去，「文革」之後又回原單位。歷史影響著對作家作者的評價，筆者同意王堯曾主張的「對歷史苛刻些，對個人寬容些，苛刻和寬容的前提是理解」。〔註22〕很多人在回憶中把這個過程描述為無意識，被欺騙可以理解，但是不從個人而從問題的實質看，為什麼會出現這種情況呢？

他們被抽調進去寫作組的時候，是因為他們的「知識分子」身份；同時又有很多人因為是「知識分子」被罵成「臭老九」或「反動學術權威」；還有很多人因為參加了寫作組，被今人責難為不具有「知識分子人格」或「知識分子獨立性」。「知識分子」的身份和「知識分子人格」，是這一系列如連環套又富悖論性的現象之癥結。在一些知識分子被抽調進寫作組的時候，看重的正是他們讀過很多書，有寫作的能力；當一些知識分子因為身份歸屬而被打倒批判時，恐怕考慮人格問題要高於身份問題；當今天我們責難一些知識分子不具備獨立性的時候，又需要客觀認識到，他們的「知識」足以支撐起一個獨立的精神嗎？這一系列的思索，還是在於「知識分子」、「獨立人格」、「知識」等本身的不明確。本書在這裡，不過多做概念上的內涵、外延的討論，只就「文革」時期的情況具體分析。

1、知識分子身份

新中國成立以來，我國的文化政策是把「知識分子」作為一個階層，與

〔註22〕王堯：《脫去文化的外套》，廣州：花城出版社，2007年4月版，第52頁。

工人、農民、士兵等相對立看待的。把知識分子看成一個階層，和國外的主流看法——「把知識分子作為『中產階級』的主要力量」相比，實際上是把知識分子和工廠、農村、部隊等領域分割開來。所以，當時的「知識分子」主要指的是學界分子和科研人員、高級技術人員。另外，按照當時的社會狀況，民間所認為的一些讀過高中，上過大學的人就算「知識分子」，即有文化的人，所以「知青」也是一個重要的組成。中國從 50 年代開始，就在鼓勵培養大學生要「立志做一個又紅又專的工人階級知識分子」。〔註23〕在「文革」時期，知識分子又要求和農民相結合，國家大搞「知識分子下鄉」運動。把知識分子階層融入其它階層，與工農結合，進行再教育和改造，這些都體現了當時國家對這一群體的不信任和行政消解。

2、知識

上述這些知識分子，由於代際差異伴隨著新舊中國文化教育的差異，背景和知識構成是不同的。大約生於 40 年代之後的人可能受教育的主要時段在建國後，他們的閱讀面和見識度，學校的培養方式等肯定與之前大不相同。

「知識」的本質是人類的認識成果，來自社會實踐。包括初級形態的經驗知識和高級形態是系統科學理論。「知識」本身只是人們關於自然、社會和思維認識的概括和總結，在社會實踐的世代延續中不斷積累和發展。它不必然提供真理性的認識，也不必然培養人的獨立精神。譬如，文革時期所謂的「知識分子」群體，以他們的受教育背景，很多都不會想到現成的馬列主義哲學，只是世界上眾多學問之一。當時很多人教條地學習馬列已經覺得「很先進」，他們都會把其中語錄供奉為絕對「真理」，而沒有考慮到馬列主義要與具體實際相結合，沒有考慮到理論本身也要發展。

3、知識分子人格

中國的知識分子人格，往往是以古代的「遊士」或歷史上的大思想家為榜樣，當下甚至以西方語境中設定的那種知識分子為榜樣。他們以知識為謀生手段，以腦力勞動為職業，形成一個與社會中其他階級不充分整合的、不依附於現存體制的、「自由飄遊」的、相對獨立的社會階層，具有強烈的社會責任意識，對時政採取批判態度，對現狀往往不滿。而實際上，「文革」期間

〔註23〕參見報刊選編：《又紅又專，做一個工人階級的知識分子》，武漢：湖北人民出版社，1958 年 5 月，第 58 頁。

的知識分子，因為欠缺支撐獨立思考的知識系統，除有少數人表現出反抗精神，大多都是依附於體制和國家政治的。

可見，「知識系統」閉合單一，最民主最革命的社會假面，使我們今天不能以理想的「知識分子人格」來回顧和評價那時人們精神狀態。無論反抗還是屈從，當時的他們是可悲的，價值僅體現在編編寫寫上，他們在收集整理和編寫方面，傳承了一些歷史人文知識，這一點是不可否認的。但除此之外，似乎一文不值。而經歷了這次毀滅性的精神打擊，很多人首選懷疑和自保，知識分子群體的幻滅感和無力感一直向深廣處蔓延，對「知識分子人格」的信念一直難以重振。

中國文人歷來就有「修身、齊家、治國、平天下」的抱負，但一直伴隨著寫書吟詩抒發懷才不遇、君王目不識珠的命運。可是，「文革」這個特殊的歷史時期，可謂是蹊蹺地實現了文人們的這一理想。試問：哪個時代會有那麼多官員因為擅長文藝寫作而騰步青雲？哪個時代又會把文藝、文化，作為一國的主要建設任務？但出現的結果是哪怕後世的文人知識分子也唾棄的。所以，文人不一定有獨立的知識分子人格，即便有，又能抵抗住強大的政治意識形態的壓力，權威的腐蝕，國家結構體制性的同化嗎？怨憤之餘試問，知識分子人格做好了準備嗎？

二

不得不說，《朝霞》在很長一段時期內被當做「陰謀文藝」的緣故，使得很多人簡單地斷定，凡是參與到《朝霞》作品寫作中的人，都是「陰謀分子」。這樣的觀點，至今還一定程度上客觀存在。許多作家，有意迴避這段寫作經歷，也表明了他們的顧慮。然而，每個歷史階段，必定有一定量的人在從事寫作，只不過恰恰是他們而已。

對於文藝工作者，擅長寫作，確實是一項本事，不管在怎樣的社會環境，是他們可以依靠的謀生能力。唯一不同的是，人的基本應激性，會使寫出來的東西符合當時時勢的需要。所以，「文革」時期一片「左」，而「文革」之後，他們又隨著新的環境和認識，開始寫出新的東西。今天，我們不能用隨波逐流、趨炎附勢、沒有堅定的信念和價值觀來苛責他們，不能否定那也許就是他們當時的真心實意，也不能否認他們對文藝寫作的熱愛。沒有產生高瞻遠矚、倨傲不遜的人文大師，這個責任不能由某個具體的人承受。

　　拋開理想化的標準來看，當時許多突出的寫作者，在「文革」之後，基本上回到了文藝工作崗位兢兢業業，在相應的職業領域是資深的，有成果的。值得注意的是，他們大多還是受用於體制內的範疇。據後來可查的結果表明，「文革」後這些人大部分聚集在作協系統或在報社、雜誌社編輯部任職，他們成長及受教育多在上海及周邊，現在也主要集中在上海、江蘇等地。〔註24〕作品及各種頭銜甚多，但在文學史或文壇上產生重要影響的卻只有如賈平凹、余秋雨等寥寥幾人。這時隔多年後的回望似乎隱隱地可以看出，《朝霞》與他們的人生密切相關。上海，歷來是中國的文化、出版中心。那裡集中了中國最早創辦的許多出版機構，報紙雜誌，他們的書刊發行，輻射到全國各地；當然，薈萃了大量文藝工作者實屬正常。但是由於「文革」，很多知名的上海籍作家如魏金枝、師陀、柯靈、靳以、王西彥、施蟄存等卻在那一段歷史時期鮮見其名。空缺，使很多人獲得了上升空間。新時期國家形勢發生了巨大變化，但基本上國家沒有非理性地再次重演「文革」的「一刀切」。

　　陳思和先生對文革「地下文學」或說「潛在寫作」的挖掘，讓我們看到了那一時期主流寫作之外的文學和作家思考，而我們討論的這一群體則是與之相對應的另一種狀態。他們是最有能力和資格去寫「文革」，反思「文革」的，可以為我們提供另一側面的寶貴資料。他們初涉寫作在「文革」時期，當時正值青壯年，就在寫作熱情激發起來的同時得到了主流意識形態的承認，客觀上也受益於此。但是，巨大的歷史謊言仍然讓他們經歷了上當受騙的感覺，好在他們沒有像老一輩作家那樣受盡折磨，他們還有力氣去認真反思。但對他們而言，也許仍處主流，心有餘悸，迷惑尚存，想要放開了寫的東西，始終只是以「心理草稿」的形式置放。

三

　　很多「文革」文學的研究者，都苦於一件事：寫作者的不可考證。出現這種情況，一方面是大量的筆名尚未有人認領，再者就是大量的集體創作。這些寫作者，成為了「文革文學」永久沉默的寫作群體。

　　「筆名」這一現象，可以引起人們很多的聯想。我們常說的「匿名」從廣義上理解，體現為兩種現象：筆名代替真名，群體代替個體。這裡面

〔註24〕詳見附錄2的情況統計。

有很多值得探索的地方，如動機分析，是為炫耀作家名份？掩蓋個人責任？
少數服從多數？匿名所形成的「無我」寫作狀態，可能成為筆桿玩水的屏
障，也可能成為進入真我的通道。中國歷代的大作家大文豪都有筆名，可
以用來寄託自己的意念，或是為了在生活中的「我」和文學中的「我」劃
一個界限。特殊的歷史時期，筆名的主要作用還可以避免惹上文字官司，
秋後算賬。實際上，所謂的集體創作，也只是一兩個人執筆或主要編寫。
集體署名只是個名頭，即變相的筆名。以《朝霞》期刊雜誌為例，筆名甚
多且有作者用筆名不專一，加上混迹在很多真實姓名之中，形成了一個龐
大的匿名群。這個現象表明，有一部分人是有政治敏感的，頻繁變換筆名；
也有很多用真名的寫作者，由於後來在文藝寫作上沒有什麼建樹，所以他
們的姓名會那麼陌生。

　　當初主導意識形態借助期刊為中介，對工農兵學生大規模地寫作培養和
投稿號召，並使得這個運動形成聲勢，造成轟動，離不開他們的熱情參與。
可以想像，當許多普通百姓和青年看到自己的文字作品變成鉛字時的那份榮
耀與欣喜。可是，《朝霞》期刊不僅是定位在發表優秀作品的園地，更把自己
當成培養展示新手「嘗試品」的場所，至今還有人們對它除了傾向性以外的
整體水平也有所詬病。因此，它在給了一部分人上昇的空間之外，帶給了更
多人錯覺：誤認為自己發表了作品，文藝寫作水平就很高。許多為寫作而寫
作，為投稿而寫作，為成名而寫作的人看到了一個似乎容易的平臺。寫作組
和編輯部組織的大量寫作訓練班教授的知識，從寫作的主題傾向上到技法套
路上，在新的歷史時期一下子變得刻板且不合時宜了。不知這些寄託了文學
夢想的人，最後是如何處理這樣的心理落差：花費了很多的時間參加文藝寫
作的訓練，卻不能在這個行業以寫作謀生存謀職位。試推測或假設，後來他
們也許大多到基層單位，例如工廠車間、部隊機關等搞工會宣傳工作。就文
學創作的成就來說，「這一群體的地位在當年是虛妄的，在今天則是渺小的。」
〔註25〕

〔註25〕王堯：《脫去文化的外套》，廣州：花城出版社，2007 年 4 月版，第 12 頁。

第三節　不同向度的反思：突出的寫作者在新時期的文學活動

應該說，下文論及的這些人，是有文學和思想造詣的。〔註 26〕他們都在《朝霞》上面發表過文藝作品，當然，作家與一個期刊的關係總是有限度的，我們不能說某個作家因爲在《朝霞》上發表過作品，就處處將其冠以「朝霞文人」的名號。但是，以《朝霞》雙刊在「文革」文藝的建構上的特殊地位而言，它至少是對當時的文藝形態的形成，寫作思路和方式等產生了極大的影響。作家們的「文革」寫作都必須以其爲參照。再者，也許這些作家一兩次在《朝霞》文藝上的發表作品，被認爲是不起眼的，但以這個刊物在當時的地位，足以給作者內心極大的鼓舞，從而眞正堅定地邁上文學創作的人生方向。他們雖在「文革」期間，發表了很多作品順應和附和了那個時代的要求，但「文革」之後很快就成爲反思過去的主要力量。這些有眞才華和眞勤奮的人並未因時代變遷而被埋沒，而且他們憑藉自身更有講述能力、思想高度和親身體驗，在新時期文化領域也佔據了重要地位。新時期，這些作家的文藝活動在很多地方都顯示出抱有針對性的反思和實踐，主要體現在以下三個方向上，分別是：超越現實地尋找被「革」掉的文化之根、心靈之根；積極反思，並以「過來者」的成熟心態關注當下問題；從知識和學術的角度重建正常的文藝史觀。

尋根，揭去文化的假面

在《朝霞》期刊中，最引人矚目的名字就是賈平凹、古華、路遙、余秋雨等人。他們在文學史上都是赫赫有名的具有代表性的作家。新時期以來，前三位始終立足於鄉土——他們熟悉的湖湘小鎮和陝北農村；後者則遊走於國內外，足迹遍佈歐亞非，以寬廣的視野構建大文化之旅。

賈平凹在當代是以其叛逆性、創造精神享譽世界。回看他最初的創作經歷，可以看到現在作者本人及其作品中體現出來的獨樹一幟，不完全是天然氣質。作者長期堅持在生活歷練中逐漸培養，反覆思索，勤奮寫作才成就了他如今這般通悟達道。

〔註 26〕注：這些人組成的名單參考了筆者對《朝霞》作者群整理。主要討論的是當時在《朝霞》發表過作品，甚至發表作品較多，具有一定寫作能力的，現在又在文壇上有一定影響的人。

　　78 年之後，賈平凹陸陸續續在《人民文學》、《朔方》、《中國作家》、《天涯》等刊物上發表了很多作品，包括短篇小說和詩歌等。他第一次在文壇產生重大影響並奠定他文學地位的是刊登在《上海文學》1978 年 3 月上面的《滿月兒》。這是他文學生涯中第一篇獲獎作品。1978 年距他在《朝霞》發表《彈弓和南瓜的故事》、《隊委員》不過兩三年的時間。同樣是在上海的期刊上發表的作品，前者為他帶來巨大的榮譽，而後者他幾乎不再提及。不論是巧合忘記抑或刻意迴避，考慮到當時《朝霞》文藝的敏感程度，「遺忘」是可以理解的。1979 年，他在一次採訪裏回顧自己文學道路，談及自己發表過哪些作品的時候，歷數「在『人民文學』、『中國文學』、『十月』、『收穫』、『上海文學』、『延河』、『光明日報』、『安徽文藝』、『寧夏文藝』、『河南文藝』、『邊疆文藝』、『北方文學』、『兒童文學』、『少年文藝』、『鄭州文藝』、『西安日報』、『陝西青年』、『陝西少年』、『群眾藝術』等全國幾十家公開報刊上發表七、八十篇小說、散文。」〔註 27〕從「文革」期間的地方文藝到「文革」後的發表情況，都列舉了，唯獨不提及《朝霞》。賈平凹從「文革」期間到 1980 年之前，在上海的刊物上發表了大量的作品，他可能確實沒有政治敏感性，但他對在哪裏發表作品容易出名，容易受到關注的敏感應該是有的。

　　賈平凹「文革」期間的作品，短小緊湊，甚至略顯急促，從故事情節到人物刻畫，到細節描寫，圍繞著中心鬥爭很明確。語言文字的表達上以說理性的敘事和對話結構全文，風格簡單直接。而在獲 1978 年「全國優秀短篇小說獎」的《滿月兒》這篇小說中，筆調從容愜意，相對於之前的作品，很多描寫細緻入微且心平氣和得多。比較而言，他以往的作品總覺得有一個「衝突戲」在讀者和文本之間時時隱現，很有壓迫感，那麼對於這篇《滿月兒》，讀者可以沉浸進去忘我自然地看完了。作者這篇最早的獲獎作品，從敘事風格和作者追求的意境來看，已經發生了很大的轉變。關於這篇小說，他回憶創作時談到：「一出場要自然，要有場景，以形象抓人；時時寫進生活情趣，使故事豐腴；讓月兒和滿兒活動，力避『我』來死板介紹，發議論；描繪要細膩，敘述要抒情；產生詩的意境；調子要柔和，語言不要出現成語和歇後

〔註27〕賈平凹、孔捷生：《一九七八年優秀短篇小說作者答本刊編者問》（二），《語文教學通訊》，1979 年 5 月。

語一類太土的話，節奏和音響要有鄉下少女言談笑語式的韻味；結尾要電影式的『淡出』，淡得耐嚼。〔註28〕

雖然，「文革」時期的作品作者已經不想再提，但是從他後來談文學創作的文章中，我們時時能讀到一些文字似乎是針對過去的寫作，長期反思的結果。

關於寫作小說的風格，作者開始嘗試一種詩意的渲染。譬如小說《滿月兒》從名稱到基調都是清新自然的，與「文革」作品中的象徵指向很明確的語言不同。程德培評價這篇作品時說：「作者寫得那麼平淡，就像是生活中常有的事情……」，並以詩歌的意境來談小說的情境，謂之「詩宜樸不宜巧，然必大巧之樸；詩宜淡不宜濃，然必濃後之淡。」「文革」剛結束時，人們經歷一場大的精神運動後的倦怠感、疲乏感、失落感交錯滋生，「寓絢於素」的作品可以排遣和撫平緩和許多人內心的衝撞，賈平凹這時期的作品如《第一堂課》、《滿月兒》、《第五十三個……》就是這個特點：短小、清新、自然。

關於寫作技巧，作者一方面努力去給人物骨骼賦予血肉，另一方面廣泛體驗多種手法。「文革」時候的作品大都非常「骨感」，輪廓和框架非常明顯，不細膩，也不豐腴。敘事模式化，概念化，顯得死板而抽象。如何讓作品豐潤起來，作者個人的真情投入非常重要。很多作家往往把自己好的作品，比作自己的孩子或愛人，就是因為對其有深厚的感情。而許多作家「文革」時候的作品大多是產品，是順應外界之作。所以，賈平凹認為「文學是人學。人不是捏弄成的泥胎，不是斧子砍成的木偶。人，就是有血有肉，有喜、怒、哀、樂。而文學作品中的人怎樣呢？在『四人幫』橫行時，這種提問是不敢的，因而出現了圖解、公式、耳聞，而今說某一篇作品沒意義恐怕問題也就在這裡了。」〔註29〕對於過去編故事，要搞得像「戲」的敘事寫作，他持否定地談到「不要將精力集中到搜尋一個完整的故事上去。生活極其複雜，它所發生的故事往往是不夠完整的讓你輕易去寫，也不必滿足於一個事件的輪廓，一堆變化的數字。」〔註30〕賈平凹甚至受 80 年代西方文學思潮的影響，

〔註28〕賈平凹：《平凹文論集》，西寧：青海人民出版社，1985 年 12 月，第 51～52 頁。

〔註29〕同上。

〔註30〕賈平凹：《觀察：人道與文道雜說之二》，《平凹之路》，西寧：青海人民出版社，1994 年 8 月，第 195 頁。

「在嘗試了一些西洋『技巧』和現代『手法』之後，轉移到了中國新文學的現實主義道路上來。」〔註31〕

　　關於寫作題材，不變的是多來自農村，但更生活化，避免片面追求重大主題。「文革」後的傷痕文學、反思文學、改革文學，仍然是以正面的直接的方式介入「文革」，而賈平凹等人則採取「以輕擊重」，尋找眞實的文化根脈。正因爲具備了豐厚的傳統文化和地域文化的內涵，所以即便不寫重大題材，其作品仍具有超越地域和時間的價值。這些來自鄉土的作家，只有回到民間、土地、樸素善良的百姓生活中，才會感到眞實踏實，接了「地氣」。

　　另外，和賈平凹一樣有著濃濃的陝北鄉土情結的作家路遙，題材也都是定位在陝西農村。賈平凹、路遙、古華等人都是非江浙、上海一帶的人，他們和《朝霞》結緣，各有不同。作爲一個刊物，特別是在全國有影響力的刊物，肯定會扶植和培養許多作家。但是，我們不能說某個作家在某刊物上發表了作品，就斷定這個刊物給予了某作家很多，或起了重要性的影響。譬如，路遙在《朝霞》上發表了作品，但或許那對他來說只是創作經歷中的偶然，似乎並沒有點燃他的夢。因爲他在《朝霞》月刊1974年5期上發表的是一篇散文《江南春夜》，雖然早期他在詩歌、散文、小說方面都有嘗試，但是從1973年開始，他把主要的創作方向是確定在小說上。而《延河》這個刊物對於他來說更親切，他曾談到「我自己就是通過這個刊物走上文學之路的，因此我對這個雜誌充滿了尊敬的感情。」〔註32〕1972年，《陝西文藝》（今爲《延河》）雜誌發表了路遙的小說《優勝紅旗》，這是路遙的第一部短篇小說。後來，路遙還發表了一篇中篇小說《基石》。

　　新時期之初，他絲毫沒有猶豫地在「文革」後立即轉向了反思。《不會作詩的人》（《延河》1978年第1期）、《在新生活面前》（《甘肅文藝》1979年第1期）寫的是對「四人幫」的批判及與「實現四個現代化」有關的內容，雖然在各個描寫細部能看到路遙下了一些功夫，但是還是留有濃鬱的「文革時期文學」的色彩。1979年執筆以及1980年發表的一系列短篇小說，路遙捨棄了中心思想、課題和題材等此前積累的創作經驗，留下的是在意識上有一種「混

〔註31〕孫犁：《談〈臘月·正月〉──致蘇予同志》，《陋巷集》，天津：百花文藝出版社，1984年7月。

〔註32〕李建軍編：《答延河編輯部問》，選自《路遙十五年祭》，北京：新世界出版社，2007年11月，第294頁。

亂」的摸索痕迹的作品，具體有以下這些：《夏》，《延河》1979 年第 10 期；《匆匆過客》，《山花》1980 年第 4 期；《青松與小紅花》，《雨花》1980 年第 7 期；《賣豬》，《鴨綠江》1980 年第 9 期。〔註33〕最突出的是，他在 1980 年憑藉中篇小說《驚人動魄的一幕》獲第一屆全國中篇優秀小說獎。這個作品正面描寫「文革」的傷痕，他用粗獷但有力的筆鋒描寫了為了避免農民之間的流血事件甘願犧牲自己的縣委書記，勇敢張揚青年的覺醒。該作品雖獲得獎勵，並使路遙為眾人所知，但是它卻在諸多方面與「文革」文學之間有著親緣關係的悖反秘密。較之於他在文革時期的創作，《驚人動魄的一幕》除了主題的悖離之外，在藝術形式和藝術觀念方面，具體地說，在追求作為宣傳政治路線的工具、推崇表現時代的重大題材、著意於主要英雄人物的塑造方面與「文革」文學一脈相承。通過這個時期的作品，我們可以看到作者為「跳出」「文革期文學」的框框，尋找自己的文學世界而付出的巨大努力。它們已經不是「文革」結束後附和四個現代化的模型作品。雖然還有一些殘餘的部分，但是可以看到作者獨自摸索的創作思路，以及認真的創作「實踐」。這也取得了一定的成果：嘗試主題和題材的多樣化、在富有曲折的故事上下功夫、人物設定和人際關係上的多樣化、小說結構上的技術性處理等等。當然這些在後來的路遙作品裏也是可以看到的。總而言之，他努力地從描寫含有矛盾態度的人物和某一種固定化人物形象中跳出來，朝著塑造獨立的人物形象方向努力。在這個過程中，他通過從擺脫「文革期文學」創作的時代制約，到後來的拼命學習的創作期，漸漸地找到了自己的文學題目。〔註34〕

　　直到《人生》、《平凡的世界》等作品重新回歸鄉土，他才真正的聲名大噪。這兩部作品的巨大成功，在於作者本人思索的力度和融入切身體驗的深厚度。和以往的創作相比，作者認識到「真正有功力的長篇小說不依賴情節取勝。驚心動魄的情節未必能寫成驚心動魄的小說。作家最大的才智應是能夠在日常細碎的生活中演繹出讓人心靈震顫的巨大內容。而這種才智不僅要建立在對生活極其稔熟的基礎上，還應建立在對這些生活深刻洞察和透徹理解的基礎上。」〔註35〕

〔註33〕〔日〕安本實著，陳鳳譯：《「交叉地帶」的描寫——評路遙的初期短篇小說》，《當代文壇》，2008 年第 2 期。

〔註34〕參見〔日〕安本實著，陳鳳譯：《「交叉地帶」的描寫——評路遙的初期短篇小說》，《當代文壇》，2008 年第 2 期。

〔註35〕路遙：《早晨從中午開始》，《女友》，1992 年第 5 期。

　　路遙初期的創作，包括「文革」期間和「文革」剛結束的時候，傾向性的把握是非常明確的，小說表現的內容從順應「文革」到否定「文革」之間似乎和時勢的變化非常合拍。但是，作品真正的反思力度，思想深度，寫作水平的提升稍微滯後了些。據有的學者研究，路遙本人初期希望借助文學寫作打拼出一條發達之道的意向是十分明顯的，〔註36〕所以我們能體會到路遙初期小說的某種急功近利導致的不成熟，直到後來隨著他心態逐漸的沉潛調整，立足於堅實豐富的社會基礎和清晰可信的生活邏輯，通過對現實和苦難真實而又具有超越意義的表達，獲得了讀者巨大的肯定。

　　古華，是勇於正面「文革」經歷的一位作家。實際上，他的《仰天湖傳奇》（《碧空萬里》，《朝霞》叢刊，上海人民出版社，1974年）這部小說在「文革」後期主流文學中就是獨具特色的。雖然在題材上並不具有更多新奇之處，興修水利這個背景在別的小說也用得很多，但小說對仰天湖奇美風光有逼真描寫，生動地描寫了地下探險、陰河截流等富有傳奇意味的場景，也能在「文革」話語的包圍中顯示出一定的藝術功力。而「文革」一結束，他的作品《芙蓉鎮》（《當代》一九八一年第一期發表）就被稱為「反思文學」的代表作之一。〔註37〕這些都使得他對自己在「文革」創作的檢討很能夠產生積極的效應，易於為外界接納。

　　他坦言過去創作的苦惱：「『文化大革命』前和『文化大革命』中，我都曾深深陷入在一種苦悶的泥淖中，也可以說是交織著感性和理性的矛盾。一是自己所能表現的生活是經過粉飾的，蒼白無力的，跟自己平日耳濡目染的真實的社會生活相去甚遠，有時甚至是完全相反，──這原因今天已經是不言自明的了。二是由於自己的文學根底不足，身居偏遠山區，遠離通都大邑，正是求師無望，求教無門。因之二十年來，我每寫一篇習作，哪怕是三兩千字的散文或是四五千字的小說，總是在寫作之前如臨大考，處於一種誠惶誠恐的緊張狀態，寫作過程中，也不乏『文衢通達』、『行雲流水』的時刻，卻總是寫完上一節，就焦慮著下一章能否寫得出（且不論寫得好不好）。初稿既

<hr />

〔註36〕張紅秋：《路遙：文學戰場上的「紅衛兵」》，《蘭州大學學報》（社會科學版），
　　　　第35卷第2期／2007年3月。
〔註37〕陳思和先生說古華的《芙蓉鎮》在「敘事方式上有意無意從民間的視角和立
　　　　場反思中國民主革命和歷次運動中存在悖謬與悲劇現象。」（陳思和：《中國
　　　　當代文學史》，上海：復旦大學出版社，2005年版）。因此，《芙蓉鎮》是我國
　　　　當代「反思文學」小說。

出，也會得意一時，但過上三五天就唉聲歎氣，沒有了信心，產生出一種灰色的『失敗感』。」〔註38〕

　　有些創作方面的感想，和賈平凹十分接近，譬如如何刻畫人物形象，特別是對於領導者形象，是否可以「毫無隱諱地寫了他個人的生活的種種情狀，喜怒哀樂」？《芙蓉鎮》裏面的谷燕山的塑造，就不是一貫的「高大全」模式，古華借用「文革」的文學評價理論，反駁道：「在『英雄人物』、『正面人物』、『中間人物』、『轉變人物』、『反面人物』等有限的幾個文藝人物品種裏頭，他到底應該歸到哪一類、入到哪一冊呢？要是歸不到哪一類、入不了哪一冊又怎麼辦？由此，使我聯想到我們的文學究竟應當寫生活裏的活人還是寫某些意想中的概念？是寫真實可信的新人還是寫某種類別化了的模式人、『套中人』？所以我覺得，谷燕山這個人儘管有種種不足，但作為我們黨的基層幹部的形象，並無不妥。」〔註39〕他的這些話，就是想表明「簡單地給人物分類，是『左』的思潮在文藝領域派生出來的一種形而上學觀點，一種習慣勢力，是人物形象概念化、雷同化、公式化的一個重要原因，在某種程度上對社會主義文學創作的繁榮起著阻礙作用。」〔註40〕避免重蹈「文革」文學寫作的窠臼，他有自覺的意識。在一篇創作筆談裏，他曾經說過一點這樣的體會；「近兩年我習作小說，不再像自己在『文化大革命』中和『文化大革命』前那樣，去編造故事，拼湊情節，而是利用生活中的現成的人和事，進行改造、提煉，努力使之典型化，省事又省力。來自生活，也就象生活本身一樣樸素，真實，而且少了一些斧鑿痕迹。」（《文藝報》一九八一年十六期《土壤與收穫》）〔註41〕其實，他非但不像過去某些寫農村生活的作品，用「左」的「階級鬥爭」、「路線鬥爭」的現成結論，去過濾、宰割、砍削生活的真實，相反，他的作品有如一個勇敢的逆水行船的舟子，在歷史的河道上，撥開階級鬥爭擴大化的理論所布下的重重迷霧，尋蹤辨迹，力求還歷史以本來面目，還人物以本來面目。其要點在於魯迅所說的敢於如實描寫，並作無諱飾。

〔註38〕古華：《〈閒話芙蓉鎮〉——兼答讀者問》，摘自《古華獲獎小說集》，廣州花城出版社，1984 年 9 月版，第 307～308 頁。

〔註39〕同上，第 312 頁。

〔註40〕同上。

〔註41〕古華：《冷水泡茶慢慢濃——自序》，選自張永如編的《古華中短篇小說集》，湖南人民出版社，1982 年 10 月，第 8 頁。

　　古華在作品中探微觸幽，寓政治風雲於風俗民情圖畫，始終以鄉俗民情之美來反襯「文革」對文化的毀滅和否定，消解了那個虛偽的「神」，從而引導恢復了讀者的覺悟和思維。

　　另一位尋求文化路線，且宣稱要揭開「文化假面」的是余秋雨。和前幾位不同，他在「文革」後期身處主流地域和主流位置，與「文革」核心的距離最近，而他堅持的「大文化」的尋覓思路，又一度使他看似最超脫，最遙遠。

　　實際上，他的文化散文，主要是歷史遺迹的走訪和理性文化感歎的表達。《文化苦旅》、《山居筆記》、《千年一歎》、《霜冷長河》等書的出版，給他帶來了巨大的聲譽。「文化散文」與余秋雨的名字聯繫在一起定格在當代文學史上。他也以此為契機，表達了他的文化態度。《文論報》1995 年 1 月題為《余秋雨先生的自我表白》的文章記錄了余秋雨 1994 年 11 月 9 日在鄭州的演講，以四個文化態度為脈絡。1.以人類歷史為價值坐標去對待各種文化現象。尋找人類歷史的整體坐標，而不是被道德、學問妝點著的低層次的坐標。2.關注處於隱蔽狀態的文化。關注本土文化，探討中國文化的深層意義，而不是博覽群書的學者們關心的書面文化。3.誠實的理性。啓蒙主義者的勇敢，在於他們敢於在一切日常生活的各個方面運用理性。我們的學術、生活等各方面呈現理性精神是一個非常艱難的過程，所以，提倡誠實的理性的態度是需要的。4.關注群體人格。文化領域現在面臨的問題是：文化人格等級不明顯。文化本身的力量，應該能找到一種物態存在來代替外在的運作方式以劃分人格等級。

　　近年來，余秋雨與《朝霞》、《學習與批判》、「四人幫」、寫作組等的關係問題撲朔迷離，一度成為文化界的熱鬧現象，甚至淹沒了他之前在文化和文學領域所做的一切工作。面對各方種種質疑逼問和讓他懺悔的要求，他近期以自傳的形式回顧了自己的「文革」經歷，並把那段悲痛的歷史作為自己後來所有工作的緣由貫穿始終。

　　王堯等學者就曾提出過余秋雨在《學習與批判》（1974 年 1 期）上發表《胡適傳》和《朝霞》（1975 年 7 期）上發表報告文學《記一位縣委書記》，對於觀察他們這代人是如何從文化緊箍咒中突圍出去有重要的意義。〔註 42〕以此為邏輯起點，許多研究者為余秋雨所從事的工作重心理了一條線：從「研究

〔註42〕王堯：《遲到的批判：當代作家與「文革文學」》，鄭州：大象出版社，2000年 4 月版，第 1～4 頁。

戲劇」到「尋訪文化」到「重塑人格」。實際上，按照他本人後來的歸納，似乎也是他對「文革」歷史的某種側面回應，即是：他的所有活動都是圍繞著「文化人格」這個關鍵詞展開。譬如他早前的戲劇教學工作，他是希望用藝術文化去提高人們的精神素質。他說，「當今世界上有三種文化：即政治文化、經濟文化、藝術文化。我國的藝術文化長期以來依附於政治文化，缺少獨立性；隨著經濟的改革、開放，藝術文化又在很大程度上受經濟文化的制約，同樣，也失去了獨立性」。〔註43〕而在戲劇和電視劇領域普遍存在著的虛假、雷同化、慢節奏、缺乏活力等弊病，不僅是藝術問題，更是一個民族文化素質的體現。

圍繞著這個問題，他首先考察了中國傳統文化的遺產，他學著古代讀書人開始了讀萬卷書、行萬里路的「文化苦旅」，他從祖國大西北的甘肅敦煌起步，轉到大西南四川的武侯祠、都江堰，再到東南的吳越春秋，最後寫到境外南洋的疊疊叢冢。「中國文化，在乎的是忠奸、善惡、曲直、利義、貪廉、樸奢、禍福、凶吉、安危、成敗、尊卑、榮辱、興亡，卻極少在意真假。所有的歷史血淚、人間悲劇，幾乎都在真假的基點上出了毛病，然後，其他堂皇的命題全都成了虛假的幫兇，把受害者層層疊疊地包圍起來。」〔註44〕他認為這種文化思維導致了我們在「文革」時期遭遇天天忍無可忍的精神磨難。因為我們的傳統文化形塑的是一種「沒有個體的集體」，發展到極致就會成為「一種紙紮的龐大、空洞的合唱、虛假的一致」。〔註45〕在透視中國傳統文化之後，他覺得一個民族的精神復蘇應該獲得更高的起點，因此強迫自己進行一次精神上的遠征——重新制訂尋訪計劃：從古希臘羅馬開始。對文化的探尋和思索，在於揚棄和選擇，在於冶煉好的生命人格。

他在回憶錄《借我一生》中的描述，可能有具體事實的避重就輕，但也從整體上向讀者展示了他的良知和道義感，他的字裏行間都流露出對「文革」經歷的在意。從書中來看，「文革」之後他沒有正面回應過自己的寫作組生活，但其自傳展示出的是：這些年來確實陷入了一種沉思，而且這種思考長期存在並影響著他的工作思路。這就是「文革」為何會發生，如何避免錯誤認識以偏激的形式或變相的面貌再次給人們造成傷害。為何以尋找文化為反思「文

〔註43〕林大明：《余秋雨近況》，《上海戲劇》，1988 年第 5 期。
〔註44〕余秋雨：《借我一生》，北京：作家出版社，2004 年 1 月版，第 435 頁。
〔註45〕同上，第 454 頁。

革」的一種有效方式，至少余秋雨談到了一點，就是：「中國大陸的『文革』之所以能夠發生，除了政治因素之外還因爲早已經把很多最基本的文化『革』掉了」。〔註46〕這也道出了他們這一路向的「反思文革」的作家之寫作意義。

直面現實政治生活，保持與當下的親和力

陸天明、徐剛、錢鋼這幾個人的名字，在《朝霞》期刊裏面的「出鏡率」較高。陸天明以寫劇本爲主，在那個年代很容易出頭；錢鋼和徐剛主要寫詩歌或散文，由於他們兩位當時在《朝霞》雜誌社參與了編輯工作，所以也獲得了很多的發表機會。和前面幾位紮根於歷史文化和鄉土的作家不同，他們在「文革」後的中國文學活動中，仍然是走非常主旋律的路線，和當今中國的時政生活密切聯繫，隨時關注。不同的是，「文革」時期的作品中的缺失「自我」轉變成如今極強的主觀介入性，作品中增添了作者本人更多的道義感，責任感和人文關懷。

陸天明寫的話劇《揚帆萬里》，曾經是中國最早的兩部知青文學之一，轟動一時。他因此在 1975 年底被調到北京，受到重用。而他另一部作品話劇《樟樹泉》，被從維熙稱爲是那個年代少見的有點文學意味的作品。這兩部作品都分別於 1973 年和 1974 年刊登在了《朝霞》叢刊上。

新時期，他開始創作的蛻變，思考怎樣寫作才是充滿藝術個性地回歸到它的本眞意義上來。這段日子，他到鋼廠去體驗普通人的生活，閱讀大量新理論和新小說，並創作了長篇小說《桑那高地的太陽》（載《當代》1986 年第 4 期）和《泥日》。《桑那高地的太陽》以數十萬上海知青到新疆生產兵團落戶爲背景，對知青問題進行了理性而極富思辨性的思考。如果說《桑那高地的太陽》是作者告別「舊我」的一次反省，那麼《泥日》則是展示「新我」的靈魂感應。《泥日》是陸天明最具內傾性的作品，後來他又一次轉向直面現實，回歸大眾，創作了《蒼天在上》、《大雪無痕》和《省委書記》等劇本。

現在，陸天明的「後文革」思考，就是期待文學創作對現實的「二次回歸」，〔註47〕他甚至認爲沒有眞正的純文學，提倡做「大文學」。他所謂的「大

〔註46〕余秋雨：《借我一生》，北京：作家出版社，2004 年 1 月版，第 462 頁。
〔註47〕注：陸天明的「二次回歸」論，是針對「文革」之後人們不敢寫當下，不敢寫社會現實問題的心理，所以倡導的。「二次回歸」不是像「文革」一樣，唯時政；但也不能因爲懼怕，而演變成唯「私」唯「欲」的寫作，矯枉過正。應該在以往的基礎上，揚長避短，有所超越，眞正發揮文藝對社會生活的向

文學」不光是是體裁上可以囊括影視劇本、歌詞等樣式，更是在內容和思想上應該與時代保持親密接觸。這主要針對的就是一種現象：為什麼當今中國的知識分子和作家不願意或者不敢貼近現實，紛紛「躲進小樓成一統」？

對於這個現象，他覺得應該從兩個方面疏導，包括人們的「心理障礙」和出版發行的「體制障礙」：

首先，作家們心理存在的「幻滅感」，這是自「文革」之後一直延續下來的問題，包括如何評價有「文革」經歷的知識分子。

陸天明對「文革」經歷不是簡單的全盤否定，尤其是關於「破滅感」的討論上，他的見解和新時期第一波「反思」潮略有區別，展現了另外一面的感受。譬如很多人在痛恨自己生不逢時，惋惜自己被耽誤被愚弄之際，他卻說「無論屬於我們的那個時代多麼荒謬，無論後人怎麼看待我們這一群人，我們不會輕易地全盤否定自己，而去認同後來時代的現實標準。我們的不幸是：我們所處的那個時代被全盤否定了，這是真正的被愚弄。」〔註 48〕這番話展現了曾經遠去的時代子遺下來的理想主義者心中深埋的憂傷。正因為如此，他沒有自暴自棄，自怨自艾，而是把過去「熱血了許多年，愚蠢了許多年，盲從了許多年」的理想精神和我們現在看來「把自己當做救世主」的「荒謬」重任繼續扛下去發揚著。當「越來越多的「知書達理」之人標榜遠離政治，自得其樂，視政治為『泥潭』、『媚俗』」，他卻一再地要闖這個文學「禁區」。〔註49〕當然，他的堅持不是簡單的復辟，不是懷念過去。在拒絕深刻、迴避嚴肅的今天，陸天明的文字對於某種矯枉過正的錯誤是有力的一擊。有著實實在在的文學夢和理想主義精神，他因為靈魂的真實，所以完全敢於正視歷史。

其次，中國的出版界等業界都在躲避反映社會矛盾的作品，作者本人也為避免麻煩，拒絕反映社會矛盾的作品。

行業部門為文藝創作把關，和「文革」時期政治介入文藝有很大的相似

上的價值觀引導和監督調節作用。就陸天明從事的影視文學創作領域看，已經開始出現「二次回歸」這樣的發展苗頭。80、90 年代文藝片、人性片、個人電影盛行一時，新世紀以來許多宏大敘事的影片又以嶄新的面貌開始受到關注。陸川（陸天明之子）的《可可西里》、《南京！南京！》，馮小剛的《集結號》，韓三平的《建國大業》、《建黨偉業》都展現出這種趨勢。

〔註48〕姜蘇鵬：《拆解陸天明的人生八卦 墮落陷阱》，《英才》，1998 年 2 期。

〔註49〕同上。

性，都會阻礙了文學藝術的自由。一遍遍的審查，「就不可避免地把藝術創作引向了『行業宣傳』之窄道上」。〔註50〕陸天明認為，敢寫主要靠「兩個堅信，一個本位」。一要堅信作家的生存權利是要靠自己去爭取的。作家應該堅持自己的主張，不要輕易為外界所左右。如果作家無為，委曲求全，那麼最終不會得到別人的認可；相反，作家堅持自己從而創作出感動大眾的作品，最後就會得到大家的尊重。二要堅信中國比任何時期都要寬鬆，還會越來越寬鬆。這是不可逆轉的趨勢。他寫道「中國再也不可能像以前一樣把作家打成右派，只要你不違法，一般情況下，普遍情況下，也不可能再發生嚴重侵犯作家人身權利的事情了。最多在某個局部地區，不讓你發表作品、不讓你播出作品。即便發生這樣的事情，我想在今天的中國也是有可能得到妥善解決的。所以，我要說，埋怨是可以的，但不要陷於埋怨之中，應該看到中國在進步，而更大的進步，還要出自我們自己的努力爭取之中，出自你我堅持不懈地創作之中。」〔註51〕陸天明還強調作家的職業意識和崗位責任感。他認為作家是一個職業，是一個社會行業，要對社會負有責任。我們的體制是有生命力的，正在不斷地完善。正如陳思和說，我們要從廟堂意識中，從廣場意識中退下來，而立足於崗位意識。

北大才子徐剛在《朝霞》上面發表的作品，數量較多。如《濤聲》（詩）、《縣委會上》（詩）、《上海啊，你的未來——理想頌》、《光明頌》（散文）、《追鄉音》（詩）、《革命搖籃頌》（散文）、《在歷史的火車頭上——獻給我們偉大的黨》（散文）等。這些受「極左」思潮影響的作品，使「文革」後的徐剛認識到：過去那種寫詩的激情雖然真誠，卻盲目和偏執。到了「四人幫」跨臺的時候，他又以真實的痛切、坦率的自責，懷著極大的義憤寫下了《在歷史的法庭上》。應該說，徐剛前期的詩歌創作對現實有極強的感應，但也存在一些明顯的特點。

一個是語言還較為直白，感情表達過於直露。如《祖國的藍天——長詩〈周恩來之歌〉的一章》：

呵！我歌唱泥土

〔註50〕摘自陸天明博客（http://blog.sina.com.cn/s/blog_46d54ecd010009x3.html），《中國作家為什麼不願意或不敢貼近現實？》。

〔註51〕參見陸天明博客（http://blog.sina.com.cn/s/blog_46d54ecd010008p9.html），《當下的文學危機和士的精神》（二）。該文為作者在上海社科院舉辦的青年作家班上的講話稿。

> 我歌唱所有
>
> 金色的稻穗,
>
> 呵!我歌唱江河,
>
> 我歌唱一切
>
> 歡騰的流水,
>
> 呵!我歌唱森林,
>
> 我歌唱全部
>
> 棟梁及門楣,
>
> 呵!我歌唱藍天,
>
> 我歌唱偉大的
>
> 硝煙與塵灰……

這首詩已經是寫於 1979 年「文革」之後,主人公「我」已經取代了「我們」,表達的效果很直接,句式短促。而當時的人們已經傾向於欣賞有凝練的語言、含蓄的情感、表達的技巧的詩歌了。

另一個特點,就是教化性、指向性太強,詩意缺失。以至於後來他在《遙遠歌》的後記中說:「習慣於從概念或理論中去尋找詩的題材,習慣於漫無邊際的鋪排,習慣於在詩裏把『我』隱藏起來,而且是教訓別人,等等。這種習慣是可以像絞索一樣,把詩的靈感,詩的生命置於死地的。」〔註52〕

經過沉痛的反思和掙扎,詩人徐剛與「舊我」的決裂,是發生於他與自己詩人身份的疏遠。他的創作新生,在於題材的轉換,選擇了一個既主流又寂寞的領域──生態報告文學。或許曾經的激情、詩興被剖開後的蒼白給他莫大的失落感,現在的他廣泛涉獵自然、社會科學,為自己的創作進行知性儲備。從文學界到機關工作之後,徐剛主要從事環保方面的事業,他拿起熟悉的筆,專注於生態報告文學。從 1988 年發表在《新觀察》上的《伐木者,醒來》到《大山水》,徐剛關注森林、河流、土地、人類家園,關注自然與人類的關係。在當代眾多的作家中,徐剛二十年如一日地從事著生態報告文學創作。現在的作品仍然呈現了青年徐剛理想抱負的某種延續。他的報告文學是一種類似於宏大敘事的「敘事形式的宏觀綜合」。內容形式包羅萬象,作品結構龐大繁複,敘事模式和寫作方法上不拘一格,具有全球意識。生態文學關係著國計民生,涉及到社會現實問題,徐剛用社會學的調查方法,把大量

〔註52〕徐剛:《遙遠歌》,南京:江蘇人民出版社,1981 年版。

的數據和科學用動情的文字寫出來，揭示和穿透那些人類生活的痼疾，具有
警示性。應該說這類題材非常主流，非常現實，報告文學這種文學樣式也是
最能貼近現實、最易觸動生活脈膊的一種文學。但是，他的文章又略有某種
隱藏，即對純理性說教和針鋒相對的迴避，往往上昇到生命意識和文化自覺
的層面上，加之專業性很強，視角獨特，所以徐剛的執於一隅。他和陸天明
的直擊時弊比起來，還是顯得有些低調、謹慎和偏離。

　　工作職能、倫理使命和文學抱負，讓徐剛選擇了通過文學的書寫與反思，
能夠反作用於社會和經濟。他的生態報告文學「在文內文外都能有所作為」〔註
53〕。和徐剛非常相似，作家錢鋼也把自己從政治理想的附著者轉變為一個有
社會責任和崗位意識的人文知識分子。錢鋼在新時期的寫作道路可以概括
為：從一個深受「毛文化」影響的文學青年，投身到新聞傳媒和報告文學寫
作。

　　他曾於 16 歲入伍到上海警備區，帶著對紅色語言的迷戀，自學寫作。23
歲時，他被「借調」到《朝霞》編輯部，任「詩歌、散文、電影文學組」的
組長。編輯部要求「工農兵」齊全，錢鋼就是「兵」的代表。他在《朝霞》
上發表了小說《鋼澆鐵鑄》和大量的詩歌。年輕的文學青年錢鋼還寫過「紅
衛兵」的讚美詩，反對「修正主義教育路線」，歌頌「破四舊」。當過「紅衛
兵」的錢鋼，無非是想把自己參加過的一些事情浪漫化，「浪漫成一種很美的
記憶」，這些情緒，「假裏面有一些是真的」，不那麼簡單。他說：「我不認為
我在 1976 年就已經非常鮮明，對『文革』什麼都已經看得很透，我不是像很
多人那樣。」〔註 54〕

　　「四人幫」還沒徹底垮臺，《朝霞》還沒有停刊的時候，他就被派去唐山
採訪報導大地震。國家社會的巨大變化也帶給他人生的一次轉折。從那以後，
他開啟了一生新的事業關注點。

一、新聞傳媒工作

　　錢鋼在部隊的時候，就是搞文藝宣傳工作，進入《朝霞》編輯部後，也
做記者。80 年代初，大量西方文藝作品湧入中國市場。雖然沒有經歷過職業
的新聞訓練，但是新聞工作者一個最基本的素質——思維敏感和人文關懷——

〔註 53〕覃新菊：《生態批評何為——由「徐剛現象」引發的相關思考》，《長江大學學
　　　　報》（社會科學版），2007 年第 5 期。
〔註 54〕陳海、陳靜：《作家錢鋼》，《南方人物周刊》，2006 年第 3 期。

—卻在新時期的大量閱讀中培養起來了。從盛行「假話、大話、空話」，添油加醋變了樣的新聞寫做到信奉以「五個 W」為標誌的新聞真實性原則，這條改革路的艱難，錢鋼深有體會。現在的錢鋼身處一線，擔任過《三聯生活周刊》執行主編、中央電視臺《新聞調查》欄目總策劃、《南方周末》常務副主編。這些報刊或電視欄目都是當下充滿銳氣和理性深度的傳媒典範。

二、報告文學寫作

在錢鋼看來，過去的新聞和報告文學存在「非人」化的寫作傾向，而新聞界的改革步伐較為緩慢，報告文學的容量和包容性使得它有更大的發揮空間。上世紀 80 年代初期，當新聞報導剛剛開始活躍便被套上枷鎖時，一些呼喚人性、披露史實、觸及現實的報告文學作品日益受到讀者鍾愛。這一「報告文學運動」的實質，是另闢蹊徑地爭取新聞自由。錢鋼轉身投向了報告文學的創作。很快他與江永紅合作完成的報告文學作品《藍軍司令》和《奔湧的潮頭》，分別獲得中國作協第二屆和第三屆優秀報告文學獎。在這些作品裏面，他筆蹤改革者跋涉的腳步，把所見所聞記錄下來，並加以自己的深度思考，作品的現實感很強。而錢鋼的代表作《唐山大地震》，完成於事件發生 10 年之後。

1986 年 3 月《解放軍文藝》雜誌刊出的《唐山大地震》，集中體現了作者在「文革」結束的這十年間的思考進程。其主題以關注生命和表現災難意識為主，區別於過去「極左」意識形態和傳媒禁錮下「非人」化的寫作報導，以全新的視角再次展現了這一重大的自然歷史事件。作者的突破表現在：

1. 重新展示和評價那種真實存在過的「精神萬能說」——宣揚「超人」的精神，「群體」的精神。在大的自然災害面前，人往往需要極強的意志和鼓勵，才能勇敢面對接下來的人生。「文革」末期的唐山人民遭遇到大地震，同樣需要精神鼓舞。那時的標語和宣傳是諸如「哪怕唐山遭了災，大慶紅花照樣開」，「一次地震就是一次共產主義教育」等等。當時一篇文章寫到：「他們唐山等地區遭受的地震如此強烈，但又怎麼樣呢。在中國共產黨的領導下，我們的人民，以階級鬥爭為綱，在批鄧和反擊右傾翻案風的推動下，不是已經經受了一次又一次嚴峻的考驗，戰勝了一個有一個困難，創造了一個又一個人間奇迹，取得了一個又一個偉大的勝利嗎！唐山的工人階級說得好：『地可以動，山可以搖，但是工人階級鋼鐵意志和革命信心是不可動搖的。』……無產階級之所以對自然災害和階級鬥爭具有這種「視若等閒」的革命氣概，

是由於無產階級具備了辯證唯物主義和歷史唯物主義的世界觀，認為人間的任何事物，都是一分為二的。」〔註55〕在主導意識形態的宣傳攻勢下，強勢地急於擺脫「災氛」，不讓個人和社會產生恐懼和絕望情緒的蔓延。

在那個政治行動優於一切的年代裏，人們的精神只能寄託於社會現實中的集體化和政治化的方面，以逃避個體自身的思想意識，這就造成了人們的畸形思維。一個人應有的思想立場是在獨立和自主的前提下，作為社會最自主的動因，而不是被變成政治場中的政治愚忠者。在《唐山大地震》中，作者真實地記錄下了上至國家領導人，下至平民百姓，以及整個國家的「極左」政治表現，從而否定了改革開放以前的「極左」的社會主義理論與實踐。沒有渲染，沒有義憤填膺的批判，但平實的記錄更讓人震撼，更發人深省，它遠遠超出了傷痕文學那種對「文革」的簡單痛斥。今天，我們還是應該高度正視那個荒唐年代的種種荒唐故事，以儆效尤，以免重蹈歷史覆轍。

2. 從頌揚救災事迹向表達災難意識轉變。

雖然，發生地震的 1976 年，標誌著一個時代結束了，但是社會的走向並不清晰。當時謹慎創作，小心說話，是很多人心中的戒條。當時只展現救災，報導積極面，使很多細節和真相為老百姓所難以認識。十年後，《唐山大地震》以災難為核心，而不是以救災為核心，這樣的寫法，在當年是突破。作品按照新聞的規範，記述了大量確鑿的事實：地震前的奇異自然現象，地震發生時的實況，震後的慘烈景象，幸存者的自述，救援者的親歷，艱難時日各種人的命運，地震工作者的痛楚……其實，這只是回到事實的本來面目，報導了在十年前就該報導的東西。然而，這麼做，在 1986 年已足以使《唐山大地震》引起轟動。這是冰凍新聞的解凍效應。

作者以一種多視角、多層次、多主題、全景觀、全方位的方式，綜合眾多豐富複雜的人物、材料集中表現了地震劫難日的全景，為歷史留下一部關於大毀滅的真實記錄。作者這樣寫，是「在為明天留取一個參照物」，「要給今天和明天的人類學家、社會學家、地震學家、醫學家、心理學家，要給整個地球上的人們，留下一部關於大毀滅的真實記錄，留下一部關於天災中的人的記錄」。〔註56〕

〔註55〕忻啟明：《抗震救災　人定勝天　山崩地裂　視若等閒》，《學習與批判》，1976
　　　年第 9 期。
〔註56〕錢鋼：《唐山大地震——7・28 劫難十週年祭》，北京：解放軍文藝出版社，1986
　　　年 8 月版，第 259 頁。

3. 感歎那時人們「堅硬的情感」，關注人的生命。

1976 年的唐山大地震發生在「文革」時期，那是一個非常貧困的年代，人們的感情像岩石一樣堅硬和粗糙，今天你感到痛苦的事情，當年不見得是痛苦的。

錢鋼的兩個回憶印證了那時人們情感普遍的一種粗糙和堅硬。

> 蔣叔叔把他的美國吉普車讓我坐，他的司機是一個黑黑瘦瘦的
> 女孩。車上，我就問她：你家咋樣啊？她說：「沒事，就沒了倆。」
>
> 還有一種是畸形。
>
> 一位工人詩人，家裏死了很多人，他坐下來給錢鋼講一件事情，
> 說到動情處，突然激動起來了，連連感歎：「真是一首好詩啊！」然
> 後就在膝蓋上寫起詩來。〔註57〕

今天看來，這種情緒是很不能理解的。每個人在突如其來的災難面前都是渺小而羸弱的，而不被命運所厄的首要前提是樂觀平靜地對待生命。以平常心看待厄運，它意味著恒定的生命節奏，這是種超然態度，一種大從容。

一個社會的文學總是言不由衷是可怕的，但是一個社會使某些文人保持緘默也是不正常的。他們這些在「文革」後期受用的文人，在新時期仍然願意以不同的方式發出聲音，能夠身先士卒地在第一線實際行動起來，就是社會文明的進步，就是知識分子的人格抗爭。這樣的文藝面貌，總體呈現出的就是新時期「文革」反思最積極的效果。

潛心於學院，重建對文藝史觀研究的理論

下面談到的幾位學者，在《朝霞》期刊雖只見到一面，但都是新時期文壇建構的重要力量。孫紹振和劉登翰是以與詩歌結緣而踏上文壇的，他們一起合作了很多首詩歌，也寫了一些詩評。有一首發表在《朝霞》期刊上的「徵文選刊欄目」，他們的創作得到發表應該屬於投稿被用的情況。孫紹振一直對郭沫若詩歌很有研究，當初那首《狂飆頌歌》熱情逼人，很有郭沫若早期寫詩的氣勢，大概也與他們受到郭沫若詩歌的影響有關。之後創作減少，劉登翰後來坦言：「當歷史蒙塵，文化也殘缺不全，人便很容易患上營養不良症或文化偏至症。我知道在我身上留有太深我走過的那個年代的文化印痕。我曾

〔註57〕陳海：《作家錢鋼 我的唐山 我的1976》，《南方人物周刊》，2006 年第 3 期。

經想努力改變它；但歷史鑄形的東西是很難抹去的。這也是我後來漸漸寫得少了的原因之一。」〔註58〕他們後來當了大學老師，從事文學史和理論研究工作。由於曾執迷於詩，他們比起一般的研究者多了些激情和經驗。陳思和1976年在《朝霞》發表文章的時候，還只是上海一個圖書館的工作人員，利用職務之便看了很多魯迅的書，隨便寫了篇應時應景的評論，鋒芒直露，文才已顯。那時的他還沒有上大學。其人生最重要的一次轉折就是恢復高考。考上大學後，陳思和在讀書期間的1980年，將一篇評論同班同學盧新華的作品《傷痕》的文章投寄給報社。當時《文匯報》文藝版的編輯褚鈺泉在《傷痕》發表的第二周就組織了一個版面的爭鳴文章，陳思和的文章作為支持的意見發表在頭條。這次經歷帶來的自信，確立了他走文學評論的道路。應該說「文革」期間，吸收院校人才進「寫作組」的情況是普遍的。很多被趕到「幹校」、「牛棚」的同時，也用了一些學者型知識分子的筆墨，譬如王瑤、王力、杜恂誠、袁可嘉等等。那時孫紹振卻因擁護「右派」下調去福建，陳思和還只是圖書館的工人。故筆者認為，這一部分談到的這三位當今著名學者，「文革」期間還只是文學愛好者，積極參與的熱情極強。顯然，他們最初的寫作是練筆的應時之作，他們真正成熟並成長為有自己價值觀是在「新時期」的理論建設中。在「文革」結束後不久的轉折過渡期，他們的積極參與就對文壇產生了重要影響。

　　這裡筆鋒先轉，談談新時期之初的文藝理論界的狀況。轉折時期緊承前一階段「文革」，這個背景不堪繼續。「文革」期間很多寫作者甚至一些勤奮而又有紮實的生活根底的作家，在當時「最高」的理論指導下，創作了大量「合乎典型化原則」、「合乎路線鬥爭」的作品，包括《朝霞》上面的文學作品亦是如此。然而它們的藝術魅力卻很有限，現在看來是不耐讀的。其中一個重要原因，就是缺乏文學性。雖然評論文章很多，都是吹噓歌頌、不切實際的話，這裡有外在的特定的政治原因，但也存在著藝術上和文藝理論上的原因。「文革」期間的評論狀況說明我國非常欠缺一個有效獨立的文學作品評價體系。

　　單就中國文學理論自身的發展狀況來看，依據現有的文獻資料，中國文學理論大約產生在春秋時代。從春秋時代（公元前八世紀）開始，到中國舊

〔註58〕劉登翰：《瞬間——劉登翰抒情詩選》後記，福州：海峽文藝出版社，1991
　　　　年5月版，第190頁。

民主主義革命結束（公元二十世紀初），在這將近三千年的漫長歲月裏，按照今天通行的說法，開頭的幾百年是奴隸制崩潰、封建制確立的變革時代，而結尾的近百年，是半封建半殖民地社會和舊式的資產階級民主革命發生、發展、最後失敗的時代。中國古代文論應該說偏於評點式的，體驗式的，主要是詩論，即對詩詞曲賦的評說。而對其它多種後來新興的文體，比如小說、戲劇、散文等，特別是敘事文體，就缺乏相應成熟的理論建設。近現代各種思想紛雜，更替較快，多是時評短論，尚未構成有氣候的體系。從「文革」的詩歌作品的評價來看，因為過去古代詩論被當做「帝王將相之言」，近現代西方思想多是「資派論調」，所以都不能用，新的詩論還沒成形。因此，基本上「文革」時期沒有很起作用的詩歌評論，最多是看詩歌的戰鬥性強不強，是不是為民間喜聞樂見。而敘事文學如小說、戲劇等的評論，由於對蘇聯文論體系的教條化接受，更由於 40 年代以來尤其是「十七年」傳統的慣性和政治化的思維定勢，「典型」、「衝突」等概念一步步中心化、政治化，最後演變成「兩條路線」、「三突出」「高大全」，終成為政治鬥爭和運動的工具，成為政治政策的附庸。「文革」結束後，1979 年 4 月，鄧小平《在中國文學藝術工作者第四次代表大會上的祝辭》中提出：「不是要求文學藝術從屬於臨時的、具體的、直接的政治任務，而是根據文學藝術特徵和發展規律，幫助文藝工作者獲得條件來不斷繁榮文學藝術事業。」〔註 59〕這就率先把許多問題擺在了新時期文藝理論工作者的面前。如何克服文學本質的政治「從屬論」和「工具論」，使文學的審美本性得到澄清？如何使文學理論獲得自己的學科意識，找到了自己的位置，進入了發展的常態？這些都擺在了評論家和學者的面前。新時期「呼喚中國當代文學理論自覺意識」成為學科建設的共識。

再就新時期文學創作的實踐來看，文學創作實踐和理論研究是相輔相成，基礎和引導的關係，任何一方面落後，都會對文學面貌的整體發展造成影響。80 年代，中國文學湧現了很多好作品，閱讀面拓寬，很多思想交流和碰撞，生機勃勃充滿活力。原來奉行的理論已經不合時宜，且缺乏相對應的新的話語準備，所以難以解釋當時某些作品中「分明包含著超越這一理論規範的更深意義的東西。」〔註 60〕文學理論的建設在此時更顯重要。前面提到

〔註 59〕轉引自江曾培：《新文學大系（1976～1982）理論一集》，北京：中國文聯出版公司，1988 年 4 月版，第 2～3 頁。
〔註 60〕劉緒源：《優秀作品為何能永恒？》，《文藝理論研究》，1987 年第 3 期。

的三位學者在文學理論的工作中有共同的或相似的努力方向，主要體現在三個方面。

首先，要從理論上樹立開闊包容的價值觀念。

80 年代的中國文論的首要歷史任務，基本上還是屬於啓蒙和一部分美學補課（如，康德的審美價值論）。時朦朧詩出現，北大中文系才子孫紹振的《新的美學原則在崛起》繼承了他一貫的激情，把謝冕的新詩潮論擴展爲新美學論的雛形。實際上，已經是在理論和價值觀上爲新詩創作開道。此文就是他爲「破舊」的敢於探索的青年詩人的勇氣折服，是揚「氣」而避「器」的大膽發言。但是，這次他的文章裏面除了激情以外也有了理性，在背反的同時，他說：「要突破傳統必須有某種馬克思講的『美的法則』，必須從傳統和審美習慣中吸取某些『合理的內核』。習慣只能用習慣來克服，新的習慣必須向舊的習慣借用酵母。不是借用本民族的酵母的一部分，就是借用它民族的酵母的一部分。只有把借用習慣的酵母和突破習慣的僵化結合起來才能確立起新的習慣，才能創造出更高的藝術水平，否則只能導致藝術水平的降低。」孫文在肯定鼓勵年輕的革新者的時候，也不忘提醒他們不要完全漠視傳統，對於習慣應該「去弊揚利」。他還充滿辯證眼光地談到「『四人幫』的理論不是我們的傳統和習慣，但也不可否認它是我們傳統和習慣的畸形化。」〔註 61〕這篇並不長的文字帶領我們走出了思想灰色的迷瘴和黑暗的隧道，給當時中國思想解放的天空抹上了新鮮充滿朝氣的亮色。他也開啓了人們敢於求異的思維，之後，當代西方的各種學理和方法論思潮紛紛湧入國門。

「文革」後，上海的文學理論建設與評論隊伍始終是活躍的現象。陳思和在復旦大學畢業後留校，作爲青年學者，得風氣之先，多次參加重要會議，快速成長爲一位文藝理論骨幹。如一九八四年的杭州會議，一九八五年的廈門會議，揚州會議，一九八六年的海南島青年批評家會議等。一九八四年的杭州會議，由《上海文學》雜誌與杭州《西湖》雜誌聯合舉辦，會上熱烈討論文學創作的新探索，現代主義思潮和文化尋根思潮都獲得讚揚。這些都推動了文藝界的思想解放，鼓勵文學研究者從「文革」和清除精神污染的陰影裏走出來，衝破思想牢籠。陳思和還將會上的發言整理爲《中國新文學中的現代主義》一文，刊於《上海文學》一九八五年第七期。

其次，注重作品的細讀。

〔註 61〕孫紹振：《新的美學原則在崛起》，《詩刊》，1981 年第 3 期。

　　所謂文本細讀，是指研究者把作品文本視爲一個有獨立生命的對象，通過文本的詳細讀解，通過對文本結構、意象、語義等細緻精到的剖析，實現對文本意義的解讀，它起源於二十世紀三四十年代英美文藝「新批評」，屬於一種方法論。這個流派強調文本是一個獨立的存在，要求讀者尋找文本中的矛盾與縫隙，從而發現作品的意義。中國文學中的賞讀習慣自古有之，講求通悟體驗，其境界渾然，不像英美學派那樣細分化、學理化。當下談到的文本細讀，應該是融合中西方體驗作品和分析文本的結合。細讀作品的訴求，是「文革」文藝留下的教訓，也是針對新時期文化思潮論、方法論泛濫，導致「空談」之風的警戒。「文革」時期的文藝理論，路線鬥爭是綱。無論創作和評論都是先有觀點，比如先告訴你儒家是不好的，法家是好的，然後你再去讀書，是按照這個思路去走的，你先有觀點再把理論帶出來。新時期一反政治模式的解讀，對各種新觀點和新方法都一併吸收，理論富裕起來，導致忙於學習理論，無暇顧及作品了，文學作品的賞讀式研究甚至被視爲落伍。

　　孫紹振把讀作品和原創性追求相結合。從理論到作品，是自上而下的閱讀方式，具有一定的指導性；從作品到理論，則是悟性的、調動智慧的，更有原創性的可能，所以後者才是文藝研究的基礎和邏輯起點。孫紹振說：「沒有第一手的對文本的悟性和特殊的解讀，就談不上在理論上的創造和突破，滿足於當學術攤販，一輩子研究文學，一輩子不懂文學的悲劇，並不是個別現象。」〔註62〕後來他的《文學創作論》和各種各樣的評論，從宏觀的體系建構到某一種文學體裁的創作，都是以具體文本的微觀分析爲基礎的。應該說，他不否認學習理論，他本人也是帶著多種文學觀念在體驗文本，他更希望能「從體悟的經驗直接抽象爲觀念」，希求「有直接抽象的勇氣」，「有把單純的觀念衍生爲系統的勇氣」，〔註63〕具有詩人氣質的學者形象顯露無遺。

　　陳思和則把讀作品和治學方法相結合。偏重理論輕視作品——以爲搬弄了某個西方理論，讓中國的文學做注腳，證明其理論爲放之四海而皆準的神話——就是有了所謂的「問題意識」，這樣的風氣引起他的憂慮，因此，他積極提倡文本細讀：「我以爲提倡細讀文學作品，不僅僅是提倡一種批評方法，也是爲彌補當前高校文學教育的嚴重缺失。細讀是一種方法，通過細讀，培

〔註62〕孫紹振：《原創性的追求——回顧我的學術道路》，《福建文學》，2000年第8期。

〔註63〕同上。

養不討巧，不趨時，實事求是，知難而上的治學態度，以及重感受、重藝術、重獨立想像的讀書技巧。」〔註64〕在《中國當代文學史教程》中，以作家作品爲線索，直觀性地改變了以往文學史關注編年史的性質忽略文學性的特點。在教學實踐領域，陳思和領銜的復旦大學中文系原典精讀系列課程成爲國家優秀教學團隊和國家級精品課程，文本細讀的風氣也成爲復旦大學中文系的一個品牌。細讀作品，也是進行研究，重視原始資料的一個關鍵。陳思和說：「我覺得理論在史的觀念裏面是非常重要的，但是現在的問題是，老師總是叫你們先去學理論，最流行的什麼你先學，學會以後用這個東西去解讀我們的材料，解釋材料，弄到最後就是你不知道是證明這個理論（理論也不要你證明，外國人早證明了）還是去解釋史料，你和史料是非常隔膜的。所以，我的觀點是你先不要論，先講史。要在歷史當中產生你的感覺，產生你的問題，然後你再去學習理論，去解釋你心中的疑惑。首先找到疑惑，因爲往往你先讀理論就沒有疑惑了，陷在理論體系裏面就不存在疑惑了。而從史料出發，你就會有大量的疑惑。」〔註65〕

再次，在「史」的向度上的查漏補缺，重新書寫。

陳思和在文學史的編寫教學中，感到存在「民間」缺失的問題。這裡的「民間」既有和廟堂雅文化相對應的俗文化領域，也有和主流意識形態相對抗的「地下」或「潛在」寫作。不同時期的表現是不同的。這些材料零碎、分散、且很多未被公開，所以難以收集整理，如何評價也成爲問題。譬如「文革」時期的詩歌創作。陳思和在《文學評論》1999年第6期上發表《試論當代文學史（1949～1976）的「潛在寫作」》一文，他指出，「潛在寫作」是當代文學史上的特殊現象。由於種種歷史原因，一些作家的作品在寫作其時得不到公開發表，「文革」結束後才公開出版發行。現在提出「潛在寫作」現象就是把這些作品還原到它們的創作年代來考察，由於沒有公開發表因而也沒有產生客觀影響，但它們同樣反映了那個時代知識分子的嚴肅思考，是那個時代精神現象的一個不可忽視的有機組成。重視這種已經存在的文學現象，才能眞正展示時代精神的豐富性和多元性。文學史著作研究潛在寫作現象，也同樣以還原某些特殊時代的文學的豐富性與多元性爲目的。他認爲，他把

〔註64〕陳思和：《文本細讀與比較研究》，《當代作家評論》，2007年第2期。
〔註65〕陳思和、楊慶祥：《知識分子精神與「重寫文學史」——陳思和訪談錄》，《當代文壇》，2009年第5期。

這個問題提出來討論完全是出於編寫當代文學史的需要。除了共時性地挖掘展示一個橫斷面的文學風貌之外，他還致力於縱向歷時性地疏通經脈。例如，打破近代與現代，現代與當代，建國前後或「文革」前後這些意識形態上的劃分，在文學自身綿綿不斷的發展規律裏爬梳某些嬗變。他和一些學者提出了「重寫文學史」，並實踐性地編撰了中國二十世紀文學史，從康梁變法失敗轉而發起的士大夫新文學運動寫起，到九十年代新一代知識分子的成長為止，是整整一百年的文學歷史，一個世紀中國知識分子歷史地位的變遷史和心靈發展的坎坷歷程。文學史的求真，就是面對盡可能豐富的歷史材料和文學材料所產生的真實的思想認識。歷史學是一種思想，是通過對歷史材料的編排和解釋來體現歷史學家的主觀世界，因此在歷史學的範疇裏，求真並不等於歷史材料的真實，它只是表達了歷史學家真實的聲音。

中國文學史的全方位滲透也隨著港澳回歸和全球一體化的進程加速，當代中國文學的研究視野不斷拓寬。從《臺灣文學史》到《香港文學史》到《澳門文學概觀》，劉登翰可謂開國內學術界之先河，而且筆路藍縷，辛勤耕耘，一路探索一路墾荒一路收穫。隨後，劉登瀚又從空間思維向文化思維轉變，提出了建構「華人文化詩學」的理想，在他們的論述中，華人文學的獨特性是由他們生存的獨特文化語境所造就的，而研究者理應從解讀華人社會的文化開始去把握這種文學的特質與意義。由於華人文學本身蘊含著豐富內容、文化信息和心靈密碼，很多移民作家原先也參與了中國文學的建構，有些人還左右了某一具體文學潮流。如何從學術思路和範式上為這些處於流動性狀態的、跨文化語境的華人文學歸類分析，是華人文學詩學體系構建的一個核心問題。華人文學可以從語言上劃分為漢語文學圈和異語文學圈，前者是我們的研究重點，後者可以作為前者比較研究的資料。「分流與整合」以及「傳承與變異」的文學史觀念始終貫穿在劉登翰的文學史寫作之中，充分體現了他不想以抽象概念化的大一統思路掩蓋了歷史生動活潑的場面。

這一節提到的這些人，並不是想指出他們曾為《朝霞》寫過文章，而是想表明，正是這些參與和經歷了「文革」的人，他們在新時期的反思和作為是非常有針對性，也是非常實在的。而且由於他們當時居於和漩渦中心相近的位置，所以他們後來的思考也最深刻，最尖銳，最直接。

第四章　敘事文本的受用及其對新時期文學建構的影響——《朝霞》雙刊的文學意義研究

第一節　敘事文本：因受「關注」而「顯著」

一

　　「文革」時期的文藝作品有明顯的階段性，也有一定的內在連續性。劇曲類文藝成爲所有文學藝術形式的中心，文革前期以樣板戲爲代表。到了後期，老百姓的精神生活單調貧乏的現象，引起了上層的注意，開始調整文藝政策，提倡創作多種題材樣式的文學作品。特別是在 1975 年 7 月 14 日，毛澤東專門就文藝問題發表談話，指出：「黨的文藝政策應該調整一下，一年、兩年、三年，逐步擴大文藝節目。缺少詩歌，缺少小說，缺少散文，缺少文藝評論。」所以，「文革」後期各種各樣體裁的文學作品開始豐富起來。關於這一點，前文已經提到，就不再贅述了。但一以貫之的是：依然把「講故事」的風格延續下來，並蔓延開去。「敘事」不僅體現在小說，戲劇上，連這一時期的散文和詩歌，隨筆等，也是以採用敘事手法爲多見，體裁本身的特點並不明顯。特別是有很多散文和隨筆看起來和小說難分彼此，例如，周勇闖等人的《奔騰向前》（《朝霞》月刊 1974 年 1 期）以倒敘的手法回憶了幾個青年在崇明國營農場接受鍛鍊的往事；士敏的《擔子》（《朝霞》月刊 1974 年 1 期）

講述了一個叫張大虎的人如何從解放前背著「三座大山」的壓迫,到成長爲新中國擔負革命重任的「碼頭外交官」;任大霖的《路》(《朝霞》月刊 1974年 2 期) 寫了三進「五七」幹校的學生如何接受每一次的考驗;余秋雨的散文《記一位縣委書記》(《朝霞》月刊 1975 年 7 期) 分成了幾個部分:「在奔馳的汽車裏,周大爺講的故事」,「在雨後的山路上,張小青的回憶」,「在紅軍標語牆前,陳大姐的補充」,每個部分都可以看成一個小故事;謝炳鎖的《爆破手的傳統》描寫了一個爆破手老崔,在火花和熱浪交織的煉鋼車間多次挺身而出的事迹等等。

在詩歌和散文等題材的文學中,依然奉行「樣板戲」提倡的「反對無衝突論」和「三突出」原則,是散文敘事化的一個重要原因。如有的文章就談到這個問題,「聽說過一種說法,認爲現在的散文缺乏『散文情調』。這種說法值得分析。」該文批判了以周揚爲代表的散文觀,提出「我們的散文,絕不要那種抒寫個人閒情逸致的『情調』,我們需要的是表現無產階級革命豪情的戰鬥風格。」這篇文章首先強調散文要立革命之意,「深入三大革命實踐,從特定的生活角度提煉出某種富有戰鬥意義的典型境界。」其次,抒情最好和敘事相結合,穿插進思想焦點中去。〔註1〕

詩歌創作也是以「講革命故事」和把政治抒情貫穿在故事中爲基本的創作導向。他們批判了所謂的寫「純粹詩」、「山水詩」、「愛情詩」的「修正主義文藝路線」,而應該「用詩歌來反映現實政治鬥爭中的重大題材」。該文把情節的完整嚴謹和人物形象的塑造作爲詩歌創作的評價標準,更讓我們感覺到那一時期敘事詩與「樣板戲」之間的曖昧關係。〔註2〕「文革」後期,討論「樣板戲」對詩歌創作的啓示是一個相當熱門的話題。1、詩歌研究者尹在勤的《新詩要向革命樣板戲學習》是專門探討各類詩歌如何運用「樣板戲」的「三突出」原則進行創作的論文。2、著名的文學寫作小組「聞哨」也大力鼓吹新詩創作要向革命樣板戲學習。3、在「文革」時期頗爲活躍的工人詩人黃聲笑也撰文介紹在詩歌創作中學習「樣板戲」的創作經驗。《朝霞》1975 年第11 期是一期詩歌專刊,其中敘事詩佔了這次專刊的三分之一多,而一個「政

〔註1〕 參見吳歡章:《散文要有戰鬥的思想光彩——評〈嶄新的記錄〉》,《朝霞》1975年第 2 期,第 70～72 頁。

〔註2〕 參見吳增炎、周土根:《希望能看到更多的好詩——評敘事詩〈千年紅〉》,《朝霞》月刊 1974 年第 11 期。

治抒情詩」的分類，實際上看不出與其它類詩歌的差異，只是強調而已，因爲幾乎所有的詩歌都是包含政治抒情的。

可見，那一時期的刊物中，雖也有散文和詩歌，但是體驗不到以往那種因體裁差異而帶來的獨特純粹的感受，它們成爲了「附屬文學」，「陪襯文學」。之所以這樣說，還在於當時受到很大關注、引發爭議的多是小說和劇本，關於這一點，後文將做闡述。

二

儘管現在的敘事理論眾多，已經形成了一門學科，但在《朝霞》期刊爲代表的「文革」敘事文學領域，不論是寫作者抑或是編輯，都只是將小說戲劇創作思考簡化爲固定的敘事支點和敘事模式。在「政治高於一切」的特殊歷史時期，作者們頭上如同戴著「緊箍咒」，時刻規約著他們的筆觸滑向隨心散漫。個性化書寫和個人敘事，在這個時期的主流文學中消隱了。研究當時寫作者們創作的心路歷程，顯然比研究作品的思想和藝術水平更具意義。

1. 不敢寫：敏感的文化大革命

「文革」時期，「地上」主流文學創作群不是我們想像的那樣坦然自在，特別是在指定的作品寫作組中，風光的同時也可能處於風口浪尖。由於形勢的需要，常常會有些爲創作而組織的某一具體作品的寫作小組，如《海港》劇組、《春苗》創作組、《虹南作戰史》寫作組等等。這些寫作組的作品，目的是用來作爲「文革」文藝建設優秀成果進行展示宣傳的，類似於「文革」前期「樣板戲」的模範作用。要求相對嚴格，尤其主題要直接反映歌頌「文化大革命」。作品會由編輯部和寫作組上層領導，甚至江青、姚文元、張春橋等人親自審查過問。

從寫作體會中，我們可以看出一些眞實的心理和想法，如《赤腳醫生》創作組描述了他們是如何克服心理障礙的。「從思想根源上來檢查，我們之所以捨本求末，是由於對正面描寫文化大革命有點怕，怕寫不好而因此犯錯誤。加上當時上海文藝界正在批判蓄意歪曲文化大革命的毒草電影劇本，有好些好心的同志勸我們說：『你們可千萬別去碰文化大革命，弄不好，劇本要砸鍋。』由於我們頭腦裏存在著『怕』字，這些言論特別能引起共鳴，產生了消極的影響。後來，我們又連續修改過幾稿，對反映文化大革命還是採取了迴避或

者一筆帶過的辦法。」〔註3〕這篇類似於檢討的文章，旨在把自己作為「反面教材」，去宣揚寫「文化大革命」應該正面、直接的創作思想。

　　直接描寫反映「文化大革命」是「文革」後期文學創作的重要要求，這是強調文學要反映「新的人物」，「新的世界」的實質所在。這種要求是帶有排他性的，其它非「文革」題材不被肯定。我們幾乎在這一時段的主流文學中，看不到哪怕是描述新民主主義革命和「十七年」社會主義建設的文本。《朝霞》期刊通過評論的導向性，號召人們拋棄「不敢寫文化大革命」的思想。在評論《珍泉》這部作品時，作者說：「《珍泉》這個劇本打破了某些人有意無意劃定的禁區——寫文化大革命。」，文中作者還反問強調道「形形色色『寫文化大革命危險』的想法還不應該拋掉嗎？」〔註4〕這種思想甚至發展到一度把「寫文革」當做政治方向性問題，鬥爭態度問題來談。「也許有人會說，文化大革命離今天太近了，許多問題『吃不準』，寫起來太危險了！於是，他們就在文化大革命鬥爭生活面前掛出『創作禁區』的牌子以後，又對我們發出『好心』規勸：還是離文化革命遠一點吧，越遠越好。對於這種『危險論』，我們一點也不覺陌生。曾幾何時，當我們剛剛拿起筆來的時候，有人就宣揚過「文化工作危險論」，妄圖阻撓我們工農兵佔領上層建築領域。」〔註5〕

2. 必須寫：黨的任務，對工農兵負責

　　把「寫不寫文化大革命」的問題上昇為政治問題，是《朝霞》文藝作為政治和媒介媾和的具體體現。它不僅影響了《朝霞》期刊整個文學的風貌，還影響到其它期刊以致於整個「文革」後期文學的風格。

　　對寫作者而言，直接關係著他的寫作心態。當時許多寫作者直言不諱，他們把「寫作」看成一個任務。如《赤腳醫生》創作組在體會中說，他們「一方面感到這是政治任務，艱巨而又光榮；另一方面，又擔心挑不起這副重擔，辜負黨和人民的期望。」〔註6〕義正辭嚴的背後流露出了猶豫不安，我們可以

〔註3〕　《赤腳醫生》創作組：《我們的體會》，《朝霞》月刊 1974 年第 1 期，第 76～79 頁。

〔註4〕　常峰：《〈鳳凰嶺上頌珍泉——談談〈珍泉〉主題的現實意義和矛盾衝突的安排》，《朝霞》月刊 1974 年第 1 期，第 75 頁。

〔註5〕　工農兵業餘作者集體討論，周林發、邵革執筆：《堅持方向就要堅持鬥爭》，《朝霞》月刊 1974 年第 5 期，第 30～32 頁。

〔註6〕　《赤腳醫生》創作組：《我們的體會》，《朝霞》月刊 1974 年第 1 期，第 76～79 頁。

大膽的揣測出：這句話的潛臺詞是怕寫了出問題。當時文壇形勢緊張，文禍常發，接受這樣的任務，主創者的感受是非常微妙的。事實上，《赤腳醫生》這個文本就是在「反映文化大革命」的問題上受到多次批評修改。當該小說改編爲電影劇本《春苗》的時候，的確是把它作爲了一個政治任務在抓。起初，在寫「文化大革命」的問題上，寫作組的主要負責人徐景賢覺得編劇改得不滿意，就交給寫作組下面的電影小組專門修改；到 1975 年「批鄧」和「反擊右傾翻案風」後，徐景賢本人又把劇本中的與「走資派鬥爭」這條線加強。至上而下的重視和反覆修改，「任務性」顯露得具體而眞實。相似的情形還有很多，如上海市屬國營農場「三結合」創作組在《第一步》中也曾談到過這樣的創作體會：《長江後浪推前浪》的「主題基本確定後，在專業和業餘作者的幫助下，對小說內容和細節又作了多次修改。」一個工人作者看了小說後提出了「主題還不深」的意見。後來沿著這樣的思路完成了主題的「深化」。〔註7〕《女採購員》的作者劉緒源在 1976 年第 6 期《新生事物與限制資產階級法權——〈女採購員〉創作體會》中也強調說：「在黨和群眾的關懷支持下，根據以上構思，經過幾次反覆，我終於寫成了短篇小說《女採購員》。」〔註8〕

　　「任務」和「興趣」的差別，在作者的定位上體現爲：作者會把自己虛設爲一個集體代言人的角色。例如會出現幾個「工人業餘作者」，「受階級的委託」，「責無旁貸地挑起了」文學創作「這副擔子」。〔註9〕對「工農兵負責」，伴隨著責任意義昇華的還在於表明立場，這無疑是爲認定作品的性質上了一層保護膜。〔註10〕

　　　幾篇截然不同的小說的作者談創作體會時，竟有如此驚人的相同之處：

　　　　《一篇揭矛盾的報告》作者說：「我想代表廠裏的工人群眾，把任樹英煥然一新的精神面貌寫出來。」

　　　　《朝霞》的作者在與農場青年的接觸中，迫切地感到「有責任去反映葉紅式的立志紮根農村的青年，爲他們大喊大叫。」

〔註 7〕　上海市屬國營農場三結合創作組：《第一步》，《朝霞》月刊 1976 年第 9 期。
〔註 8〕　劉緒源：《新生事物與限制資產階級法權——〈女採購員〉創作體會》，《朝霞》月刊 1976 年第 6 期。
〔註 9〕　杜恂誠：《工業題材長篇小說漫談》，《朝霞》月刊 1976 年第 4 期。
〔註10〕　李雷：《多編點戲 多演點戲——觀看上海戲劇學院一年級的「學生作業」有感》，《朝霞》月刊 1975 年第 8 期，第 26 頁。

　　　　　《區委副書記》的作者也是這樣：「代表董媽媽的心意，對新幹
　　部寄予殷切的希望。」
應該說，一再表明「無我」或「大我」的立場，顯示了在外界政治任務的擠
壓下，個人敘事被放逐。特別是以集體署名的文本，實際上有主要執筆人。
因為作品的集體所有屬性，這個主要執筆人參與的熱情程度，大夥兒獻言獻
策的形式化，編輯的修改提煉把關，三者之間的互動和心態，都會與作品的
「任務性」發生聯繫。我們不僅會懷疑：「做群眾的代言人」是否成為了執筆
者想要隱匿自我的保護傘，「被迫的歸屬」與「主動的依靠」之間，真實心態
已經難以分明了。

3. 怎麼寫：按照「文革敘事學」

　　在工農群眾、業餘作者、編輯「三結合」的創作隊伍中，每一篇稿子都
是經過反覆修改，反覆提煉的。從初步的題材，到最後的定稿，基本上是「千
人糕」。〔註11〕

　　首先是題材的來源和確定，有兩種方式：可以是工農群眾向業餘作者提
供和反映，也可以是業餘作者深入到工農生活中去採集。「創作革命故事要不
斷髮掘新的題材。」反映「文化大革命」的主題不變，就只能靠改變題材。
很多重大題材，是由上面規定的。《春苗》原名《赤腳醫生》。它是早在一九
七零年，上影廠根據毛主席一九六五年關於「把醫療衛生工作的重點放到農
村去」的指示，提出的選題。並且組織編創人員深入到上海郊區農村衛生院
體驗生活。從《朝霞》叢刊挑選出來的，有《歡騰的小涼河》，是講農業學大
寨的農村題材；有《千秋業》，是反映部隊生活題材的；有《盛大的節日》，
故事發生在鐵路機車總廠，工業題材，是紀念「一月革命」勝利十週年的；
小說《浦江潮》、《序曲》，敘事詩《列車飛向北京》，都是以一九六六年冬天
階級敵人製造的「安亭事件」為鬥爭對立面的。

　　然後，著手構思中心故事情節。當這些工農兵寫作者在深入生活的基礎
上，開始劇本構思時，著眼點首先是怎樣使我們寫的這個東西像個戲，隨之
需要考慮的就是符合《朝霞》敘事的「三個法寶」。據統計，有關《朝霞》期
刊中的小說、劇本、小小說的創作體會和評價，主要圍繞著三個方面：兩條
路線分清，正面人物鮮明，深入到本質。

〔註11〕周天：《文藝戰線上的一個新生事物——三結合創作》，《朝霞》月刊 1975 年
　　　　　12 期，第 70 頁。

所謂兩條路線就是要描寫無產階級與走資派的鬥爭。一般剛從寫作者手中誕生的作品，不會有那麼強烈的政治路線意識，即使有，也不一定能滿足編輯部的需要。其實，審稿時判斷一個作品是好是壞，「關鍵在於路線」。〔註12〕如小說《小牛》、《征帆》的初稿都有反映衝突不明顯的問題，作者後來讓「烈士弟弟在與姜士儒爲代表的修正主義路線執行者的鬥爭和青年內部錯誤思想的鬥爭中高大起來。」〔註13〕楊代藩在談創作體會時，首先發問「社會主義革命時期的文藝作品，火力主要應該射向哪裏？」〔註14〕這個問題實際上就是他進行創作的邏輯起點。他從寫《會燃燒的石頭》，到《不滅的篝火》，再到《只要主義眞》，對錯誤路線有意識的批判的火力一次一次加強。

正面人物鮮明，就是要把無產階級工農塑造成堅決果斷的形象，不能含糊猶豫或與走資派糾纏不清。如《只要主義眞》中的「火辣子」，《金鐘長鳴》裏面的喬巧姑，《初春的早晨》裏的郭子坤都是這樣的形象。《赤腳醫生》「田春苗」似乎並不是藝術上追求的「這一個」，而是政治鬥爭需要的「這一個」。

深入到本質，就是要在作品裏面，直接引用一兩句語錄，或者直接揭示文化大革命的本質，並用黑體字加以強調。如《女採購員》，反映了李墨蘭自覺爲建立這種「新形式的人與人的社會聯繫」〔註15〕而鬥爭。這個本質，可以通過敘述者直接介入故事中的議論寫出；也可以通過故事主人公的對話說出。

這一整套的「文革敘事學」，反映了社會性和群體性的過度強化，敘事本身成爲教化和認識文藝觀的輔助，成爲宣揚政治倫理道德規範和認識「眞理」的特殊工具。政治性強勢干擾，造成了藝術表現內容的狹隘化和藝術表現方式的手段化，影響到具體的敘事操作，又表現爲敘事支點的觀念化和敘事方式的模式化。

三

1975 年 6 月，上海人民出版社出版了《序曲》，即一本《努力反映文化大

〔註12〕李雷：《關鍵在於路線》，《朝霞》月刊 1974 年第 12 期，第 58 頁。

〔註13〕上海市屬國營農產三結合創作組：《第一步》《朝霞》1975 年第 9 期，第 80
　　　頁。

〔註14〕楊代藩：《火力與眼力——從〈會燃燒的石頭〉到〈只要主義眞〉》，《朝霞》
　　　1976 年第 4 期，第 39～41 頁。

〔註15〕劉緒源：《新生事物與限制資產階級法權——〈女採購員〉創作體會》，《朝霞》
　　　月刊 1976 年第 6 期，第 76～78 頁。

革命的鬥爭生活》的徵文選。這是《朝霞》編輯部出版的唯一一本叢書，這裡面沒有新作，都是選取的以往歷年來《朝霞》叢刊和《朝霞》月刊上面的作品。主要有清明的《初春的早晨》，立夏的《金鐘長鳴》，谷雨的《第一課》，夏興的《初試鋒芒》，姚真的《紅衛兵戰旗》，中華造船廠「三結合」業餘創作小組的《追圖》，姚克明的《掛紅花那天》，陳足智的《浦江潮》，王金富、朱其昌、余彭年的《試航》，姚華《青春頌》，陸天明《樟樹泉》，復旦大學文藝宣傳隊集體創作的《抗寒的種子》，路鴻的《列車飛向北京》，史漢富的《布告》，施偉華的《序曲》，王亞法的《奔騰的火車頭》，董德興的《前進，進！》，餘思濤的《筆》，朱敏慎《廣場附近的供應點》，錢剛的《鋼澆鐵鑄》。編輯部出版這本叢書的目的，在於紀念文化大革命十週年。同時，也可以藉此來檢閱文藝創作隊伍。《序曲》引起了文化部的注意，授意要上片子的電影廠，可以拿《序曲》中的作品改編成電影。隨後，長春電影製片廠將《第一課》改編成電影《芒果之歌》；上海電影製片廠不願落後，委託上海電影小組承擔了改編工作的主要任務，他們從《朝霞》中挑選出來進行改編的小說有《歡騰的小涼河》，劇本《盛大的節日》和《千秋業》。

我們可以想像當時作為編輯和寫作者，聽說自己的作品有機會搬上熒幕時的激動心情和榮耀感。這無疑從客觀上顯示了小說和劇本創作在文藝界的顯著地位，促進了更多仿傚者寫出類似的作品。其它形式的文學，風光盡掩，難以匹敵。

改編《序曲》中的小說為電影劇本，其背景源於從電影界引發的政治鬥爭。1975 年 2 月，春節期間，電影《創業》全國公映，但隨即受到「四人幫」的攻擊，並羅列「十大罪狀」。此後，影片《海霞》也受到四人幫的批判，認為《海霞》是「文藝黑線回潮」的代表作；《海霞》攝製組是「行幫性的導演中心制」，是資產階級所有制。把這兩部影片作為「文藝黑線回潮」的標本，實際上是「四人幫」針對周總理與鄧小平所發的一枚炮彈。因為《創業》是周總理關心下拍攝的，也是對國務院領導下的石油部一些老同志過去工作的肯定，而這也是鄧小平所支持的。當時主持國務院工作的鄧小平正在逐步調整文藝工作，與「四人幫」鬥爭正處白熱化。所以，以江青為首的「四人幫」希望通過發展自己的電影，以取得毛主席的信任和向他表功，就授意文化部把改編《朝霞》作品為影片的工作提上日程，積極關切起來。比如被定性為「陰謀電影」的《歡騰的小涼河》，原是江蘇一位作者撰寫的中篇小說，表現

了 1972 年在農業學大寨中主人公同小生產者自發勢力所做的堅決鬥爭，類似於同期浩然的小說《金光大道》。這是《朝霞》小說中常見的主題。1975 年 7 月上海市委的徐景賢派秘書到《朝霞》編輯部拿走了小說的小樣，送給上影廠，要求立即組織創作組，將其改編成電影劇本。改編後的劇本內容嚴密封鎖，連小說的原作者都不得而知。修改後劇本發生了本質改變，其一，把小說的時代背景從 1972 年改爲 1975 年，將劇情溶入「反擊右傾翻案風」運動的大環境中，其二，一號反面人物，革委會夏副主任口裏所說的許多臺詞，改編自鄧小平以及中央和地方領導的講話，演員造型和臺詞處理，也取自鄧小平的原型。〔註16〕

　　《人民電影》在江青等垮臺前一共刊登了五個電影文學劇本，其中就有《春苗》和《金鐘長鳴》。《反擊》、《盛大的節日》等電影尚未公映，在文化部於會泳的指使下，以《一批反映同走資派鬥爭的新影片正在拍攝》爲題，提前報導，加以宣傳。《人民戲劇》每期都發表所謂「和走資派作鬥爭」或配合所謂「反擊右傾翻案風」的作品。《人民音樂》發表了一些「反擊右傾翻案風」題材的歌曲以及《春苗》、《歡騰的小涼河》等影片的插曲。隨著「四人幫」被打倒，這些備受吹捧和重視的文藝文本，立刻又受到了批判和否定。例如：1977 年 2 月，紀紋在《中國戲劇》上發表評論《一枕黃粱成泡影錯把末日當節日——評毒草話劇〈盛大的節日〉》；1977 年 7 月，內蒙古商都縣西井子公社西井子大隊赤腳醫生鮑永福以其獨特的身份，發表了《〈春苗〉是一部反黨影片》。1976 年後，這類敘事文藝迅速被否定，對於榮耀煊赫一時的編寫者和追隨模仿的大量文藝愛好者，帶去的是突然的上當受騙感，和經受漫長的「反右」等精神摧殘的作家們相比，是另一種心態。「文革」留下了普遍的情感受傷和持久的精神幻滅。

　　影片內容從小說中取材，這個現象當然不能誇大爲「朝霞」作用。實際上，文革期間的主流文學領域一直都存在「主流小說改編成電影劇本」的模式，並非《朝霞》期刊特有現象。例如：1966 年的浩然的《豔陽天》，黎汝清的《海島女民兵》，程樹榛的《鋼鐵巨人》，浩然《金光大道》。但是，《朝霞》文藝實際凸現的仍是帶有「樣板戲」思維的敘事文學，甚至藉此升級去進行別有用心的政治鬥爭。瞭解了這個背景，回頭來看前文所述，就很容易理解

〔註16〕參見翟建農：《紅色往事：1966～1976 年的中國電影》，北京：臺海出版社 2001
　　　　年版。

爲什麼以敘事爲主要表達方式的小說、劇本會受到重視，也會容易理解爲什麼必須要寫文化大革命，並且要反覆修改去強化與走資派的路線鬥爭。從這一點說，因爲《朝霞》等文藝被利用，「文革」後期文藝的恢複調整並非像其初衷希望的那樣具有建設性和健全性。

第二節 《朝霞》文學作品的敘事特徵舉例分析

「文革」後期的主流文學領域略有改觀，如 1972 年集中出現了文革經典長篇小說《金光大道》、《虹南作戰史》、《牛田洋》、《沸騰的群山》、《海島女民兵》和《閃閃的紅星》等，很多至今還對我們產生了重要的影響，其中很多也得到了重讀。畢竟它們可能包含更大容量和更具豐富性的內涵和細節。長篇是一個不小的動作，要具備複雜性，在藝術上多少要有想法有探索，才可能成就。然而短篇和中篇小說則不然，以《朝霞》文藝爲代表的中短篇小說和劇本，大多是借當時的熱點題材而直接描寫正在發生的階級鬥爭和政治運動，圖解當時的政治政策。《朝霞》文本的重讀，可能被認爲是一種徒勞。可是，我們對《朝霞》文藝思想主題畸形，創作模式化的印象，究竟是如何給定的呢？在否定它們的同時，必然存在某種潛在的或想像的文本作爲下判斷的參照糸。

在思考這個問題的時候，有兩個作品引起了我的關注。

一個是電影文學劇本《珍泉》。《珍泉》這個文本，是「文革」後期較早嘗試直接寫文化大革命本身的作品，也是《朝霞》月刊第一期的作品評論中受到高度頌揚的作品。該文學作品由於誕生較早，還保留著建國後一直盛行的「英雄革命傳奇」，並以簡短的方式組合進去。所以，整個作品在圍繞路線鬥爭的過程中還略微能讀到一些興味，該文本在整個「朝霞」文藝裏面，也算是不那麼「陰謀」的一篇。

另一個是劇本《赤腳醫生》。《赤腳醫生》是《朝霞》文藝中非常重要的一篇，它改編成的電影《春苗》在當時引起了廣泛的關注。它本身屬於社會重大題材，是根據毛主席一九六五年關於「把醫療衛生工作的重點放到農村去」的指示，提出的選題。至上而下都非常重視，幾次改稿，並公開徵求社會意見。出現在 1973 年 12 月的「上海文藝叢刊」，「電影、話劇劇本專輯」《鋼鐵洪流》上面的《赤腳醫生》的版本，就是一個經過初步修改的「徵求意見

本」。《朝霞》上看到的《赤腳醫生》劇本，是用於舞臺劇的，立意本來不錯。後來改編成的電影劇本《春苗》，把故事發生的年代由 60 年代初期改到了「文革」期間；把以歌頌呼喚新事物新人物的重點，改成了與走資本主義道路當權派的鬥爭爲重點。從舞臺劇本《赤腳醫生》到電影劇本《春苗》的不斷改寫，是「四人幫」寫作班子的宣傳策略之一。「文革」期間，大量的「民間文本」或者說「半民間文本」，經過選拔看中，改寫爲「類政治文本」。

　　上述兩個電影劇本分別和新時期的兩個中篇小說對應，有很多可比之處。一組是《珍泉》和鄭義的《老井》，另一組是《赤腳醫生》和范小青的《赤腳醫生萬泉和》。這兩組作品分別有類似的題材，有相近的時代背景，都是以知青爲主創寫作者，都曾拍攝或試圖拍攝爲電影〔註 17〕。但是，《老井》和《赤腳醫生萬泉和》成爲了新時期的經典文藝，《珍泉》和《赤腳醫生》卻是「文革」「陰謀文藝」的代表。不知道鄭義和范小青這兩位知青作家是否讀過《朝霞》裏面的小說，某種程度上，他們確實完成了對《珍泉》和《赤腳醫生》的人生經驗和文化體驗上的豐富，以及另一價值向度上的改寫和超越。究竟在政治和創作環境等因素的影響下，其文本內在的結構模式，人物塑造，主題意境等有哪些不同呢？分析和解讀這些作品，對於我們認識中國「文革」文藝向「後文革」文藝的轉變機理，具有重要的啓示作用。現在讀者對「文革」文學，甚至「陰謀」文學作品的基本態度，是已經預設和前置在文化語境中的。就《朝霞》文藝而言，如果僅僅埋入文本中，翻閱細讀每一個作品，其意義是不大的。相反，以「後文革」語境爲參照背景，在相似的文本中，梳理不同時代對文學創作者和文藝思想的不同要求，是具有必要性和可行性的。本人力圖避免零星比附，從全方位考察到具體的敘述等層面上，歸納出三個角度的視點切入口。

一、主題表現上的承續與超越

　　用故事主人公的姓名而命名的《珍泉》，就具有雙重含義。一則是指地質局找水分隊第一分隊黨支部書記年僅二十四歲的宋珍泉，象徵著我們熱切呼喚的具有革命精神的「新的青年」，這是社會主義美好未來的希望；二則是指鳳凰嶺主峰腰間兩叢青竹中間一條石縫裏流出的點點清泉，這是礦山找水隊

〔註 17〕　注：導演張藝謀曾與范小青溝通過，有意要將《赤腳醫生萬泉和》改編成電影劇本。

找水的重要線索。人和物互喻，強化了故事的主旨。一首當地民謠「鳳凰嶺，鳳凰嶺，燒焦了的尾巴，綠汪汪的眼睛……」也爲全文的主旨埋下了重要的伏筆。

鳳凰嶺上有水還是無水呢？這是一個客觀自然的現實問題嗎？不。在《珍泉》這部小說中，「有水」還是「無水」是個兩條路線的鬥爭問題。故事的第一個矛盾就是圍繞論證鳳凰嶺有沒有地下水而進行的，作者首先把這個問題轉化爲了找水分隊和資產階級專家工程師姜力揚之間的路線鬥爭。找水最重要的是「辨石」，岩石是地質特徵的反應。文中在刻畫姜力揚和隊員陶芸芳時，做了一個類似「書呆子」和「在實踐中活學活用的」兩個人的形象對比。姜力揚翻著書分析的「矽化岩」和「灰岩」，隊員們都聽不懂；陶雲芳則形象地比喻爲「滑水岩」和「水缸岩」，前者水會滑走，後者能存水。這是文中第一次顯示群眾的聰明智慧。緊接著，就是描寫宋珍泉和隊長杜子強之間的幾次矛盾衝突。宋珍泉重視發動群眾力量，奉行「找水就要找群眾」的路線；杜子強則自己喜歡單槍匹馬，蠻想蠻幹。第一次是兩個人從組建找水隊開始，就體現了不同的思路，杜子強只要棒小夥，而珍泉則團結一切可以團結的人。第二次是如何看待外隊群眾的問題，特別是與當地老鄉的相處，獲取生活經驗和常識。杜子強顯然沒有把他們放在眼裏，而珍泉則從中注意到了一首當地民謠「鳳凰嶺，鳳凰嶺，燒焦了的尾巴，綠汪汪的眼睛……」。這首民謠爲後來找水埋下了重要的伏筆。第三次是下鑽之後，應對寒流到來的問題。杜子強意氣用事，企圖拆掉鑽機，被珍泉等人勸回。通過這次，眾人一起給杜子強做思想工作，終於解決了他思想路線上的問題。最後一個層次的矛盾，就是敵我矛盾了，是在找水隊和走資派尤文光、魏仁浩之間的階級鬥爭中展開的。這一部分的描寫比較少，顯示了在新中國敵我矛盾仍可能以比較隱晦的方式存在。這類矛盾的表述，已經不是「文革」期間文藝展示的重心了。階級敵人利用我們內部的路線分歧搞破壞，腐化我們的幹部群眾，是《珍泉》找到的一個結合點。總的來看，故事是以「無產階級接班人」如何在鍛鍊中成長爲主線，輔以與走資派和階級敵人的鬥爭。

和《珍泉》一樣，《老井》在處理故事的情節時也設置了很多人與人的衝突，但是放在惡劣的自然環境下，以求生存爲暗線，就把人們的衝突生命意識化，強度和厚度都隨之深化。儘管《珍泉》整個故事是在野外的鳳凰嶺上「找水」爲主要內容，但是劇本全篇大部分場景是在地質局和營地的開會討

論中進行，推動故事發展的也主要依靠「聽故事」，「分析路線」等情節。人和人之間的關係也基本上處理爲「工作夥伴」、「上下級」、「路線雙方」，最多添加些「革命情誼」。從藝術表現上來說，我們感受不到更加厚重的內涵。同樣是「找水」，鄭義的《老井》就把故事的發生地拉到了只有沙土塵石的太行山坳，這個地理背景的選擇一下子就把故事要表現主題「找水」的嚴峻性和蒼涼感展現了出來。老井村人從雍正時起打了百十口乾井，58 人爲之身亡。爲了水，出現了驚心動魄的井爆、塌方、村民械鬥、人羊爭水，爲了水，孫旺泉帶傷縱身躍入井底……有人類在和自然抗爭中文明與野蠻的顯現，有原始氏族血緣與族長意識的深層積澱。創作於 80 年代初期的《老井》雖然以「文革」時期的故事爲題材，但是相對於「文革」文本，其敘事焦點發生了轉變，用平常化的歷史敘事把憤怒的、激情的鬥爭與報復捨棄，代之以平靜的、客觀的日常生活，再從中體味生活本身的蒼涼和殘酷。在遠離政治思想領域裏概念化、路線化鬥爭中心的偏僻貧瘠的山村，作者揭示出這個特定人群的感受和心態都是圍繞著最基本的生活問題。

後來，《老井》從小說到電影劇本改編過程中透露出來的差異，就更能看出《老井》和《珍泉》劇本的不同表現追求。《珍泉》某種程度上延續了「革命的現實主義＋革命的浪漫主義」創作模式，在地質小分隊找水的過程中貫穿了兩段回憶。一個是常青山的女兒小鳳爲了解救受傷乾渴的唐連長，偷偷拿了水壺，攀上險峰去接泉水，結果被匪徒亂槍打死。另一個是龍老爺爺的回憶，曾經有個龍魚洞被地主獨眼龍發現，因聽說吃龍魚長生不老，故讓家丁去抓魚，結果觸犯了老天爺，掩埋了龍魚洞。《老井》小說原本也在故事中加入了大篇幅的略帶傳奇甚至神話色彩回憶，例如講述「老井村」的由來的故事。有孫家祖輩之一孫老二偷井娶妻的「苦難而美麗的傳說」；寫了主人公孫旺泉的爺爺孫石匠身戴刀枷「惡祈」雨，炎日下徒步行走五十來裏去赤龍洞並慘死該地的巨人般的事迹；寫了孫家先輩孫小龍山洞雕龍，爲了使它騰飛而用手撕開胸膛血染石龍的壯舉；寫了旺泉的瘋二爺孫萬山「扳倒井」的瘋事……還有小說第八章描寫旺泉與巧英在「一個朔風凜凜的冬日」背著羅盤上青龍嶺找水，巧英路遇狐仙，崖陷逢險，旺泉捨身相救，兩人被迫夜宿山洞——原八路軍秘密兵工廠。這些都是情節跌宕起伏，扣人心弦，不可謂不精彩。但仔細推敲起來，確有人爲的雕琢痕迹。倘若轉化爲銀幕視聽形象，恐怕難免會與電影《老井》所遵循的嚴格的現實主義深化的創作原則相

悖。改編後的《老井》盡量追求的是適度的戲劇化，這就需要給作品本身以生活真實感。

另外兩部作品《赤腳醫生》和《赤腳醫生萬泉和》，它們是以階級倫理為創作起點，還是以鄉村倫理為創作起點的區別。同一現象，不同的創作思路，產生的文學面貌相差極大。

在《赤腳醫生》中，整個就是表現社會主義新生事物的成長和發展也必然要經過艱難曲折的鬥爭。《赤腳醫生》中突出塑造的人物李紅華，是濱湖大隊老百姓推舉出來的「赤腳醫生」。由貧下中農通過自學和培訓，辦村中衛生所，背著藥箱上門到每家每戶去行醫。這一現象作為新生事物，得到了鄉親們的支持和擁護，卻受到朝陽公社衛生院的院長醫生等的懷疑，甚至刁難。當她肩負著階級的委託、黨的希望，來到公社衛生院學習時，首先碰到的是冷遇，接踵而來的就是橫攔豎砍。竊據衛生院領導大權的資產階級反動路線的代表人物杜文傑和反革命分子、醫生錢濟仁，對李紅華當赤腳醫生驚恐不安，他感到若讓李紅華得了勢，他們腳底下這塊地盤都要讓人家占去了。為了保住資產階級這塊「世襲領地」，他們千方百計扼殺赤腳醫生這一新生事物，宣揚「粗瓷碗雕不出細花來」，「拿鋤頭的手不能拿針頭」，百般刁難，排斥李紅華學習醫療技術。故事設置了一系列的情節，烘托出紅華排除萬難、一心為民的形象。例如：在「為水昌大伯治腰腿痛」中，她體會到這些毛病是由於水昌伯常年在地裏勞動，易得風濕，自學針灸，拔火罐；她「為阿婆排蛇毒」，在正規醫療條件難以快速到達治療的情況下，她用自己的嘴吮吸毒液，再敷上草藥，及時脫險；「小兒麻疹事件」，是劇本的矛盾總爆發，也是整個故事的高潮。同時，李紅華的鬥爭不是孤獨的，她得到了毛主席的革命路線指引，有廣大貧下中農的支持。廣大貧下中農鼓勵她勇敢地幹起來。老貧農水昌伯親自給她訂做紅醫箱，黨支部書記李阿強親自描畫箱上的紅十字，革命的知識分子方明衝破杜文傑的阻攔，給她講課。整個故事都是圍繞兩個階級，兩條路線的鬥爭，貧下中農給了李紅華無產階級的醫療大權！在黨支部和貧下中農的支持下，湖濱大隊的衛生室迎著激烈的階級鬥爭風浪建立起來了，新生事物發展起來了。

和前面那種明顯直白的鬥爭衝突性劇本不同，《赤腳醫生萬泉和》是一部長篇，它縱向上的時間跨度較大，是老年、青年、幼年三代「赤腳醫生」的生活成長史。其實，故事中也有衛生院的正牌醫生和「赤腳醫生」的勾心鬥

角，也有大隊幹部裘二海與普通民眾的對立，但是讀者不會簡單地把這個作品看成是表達路線鬥爭的，因爲它的民間敘述和歷史感豐富了這些脈絡。故事中的每一個人物都有不同的職務或身份，作者范小青並沒有過於強調這一點，而是首先把他們看成後窯大隊第二生產隊的一群村民。作者採用第一人稱的敘述視角，從萬泉和眼中看村民和自己的生活交集，有效地控制了意識形態化的現實背景對生活原生態的理性干預。作者筆下的萬泉和也遭遇了許多像李紅華一樣的困難，如鄉村病患的猖獗，農村缺醫少藥，衛生院路程太遠，缺乏專業的醫學知識，村民相信封建迷信等等，但作者沒有把這些矛盾以政治路線衝突的形式劃定，而是藉此客觀地呈現出長期以來的農村醫療體制不健全的事實。

應該說，從「十七年」一直發展到「文革」時期，越來越規範化的文學創作達到了頂峰，甚至是爲編故事而編故事。「主題先行」、「三突出」、批判「無衝突論」等「四人幫」文藝更是強化了寫作的非真實性。儘管，「文革」期間要求作家去基層體驗，去和普通人接觸，但是豐富的感受卻不能寫進作品，最後變成形式化和口號化的過場。〔註 18〕以敘事類文本「衝突表現」的適度原則爲衡量標準，新時期的作家在「文革」文學敘事的創作中，有意無意地完成了從概念化向經驗化，從尖銳化向虛柔化，從理想化向世俗化，從簡單化向複雜化的轉變。

二、把爲概念意義上塑造的人物人情化

《珍泉》中的兩個重要人物，宋珍泉和杜子強，都是當時熱切期盼的「革命接班人形象」。他們的工作單位是上海地質局，他們有幸成爲中國勘探行業領域裏的一名令人羨慕的鑽探工。在那個工人階級領導一切的時代，他們兩人是幸運的。當時的上海，黃浦江，外灘，沿江林蔭道，海關大樓的巨鐘，飄著彩旗的萬噸巨輪，雄偉的掛著革命條幅的上海大廈，城市上空震蕩回響的《東方紅》樂曲，這一切都渲染出文中所說的「上海，這座屹立在東海之

〔註18〕「四人幫」讓石方禹在改編《珍泉》的時候，雖走南闖北到五個省區的地質勘探隊深入生活，但是受制於要加進反走資派的內容，還是要以路線鬥爭爲中心，所以故事不可能達到很高的思想深度和藝術水平。《赤腳醫生》也組織上海電影製片廠的編創人員深入到上海郊區農村衛生院去體驗生活。陳冀德：《生逢其時——「文革」第一文藝刊物〈朝霞〉主編回憶錄》，香港：時代國際出版有限公司，2008 年 7 月版，第 80 頁。

濱的祖國最大的工業城市，經過無產階級文化大革命的戰鬥洗禮，顯得更加朝氣蓬勃。」〔註19〕我們不難想像，在那樣的環境中，他們眼中的世界是多麼美好，革命的理想激情燃燒著年輕充沛的心，只要黨和毛主席的一聲號召，「走向祖國建設最需要的地方」，個個躍躍欲試，義不容辭。我們不能完全否認這樣的人物形象沒有現實基礎，如今很多人的回憶錄中，提到那段熱血沸騰的歲月，還青春無悔。

但是，那個文本描述是單面的，也是橫截面的，所以並不完整。實際上，「文革」後期，知青們這種自豪感和爲理想的狂熱感正在消退。「隨著政治形勢的轉變，特別是『九·一三』事件的爆發，知青從狂熱墜入了冷靜，親受和眼見現實中的種種醜惡，絕望、彷徨，對於現世生活的追求，由理想導致了行動。於是，各種矛盾公開化、明朗化，病退、招工、升學，走後門回城，各種現實問題紛至沓來。青春在消逝，人生變得現實了。知青舞臺的眞正鑼鼓，是從這兒開始的。但這已經不是文革期間的知青小說所能夠反映的了。這個任務，只有在粉碎『四人幫』之後，才有可能由作家們來完成，而且更多地是由知青們自己來抒寫——事實正是如此。」〔註20〕

《珍泉》中的這些年輕人還只是去離上海不太遠的鳳凰嶺礦山，若汽車一下子把他們拉到了離家十萬八千里的山西太行山坳裏永遠紮根落戶，會怎麼樣呢？從這個意義上看，《老井》中主人公巧英和旺泉的命運，則完成了我們對這一假想的某種補充。《老井》中的青年孫旺泉在縣城受過高中教育，觸摸到了現代文明和城市生活的門檻，他本人也有生活理想和開拓新生活的能力。但是，他性格中承襲了老井村人把打井找水化爲一椿生命寄託的思想，最終放棄了個人追求，放棄了與巧英的愛情，世代相傳的生命熱情演化爲他倔強而近乎麻木地挖井找水。他的「找水」不是熱情，不是工作，不是實踐體驗，是宿命。另一位青年巧英，她有知識，漂亮，心氣高，想去過城裏人的生活。她不滿足於呆在那個「老井無水渴死牛，十年九旱水如油」的窮山村，卻漸漸愛上了一個走不出去的漢子孫旺泉。她追求愛情而不得，追求人生理想也不得，因爲她的出走分明是一種逃遁。

〔註19〕高爽：《珍泉》，選自《珍泉》叢刊，上海人民出版社，1973 年 12 月，第 3 頁。

〔註20〕郭小東：《中國當代知青文學》，廣州：廣東高等教育出版社，1998 年 1 月，第 42 頁。

　　《珍泉》中的宋珍泉和杜子強，受過勘探方面的專業培訓，卻嘲笑姜工程師捧著書本的知識分子氣息，滿懷理想和激情地投身到艱苦的地方去鍛鍊，去走近鄉民，團結群眾。兩個年輕人長期並肩工作戰鬥，卻觸發不了他們倆之間一絲的愛情火花。相與較之，《老井》中的巧英和旺泉，他們因青梅竹馬而漸生愛意。他們沒有受過地質勘探的專業訓練，他們相信專家，他們想辦法爭取去縣城上培訓課。他們需要團結老百姓，走群眾路線嗎？祖祖輩輩血淚的奮鬥和殷切的期望已經演化爲一種沉重的家族歷史責任感滲透到他們的骨子裏、血液裏。他們需要革命的理想和激情嗎？幾十代人的苦掙苦熬，沉甸甸地壓迫著他們的靈魂。挖井不是他們的革命理想，是他們的命運，擺脫不掉。

　　還有村支部書記這個人物形象，《老井》中的村黨支部書記孫福昌並沒有被樹立成一個「高大全」的人物。相反，他常給人留下很多不快的印象，他的兒子的缺德模樣，以及他爲兒子操辦「冥婚」的行爲，都不無使人們產生對作爲父親的他的嫌惡，然而他作爲老井村的黨支部書記向旺泉所說的一段發自肺腑的眞心話：「我當這支書，十幾二十年了，修過大寨田，塡過溝，修過乾水庫，淘過西井……反正是，一椿，一件事沒給咱村辦成……臨下臺前，我只想在我手上打成一眼井，給咱老井的兒孫後輩留下件產業，積陰德，心安，別叫人至死戳後脊梁骨，我也算好好歹歹沒白來這人世上走一遭！」那是他作爲黨的幹部的責任感的驅使，也是他作爲老井人的一種自尊。在他身上溶入了中國人民的民族性格的光彩。特別是在旺泉與巧英在夜宿之後，他非但不乘機落井下石，還以「民不舉，官不究」爲由爲旺泉開脫，並推薦了旺泉接任黨支部書記。這個幹部儘管不完美，但很眞實。

　　「赤腳醫生」這一現象是從 60 年代開始，「文革」期間大量出現，到 1985 年《人民日報》發表《不再使用「赤腳醫生」名稱，鞏固發展鄉村醫生隊伍》一文後，逐漸消失。在相當長一段時間裏面，「赤腳醫生」非常多，類似於後來的農村民辦教師。以 1977 年底爲例的統計，全國有 85% 的生產大隊實行了合作醫療，赤腳醫生數量一度達到 150 多萬名。實際上，這些數量龐大的「赤腳醫生」們在身份認知上，是非常複雜和尷尬的。一方面，國家的政策引導，向下的宣傳鼓舞，形象上的崇高化英雄化，使「赤腳醫生」的職業鍍上了光環和理想主義色彩。而且，醫生畢竟可以不用整天在田地裏勞作，和辛苦的農民畢竟不同。另一方面，農村的醫療條件嚴酷，疑難雜症多，自身水平有

限等情況，使「赤腳醫生」在鄉村工作仍是很艱難的。就個人而言，既進不
了城裏衛生院，又沒有耕種土地，農民眼中的文化人，城裏人眼中的土鱉，
身份的尷尬可想而知。

《赤腳醫生》（包括電影劇本《春苗》）和《赤腳醫生萬泉和》作為取材
類似的文本，就從不同的視角反映了上文所說的兩種層面。在《赤腳醫生》
中，村民們推舉李紅華為「赤腳醫生」被演繹為一個正義和榮譽的賦予過程。
她本人，個人意願上是積極主動的，因為深受舊社會看病難的傷害，立志做
一名「赤腳醫生」。在群眾推選時，水昌伯的那句話成為她當選的助推器，「我
看哪，我們自己的醫生不比其他，得挑個根紅苗壯，實心實意為社員著想的
人。醫道再高，不為我們貧下中農有什麼用！」這一類似事件的述說，在《赤
腳醫生萬泉和》的小說中，就不是那麼理所應當，平順單純了。萬泉和沒有
想當「赤腳醫生」的願望，他想做一個木匠。他那行醫的父親也是花費著心
思，去阻撓他當醫生，原因是他自幼得過腦膜炎，有些愚笨，擔不起救死扶
傷的重任。但是，由於他偶然夾出萬小三子耳朵裏面的毛豆，曾多次猜中懷
孕婦女肚子中是男是女，所以他獲得了廣泛的信任和群眾依附。在一次有些
荒誕的大會上，任命他為「赤腳醫生」。從那之後，跌跌撞撞地行醫幾十年。
應該說，萬泉和、李紅華兩人，都是因為善良正直的本性做上了「赤腳醫生」。
差別在於，《赤腳醫生》將李紅華這個人物形象美化。她由於熱情地學習專研，
堅持了正確的思想路線，所以她成功醫治了很多人，她遇到的很多困難都最
終通過路線鬥爭而化解。范小青的筆下則沒有迴避後窯大隊的現實困境，也
沒有誇大「赤腳醫生」的醫療能力，許多荒誕不經的治療案例向我們表明一
個事實：農村的醫療水平低下是實實在在的，農民們對「赤腳醫生」的心理
是一種混含著依賴、信任、親密等的綜合情感復合體，是類似鄉村倫理道德、
親族血緣的淳樸情感。「赤腳醫生」是否真的能根治病症，行醫是否規範高明，
反而不是最重要的了。萬泉和這個人物形象的命運，不但不崇高輝煌，還透
著些蒼涼與無奈。

可見，《朝霞》小說「階級鬥爭、路線鬥爭」模式產生的理論依據是「無
產階級專政下繼續革命的理論」，其核心問題是人的問題。小說對於「五·七
指示」精神的表現，尤其是對於接班人問題的形象闡釋，從一個角度為我們
展示出社會現實對於人的要求，以及「文革」社會的「烏托邦」理想。中國
當代主流政治向來重視接班人的培養。赫魯曉夫事件使得這一問題變得更為

突出。站在「反修防修」、確保「紅色江山永不變色」的高度，毛澤東明確指出了接班人的培養途徑：「無產階級革命事業的接班人，是在群眾鬥爭中產生的，是在革命大風大浪的鍛鍊中成長的。應當在長期的群眾鬥爭中，考察和識別幹部，挑選和培養接班人。」〔註21〕以此為根本，要求幹部參加生產勞動，同勞動人民保持最廣泛的、經常的、密切的聯繫。要求知識分子同工農群眾相結合，在思想感情上打成一片，在改造客觀世界的同時也改造主觀世界。要求知識青年上山下鄉、工農兵學員社來社去等等。作為「文革」後期主流文學的代表，《朝霞》小說在一定程度上詮釋了這樣的一種政治理念。

三、在細節描寫上展現張力

「張力」表現是指這樣一種狀態，即在某種爆發和斷裂的壓迫力中，又具有比這種「顯力」更加細微繁複的「牽引力」，即一種「隱力」。通過上面兩個層次的分析可見，無論是從矛盾的衝突性，還是從人物形象的決絕性看，「文革」文本都是缺乏張力的，因為已經呈現出的是絕對、對立、斷裂的極端極滿狀態了。同樣在許多細節描寫中，「後文革」文本更注重張力的表現，戲劇性和意味都如橡膠樹分泌乳汁般從中浸潤生發出來。

例如在《珍泉》這個劇本中有這樣一段：

老唐將地質報告上的記錄念了出來：

　　　這是解放前的勘探資料。結論是：此區無水；

　　　這是第一個五年計劃期間的資料，結論：無水；

　　　這是六五年的資料，結論：也是無水。但是，有人對這個結論

　　提出過懷疑，或許還有一點希望……

而類似的細節表現，在《老井》的影片劇本末尾處理成碑文：

　　老井村打井史碑記

　　　清雍正三年前，成井二十四眼，無水，死十數人。

　　　清道光年間，成井十八眼，無水，死五人。

　　　清宣統二年，成井三眼，無水，死二人。

　　　民國元年，成井一眼，無水，孫金昌打井身亡。

〔註21〕人民日報編輯部、紅旗雜誌編輯部：《關於赫魯曉夫的假共產主義及其在世界歷史上的教訓——九評蘇共中央的公開信》，《人民日報》，1964 年 7 月 14 日。

　　民國三年，成井二眼，無水，孫金福、段章墜井身亡。

　　……

　　民國三十一年，孫祖文、孫考成、段懷仁、段世清、趙和爲護井被日軍槍挑身亡。

　　……

　　一九七三年，拐兒溝成井三眼，無水。

　　一九七九年，西坡成井一眼，無水，段來福打井被炸身亡。

　　一九八二年，西井掏井，孫富貴被炸身亡。

　　一九八二年，西墳坡打井，孫旺才井坍身亡。

　　一九八三年元月九日，西墳坡第一口機械井成，每小時出水量五十噸。

字字句句中蘊含的強大震撼力，刹那間壓縮了我們民族多少掙扎與奮鬥、貧困與希望啊！而且劇本創作者考慮到視覺展示性的問題，用「石碑」畫面就比讀「報告」更符合鏡頭語言的要求。

　　這些細節描寫的差異表明「文革」文本的普遍問題是，因爲太專注於路線思想問題，所以有很多隔靴搔癢的「文學細節描寫」，總是不能到位，好像總是浮在一個不著地的空間。

　　再如李紅華的「吸蛇毒」和萬泉和「吸痰」的細節刻畫：

　　紅華焦急地對阿強：「要不把毒排掉，就怕流到血裏去……」

　　阿強：「紅華，冷靜一點。」

　　紅華娘：「紅華，可要想法子救阿婆呀！」

　　阿強：「再想想，還有什麼別的辦法吸毒。」

　　紅華思索著，雙眼突然一亮：「有了！」

　　紅華跑進裏間。

　　阿婆痛苦地呻吟著。

　　紅華毅然抓住阿婆受傷的手，不顧一切地撲上去。

　　蓮蓮失聲：「哎呀，你怎麼用嘴……」

　　阿強跟著進來，幾乎與蓮蓮同時：「要小心！」

　　紅華娘：「紅華！」

　　阿奶喊著：「危險呀！」

因為蛇毒的蛋白具有生物活性，所以人不可以用口去吸。紅華的見義勇為，通過幾個動作和人們的對話，表現出來。文中「雙眼突然一亮」，「毅然」，「不顧一切」，「撲」，「失聲」等語言，把紅華本人和外觀群眾的情態寫得很滿。形容「太滿」又缺乏細緻，感覺就是「不實」，刻意而缺乏生活氣息，也許會暫時煽動起讀者的激情，卻抓不住讀者的心。

　　萬泉和為哮喘病人吸痰的過程是不緊不慢的，他的這一過程不偉大，還非常噁心，使得女朋友見狀目睹之後就跟他吹了。他女朋友裘小芬幻想對象的那種崇高偉大的事業，在她受不了噁心而肚腸翻騰，嘔啕大吐之後煙消雲散。作者把萬泉和準備吸痰，痰入口中，吐痰在地的整個過程感受，以及大夥兒從好奇、仔細觀察、受驚、愣住說不出話來的情態變化表現得逼真切實。看到這裡，讀者難免心裏胃裏不舒服。相較之，後者更符合日常生活中人們真實的外在表現和心理活動，也更符合常識。

第三節　《朝霞》文學特徵在「後文革」時期的消失、延續、變形

　　小說是在《朝霞》期刊上發表的作品中運用得較多的體裁之一，據統計在《朝霞》期刊上發表的小說共 258 篇，約占作品總數的 1／3。對《朝霞》期刊上的小說作品進行分析，可以透視「文化大革命」期間文藝政策的一些發展軌迹，能促進我們更為清晰、客觀地評價「文化大革命」給整個文壇所帶來的影響。〔註22〕應該說，「文革」後期以小說為代表的敘事文學，在文壇上佔據著主要的地位，而《朝霞》文藝在這個現象的呈現背後起著一定的作用。當下很多研究者，在研究文革主流小說，尤其是短篇小說（《朝霞》期刊因承載量的問題，多刊登的是短篇小說）的狀況時，《朝霞》文藝是他們繞不過的一個對象。如蕭敏的博士論文《文革主流話語的形態及其延伸》，就把《朝霞》小說作為特例分析。極端畸形的文藝形態伴隨著「文革」結束之後，產生的影響是持久可見的。新時期的文壇，不論是讀者或作者的心中，潛意識

〔註22〕咸豐霞：《「文革文學」的一個側影——〈朝霞〉研究（〈朝霞〉叢刊、月刊研究）》，福建師範大學碩士學位論文，第 24 頁。

地有意隔離那一類別的敘事文本，一種積極的逆反或低調的迴避姿態日趨明朗。這些數量龐大的敘事文本，不再有人去讀，逐漸也沒有多少人知道它們的存在。物極必反，新時期文學表現出的有些特徵，隱約回應了與後期「文革」政治文藝別樣的人本關懷。

1. 戲劇化敘事的份量短時期內的全面撤退，文學的情感訴求，詩意追求和人性尺度漸漸復興

《朝霞》文藝的敘事原則如「三突出」，「衝突論」，「典型化」說到底是一種類似於「樣板戲」的戲劇化敘事，而且由於政治意圖的過多介入，導致文學文本呈現出明顯的政治意圖的徵象，顯得有些極端。「政治就是在扮演著不同的定義好角色的人們之間解決衝突的一種形式，或者說，一種戲劇。所有政治事件，包括革命，都是在社會舞臺上演出的戲劇。其中許多象徵性的戰略都被運用以實現各種目標：創造團結、賦予程序以意義、煽動激情、激起行動、乃至發誓下咒以鼓動大眾對股市將會走牛的茫然的信心（或信念）——實際上並未走牛。」〔註23〕以《朝霞》文學為代表的主流文藝的特點，即敘述時暗含著某種政治意義上的調解爭端、運用權力分配資源；暗含著非常明確的支持什麼，反對什麼。所有的一切都是以特定的情節方式去引導讀者思想的觀念和意義的結構。讀者難以產生除此之外的他想，單一固定的模式使豐富性和可生發性欠缺，而這恰恰是文學藝術最可咨欣賞的地方。

「文革」結束後，「傷痕」文學和「反思」文學立即成為新時期主流的敘事樣態。這類敘事作品在情節和語言表述上依然飽滿，但字裏行間流露出的敘事者難以克制的悲痛和控訴情緒已經顯示出盈盈的個人情感。隨後的「尋根」文學將審美和文化意蘊填充在敘事之中，豐富了單調的故事線條。「先鋒」文學實驗更是嘗試將傳統的敘事元素一一解構，顯示出作者對「編故事」的某種迴避姿態。這種趨勢，在 70 年代末到 80 年代演繹出來，很容易看成是作家們對「文革」敘事文學的逆反心理。

與此同時，「文革」期間被極度壓抑的個人抒情開始復蘇。「文革」前期的詩歌多是紅衛兵體式的，簡單，直白；在後期的調整過程中創作的大量詩歌都是敘事詩或民歌體，就算有抒情也是「假大空」的風格。詩歌本是在吟

〔註23〕〔英〕彼得‧卡爾佛特著，張長東等譯：《革命與反革命》，長春：吉林人民出版社，2005 年 1 月版，第 35、36 頁。

誦中品味情感意蘊的文體，但是那時大多數詩歌是不適合朗誦的，有的詩句長則二十多字，一句念完往往上氣不接下氣，整首讀完，彷彿講完了一個故事。「文革」十年是個人情感粗放尖銳的年代，當然缺乏浪漫和詩意。即便是想寫詩的青年，特別是想以寫作成名的青年，也會放棄這種不合時宜的追求。賈平凹最初就愛寫詩，一九七四年，在《西安日報》上發表了他的散文處女作《深深的腳印》，賈平凹高興地寫信告訴父親。一九七五年，他與人合作出版了長詩，書店有賣，他對售貨員炫耀說這就是他寫的詩。可是，最後他以小說聞名於世。對於這種轉變，賈平凹在回顧自己的創作經歷的時候，這樣說道：「我狠命地讀書，而且愛上詩歌，就學著寫，幾乎一天一首。但後來，發現寫詩不成，才轉寫小說。」〔註24〕他所謂的「不成」，大概就是指寫詩很難引起人們關注也很難出名，也可能是指他本人按照「樣板戲」、「三突出」思維寫詩寫不好。路遙等「文革」期間出名的作家也曾表達過類似的想法。

　　80 年代初期，「朦朧詩」的出現給文壇緊繃黯沈的空氣吹來一股清新之風，隨之人們將目光注視到一個「地下詩人群」，同時「歸來者」的詩歌也以更深的生命體驗觸動了人們的隱痛。他們的創作風格，完全迥異於「文革」時期的主流期刊上的詩歌，或激情豪邁，或含蓄優雅，或富有哲思。所以，「文革」之後，一群曾在暗夜裏孜孜追求光明的人開始爆發出他們的原始激情，並以此打開了許多青年學子的心扉。實際上，自從進入近現代以後，詩歌這一純文學形式就在為爭取生存空間而掙扎，從形式改良到語言變革到運用現代技法，詩歌的春天總是很短暫的，當下詩歌的命運更是從文學文本的領域逃遁，大概只有在流行歌曲中去尋覓了。在這種大趨勢下，80 年代初期短暫的的「詩歌熱」，難免會讓我們產生一種感覺：「文革」壓抑後的反彈效應。

　　《朝霞》文藝中塑造的「典型人」並不依賴親情、友情、愛情，只是一種定成分、站立場、分寡眾性的「符號人」。「無人」的文本，使得期刊本身也被抽空。現實中，一個單一的人，都會讓人無趣；更不要說反覆刻畫這個單一的人物的文本。在塑造人物形象的時候，應該考慮到人的價值維度是豐富的，體現在社會現實層面、倫理道德層面、內在心理層面、存在意義層面。《朝霞》叢刊的作品極度高揚了人的革命性，以及革命包裹的富有青春氣質的決絕、果斷、堅定、叛逆等等精神。可是，當我們今天看到大雙、小雙兩

〔註24〕賈平凹、孔捷生：《一九七八年優秀短篇小說作者答本刊編者問》（二），《語文教學通訊》，1979 年 5 月。

姐妹因爲立場不同而處處劃清界限（《第一課》）；看到春山面對撫育自己長大的長輩，嚴厲地喊出「潘伯祥同志！」（《樟樹泉》）；看到作品中人們都熱衷於奪權勝過生產和學習時，我們的詫異和不解自然生成。人類文化長期積澱下來的情感、德行、習慣被簡單武斷地推翻。如果一個社會的主導性意見對「人」的理解是很狹隘的，社會的隱患就會很大。「政治現代性在革命『生活』的聖化情景中實際上日益走向反生活的立場，最終導致它既不能面對現實也不能面對眞正的政治。」〔註25〕

新時期的文學作品中，人物形象的塑造也慢慢發生了變化。絕對意義上的英雄和壞人已經很難認定，沒有「高，大，全」的完人，也不存在十惡不赦的「地富反壞右」。很多知青作家在新時期的「文革「敘事中，對參與那段歷史的主人公開始賦予更多的人性意識。早年曾是《朝霞》雜誌的作者陸天明、賈平凹、路遙、古華等人，紛紛從能指的符號化敘事回歸到現實生活。陸天明在《桑那高地的太陽》中，主人公謝平始終堅持人格操守，以個體生命去抵抗強大體制對他的異化。古華的《爬滿青藤的小屋》中森林深處、與世隔絕的地方，王木通的四口之家如何看待闖入他們生活的知識分子。另外還有許多小人物在「文革」中的悲哀和通達者對亂世的超脫戲虐。這些作品中加強了對現實生存體驗和人的生命體驗的昇華，讓我們看到了一個眞實而感人的「文革」的人文世界。

綜合上述幾個方面可見，「文革」之後的文學寫作，首先是包含了作家們的某種心智的平衡——猶如激烈運動之後的調節呼吸。

2.《朝霞》文藝敘事中某些精神情結、時代環境和題材得到延用

「文革」已經過去了，直接反映那個時代的主流文學作品也很少有人在讀。但是，那個年代的故事卻從未被停止過講述。自新時期以來，有關「文革」的回憶錄層出不窮，有關「文革」的紀實文學和影視作品總受關注，它們在當代文學和文化領域不斷強化著現代人的「文革」記憶。

客觀地說，大部分的新時期文學作品的過往情結和生活原型都是寫作者自己的生活體驗，尤其是「知青體驗」。像《朝霞》主流文藝的敘事，雖然也是來源於生活，但是對生活的拔高和經典化程度很高，現實性就弱了一些，

〔註25〕藍愛國：《解構十七年》，上海：華東師範大學出版社，2003 年 9 月版，第 14 頁。

可以用來借鑒和演繹的可能性也就弱了一些。當然，新時期還是有許多作品迴避不了「文革」主流文藝敘事提供的特殊的時代和題材。與那種主流敘事略有重合的，還是在「文革」剛結束的「傷痕」、「反思」文藝階段。「傷痕」「反思」文藝還是以政治和歷史的向度為敘述的主導姿態。《朝霞》文藝以十分模式化的故事設計，將當時的主流思想貫穿到各個文學作品的創作中。

題材方面，《朝霞》文藝主推的就是工業題材。毛澤東關於「工人階級必須領導一切」的指示，把塑造無產階級英雄人物的工業戲劇題材，擺在了顯著的地位。新時期之初的工業題材的作品仍然走非常主流的路線，也有千篇一律的趨向。如一窩蜂地寫改革主題，而且將劇中的人物分為改革派和保守派兩個壁壘鮮明的派別，帶有某種以往寫兩條道路鬥爭的舊影。而且改革者大多是在過去的政治運動中歷經千辛萬苦、起起伏伏的正確者的形象。往日人物塑造公式化、概念化的舊習在這些作品中延續，模糊了人物的個性特徵。

農業題材也是在《朝霞》文藝中佔有重要的比重。1968 年毛澤東提出「知識青年到農村去」的號召，大多知識青年上山下鄉，在農村開闢農場，從事農業生產的活動。《長江後浪推前浪》、《會燃燒的石頭》、《農場的春天》等小說，將知識青年通過上山下鄉運動，去基層鍛鍊作為表現的主題。小說中的農民群眾則被塑造成為擁護者，知識青年的引路人。這種敘事的片面性在新時期的「傷痕、反思文學」裏集中進行了控訴。「文革」和極「左」、多變的農村政策給農業生產帶來的災難，給廣大農民帶去了心靈創傷。周克芹的長篇小說《許茂和他的女兒們》、張一弓的《犯人李銅鍾的故事》將大躍進、反「右傾」等運動對農村生活和農民心靈的深重影響展示了出來，顯示了作者揭露批判「極左」路線和「四人幫」的深刻性。

除了上述兩個主要題材之外，在《朝霞》期刊上發表的少年兒童題材的作品尤為引人注目。劉本夫的《小海蛟》、黃蓓佳的《補考》、賈平凹的《彈弓的故事》、劉陽和華彤的《理想之歌》以及鍾興兵的《范小牛和他的小夥伴》都在作品中塑造了一些具有「革命」精神，具有強烈的界限意識的「小人物」形象。他們是在文化大革命中湧現出來的「工農兵形象和少年兒童的新人形象」，他們的出現「使無產階級文化大革命的精神代代相傳，以保證無產階級的江山永不變色。」〔註 26〕後來「反思文學」的代表之作劉心武《班主任》

〔註 26〕朱爍淵：《兒童文學也要努力反映文化大革命——從三篇小說談起》，《朝霞》
　　　　月刊，1974 年第 6 期，第 83 頁。

中的那個孩子宋寶琦喜歡打砸搶，處處表現出「造反有理」的樣子，就是「文革」「極左」文藝中經常塑造的少年典型。而《班主任》中完全符合政治規範要求的謝惠敏更是被「極左」文藝戕害的對象。與這種文本相對應的，是新時期大量以純眞的兒童視角看「文革」世界的小說和影視題材。正是因爲「兒童」本該很純，所以他們構成了當代知識分子不斷反思與批判「文革」的針對對象。這些生活在「文革」時期的孩子們作爲一種文化礦產與寫作資源，也不斷激發著當代作家的書寫與想像。

3. 改寫原來的「文革」記憶，並對其進行細化和補充

「文革」後，除了詩歌獲得了一時的煥發，敘事文學本身也開始探索如何具備在故事敘述中完成詩意追求與詩性超越的種種可能性。原來在主流意識形態關注宏大敘事的「文革」敘事中，套路和技法單純到只有幾個字，幾句話可以概括的創作，乏味無趣。「文革」之後的作家們開始學會不去刻意地「介入」大歷史的風雲際會和時代的氣象，而是極力追尋個人的某種切實的經歷，以個體視角，去表現一個心靈在那個時代的遭遇，從個人生活史的角度凸顯謎一樣的歷史，用日常細事去瓦解「骨骼化」的記憶。這種敘事非常容易喚起有「文革」經驗的人們，這是一種記錄內心、諦視心靈的方式，是對記憶的一種保存或重新喚醒，是在個人經驗和歷史之間的一種整飭或連通。尤其是刻畫了許多今天仍令我們充滿驚異感的許多細節，那其中，蘊含著一個人在那個時代內心的詩意，可以說這是對精神記憶和切膚感受的珍藏。

「歷史的存在」是文學的創作源泉，尤其是現實主義風格的文學，任其如何虛構也逃不開客觀存在。就以面對同樣的「文革」社會生活爲素材的文學作品而言，《朝霞》這個主流文藝樣板上面的作品，更像是「正史」，和官方的報告文獻類似；而新時期以後的文學作品，更像是雜史、私史，由個人杜撰而成。前一種敘述是大動脈的，而其中很多的微觀毛細處，在後來的書寫中被不斷補充，甚至有些和動脈的方向是分開，反向的。所以，以歷史性而言，後文本必然是前文本的延展。改寫只是一種表面的呈現。范小青在回憶《赤腳醫生萬泉和》時談到，他腦子裏面沒有「春苗」和「紅雨」，而是自己經驗過的生活中的人物。作家個人的主觀意願如此，並不代表他能完全脫離那個潛在的歷史文本。他在寫作筆記上就寫過這樣的話：「隱去政治的背

景，不寫『文革』，不寫粉碎『四人幫』等，不寫知青，不寫下放幹部。」〔註27〕這就反向證明了作者不可能走出歷史，只能選擇某一種視角。新時期的「文革」敘事，不可能是超歷史的，超體制的。它們的意義在於更文學性的訴求，這是以個體情感為源泉的，不同於宏大歷史面的敘述。主流意識形態在向下的過程中，譬如到了太行山坳老井村這樣的偏僻地，到了後窯大隊生產小組這樣最最基層的領域時，一些亞文化、地方勢力、民間傳統就越來越強大，撕扯著抗衡著，形成豐富多樣的生態。

在哪個層面敘事，不是評價「文革」文藝的指標。認識這一點是非常重要的，長期以來，我國的文藝批評的觀念籠統而模糊。何種方式、多大程度上展現時代精神和主體意識，才不至於變成政治說教？如何以個人視角看世界，表達小人物的生活價值觀和選擇，才不會流入低俗？

文學藝術是一個和諧的，經過擴大的回聲。知青們在「後文革」時期的「文革」敘事，從私人視角、社會學視角去反映當時的現實，這種回填的過程將那段生活表現得日益豐滿。就《朝霞》的中短篇小說而論，「仇富心態」是一種重要的情結，得到了徹底地發散。那些被列為資本家，「黑五類」的人被絕對地刻畫為一個個反面形象，敘事中包含著一種普通群眾嫉惡如仇的情緒。這些「富人」在故事中紛紛被揭短，暴露，批鬥，得到不好的下場。這樣的故事，在新時期演變成為了某些人的「受難」敘事，視角轉換成了個人權利被剝奪的苦情路線。

最初，是沒有那麼冷靜和理性的，一陣傷感，一陣痛罵，發泄之後才回過神來。那是「傷痕文學」和「反思文學」的生產時期。後來的「文革」敘事在不同的時期也有很大的差別。以上一節提到的兩個作品，寫於上世紀 80年代中期的《老井》和寫於新世紀之初的《赤腳醫生萬泉和》為例，可以看到作者們受創作時代風氣的影響，尋找的視角和觀念已經發生了很大的變化。

〔註27〕注：范小青曾談到說：「許多人一說到赤腳醫生，肯定想到春苗和紅雨（當年兩部寫赤腳醫生的電影的主人公），這就是概念中的赤腳醫生，但是我腦子裏沒有這兩個人，一點都沒有。我腦子裏的赤腳醫生，是生活中的真實的赤腳醫生，因為他們是我家的鄰居，是活生生的，我認得他們，我熟悉他們，我和他們一起生活過，而不是概念中的春苗和紅雨。」他還在寫作筆記上就寫過這樣的話：「隱去政治的背景，不寫『文革』，不寫粉碎『四人幫』等，不寫知青，不寫下放幹部。」所以，除此之外，就只寫在萬泉和眼睛裏看到的事情和少許他聽到的事情。（范小青、汪政：《燈火闌珊處——與〈赤腳醫生萬泉和〉有關和無關的對話》，《西部》，2007 年 5 月。）

　　《老井》和那一代文學電影作品如《紅高粱》等作品一樣，以粗糲的民族之魂涵蓋了任何歷史時期，任何場景的生活原況。「文革」這一特定背景的異質性，被作者拋得老遠。時代所號召強調的「獨立自主、自力更生」精神，奉獻精神，頑強信念，都放在了幾個土生土長的年輕人身上，知青們的身影全然不見。若要說文學源於生活，那麼當時改編電影劇本的主創去實地考察體驗生活，為什麼就沒有尋覓到絲毫知青的影子呢？據有些資料和回憶表明，「文革」期間，下放到革命老區太行根據地的遼縣（後改為左權縣）各個大隊去的知青是很多的，一同下放的還有許多基幹民兵。雖然 1971 年，一些知青開始返鄉，但還是有許多留守在那裡。這些人為當地的建設起沒起作用，起到多大的作用，在文學作品《老井》中完全沒有反映。這種刻意偏離，實際上是和 80 年代文化尋根思潮的風行有關。

　　《赤腳醫生萬泉和》是十分典型純粹的描寫農村生活的文本，寫作者是以逃離之後的心態去反觀那種他們背棄了的生活。在國家主導意識形態鼓舞下鄉的知青們，後來紛紛找門路回城。知青們當初的離鄉，給大量的家庭和個人心理以超重的負荷；之後的逃離，又撚滅了農村希望改善的希望火芯。一趟往返，城裏的社會問題依然很多，人口飽和，住房、職業、婚姻……；農村的生活醫療困境還是存在。范小青的筆調是沈穩理性的，在故事講述的背後，我們能領會到作者某種殘酷的認識：人的生活是有地緣血緣關係的既成事實，難以被精神意念規劃安排，或許短暫的跳躍、主動的掙脫只能改變生活的面貌，不能改變命運本身。從中，我們可以看到「文革」失敗的一個因素，即以精神強力去對抗生活本來的邏輯。這是具有典型後現代文化特色的心理暗示，理想主義的東西在文本中已經被消解了。

結語：「後文革」時期有關《朝霞》
文藝的一些問題

今天離「文革」年代越來越遠，越來越多的人與「文革」文學本體近乎隔絕。在許多經歷過「文革」的人心靈深處，都不願意承認有一個以「文革」爲中心的歷史；許多未經歷過「文革」的人更是自然地拋棄和放逐那段歷史存在。「後文革」這個概念提醒我們，有一群人的心態是以「文革」爲邏輯起點的。以文學史的角度看，「後文革時期的文學」包括 1976 年「文革」結束之後至今天所常常提到的「文學史的時間段」：諸如 80 年代文學、新時期文學、後新時期文學、世紀末文學等。

結合文學現象的特徵化流變越來越細分，文學史探討的起合點越來越消融的趨勢，本書以《朝霞》文藝爲線索，對其產生的「後文革」效應及相關問題的探討，則是粗脈絡中有細線條、大融通中見小裂變的嘗試性研究。我們不難例舉出《朝霞》文藝與當今文化生活之間的勾連，但是處在當前的語境中，想要將「文革」後期主流文藝與當下的某些文化現象、作家經歷進行捆綁式討論並不是個輕鬆的話題，只希望觀者能從中看到區別化的分析論述。本書以「文革」後期主流文學樣本《朝霞》爲研究的基點，並不是想喋喋不休地恢復某種沉重，如有的研究者所說的將「已經成爲過去的『文革』就這樣被無力走出其陰影的知識分子所不斷復活著，『文革』的歷史就這樣成爲當代史。」〔註1〕本書恰恰是以一種晚生代較輕鬆，自然的視角，希望「將

〔註1〕 王曉華：《晚生代知識分子與後文革意識》，《粵海風》網絡版，2003 年 8 月 5 日。

苦難轉化爲精神資源」。文中有許多敘述，是回到當時「文革」後期的語境中，去接近體驗《朝霞》文藝與那個年代的青年在精神上的某種契合；但是，研究的思路也力圖跳出來，這樣才能走出對象的限制，爲「後文革」對「文革」思維的眞正超越做出探索，尋找啓發。所以，我們有必要站在今天的立場去理析有關《朝霞》文藝的一些問題：

一、關於《朝霞》文藝的評價

　　我國對《朝霞》文藝的評論，可以分爲四個階段：1973 年到 1976 年 9 月（即《朝霞》文藝存在的時期），各地報刊對其是好評如潮，高度讚揚；1976 年 9 月到 1980 年之前，《朝霞》文藝受到了猛烈的批判，這種攻勢的強度是遞減的；〔註2〕1980 年之後到 90 年代末，《朝霞》文藝幾乎無人提及；新世紀以來，《朝霞》文藝逐漸回到人們的視野中，人們對其研究的興趣隨著思想觀念的解禁而遞增，評論的角度、觀念越來越客觀化、私人化、多樣化。

　　「四人幫」被粉碎之後，伴隨著揭批運動，《朝霞》文藝及其發表的作品受到了猛烈的批判。1976 年第 8 月的那期都是悼念毛主席，擁護華主席的專刊，從 1976 年 9 月之後，各地文藝一起展開了對「四人幫」文藝的猛烈批判。批判「四人幫」炮製「陰謀」文藝的文章很多，由於《朝霞》雙刊主要推介和產生重要影響的是改編成爲電影的幾篇小說或劇本，因此，「文革」後期跟風稱頌的主要圍繞著《赤腳醫生》（改編成電影《春苗》），「文革」結束後主要批判的作品集中在影片《反擊》、《盛大的節日》、《千秋大業》等作品上。評論的批評點圍繞著「陰謀篡黨奪權」，塑造「搗亂分子」形象等問題上。

　　進入新時期之後相當長的一段時間裏，人們似乎把《朝霞》遺忘了。對於《朝霞》雙刊的論述主要見於一些文學史著作，在講到「文革」後期的文學時，它偶爾被提及，內容一般是簡單的定性敘述：它是「四人幫」的幫刊，是「陰謀文藝」，集中反映了「四人幫」的文學主張與實踐。而在浩如煙海的文學研究論文中，對它的論述卻極爲罕見。

　　近年來《朝霞》在文化生活領域再次被人提及，「熱」了起來。社會文化氛圍的寬鬆也推動了「文革」文學研究的進展。在社會思潮和商業炒作的帶動下，學界對「陰謀文藝」的躲避態度開始鬆動，從各種角度予以關注。尤

〔註 2〕 前兩部分的文章較多，筆者作了統計，請參見附錄 1。

其是「文革」文藝寫作組系統內部的重要人物出自傳,加之余秋雨和《朝霞》
的關係炒得沸沸揚揚,為學術研究提供了一些參考材料。很多人都認識到迴
避諸如《朝霞》一類的「陰謀」文藝,是難以全面認識「文革」文學的整體
情況的,也很難全面地把握「文革文學」和中國當代文學中「極左」文藝思
潮發展的全過程和最後形態的基本面貌。無論如何,《朝霞》的時冷時熱,往
往都包含著許多人的情感衝動和盲目跟風,現在的研究者應該注意以下幾點:

1. 從文藝理論批評的角度看,樹立客觀冷靜的態度,理性的分析,真實的價值標準是十分必要的

　　首先,關於《朝霞》文藝評論中的許多標準,是具有相對性的,並沒有
真實的說服力。例如我們常不止一次地出現類似這樣的套語:某某作品自「文
革」誕生以來經久不衰,偉大的藝術總是能夠經得起時間的考驗……。無獨
有偶,「文革」後期的一些評論又出現了類似這樣的語句:某某作品被人民唾
棄,說明只有偉大的藝術才能夠經得起時間的考驗……。諸如此類的語言,
成為評論家下筆之時的文字遊戲。這種標準是偽命題,很多藝術作品流傳至
今,都因時代社會意識的因素經歷過興與衰,追捧或查禁,也有許多優秀的
文藝作品由於不可抗力的因素沒能夠得以流傳下來。所以,僅以傳播的歷史
維度去證明傳播對象的價值是風馬牛不相及的。

　　「四人幫」倒臺之後,評論界開始一邊兒倒地批判《朝霞》文藝,變的
是作者的基本態度,而那一套很「左」的話語模式,分析套路,甚至「文革」
寫作中非常有特點的作為文章寫作理論根據的黑體字語錄,還是保持和延續
了下來。在桑城的《評「四人幫」的幫刊〈朝霞〉》這篇聲討《朝霞》文藝的
檄文中,作者從作品取材的應時應景、主題的不斷提煉、人物形象指向性明
確三個方面分析了《朝霞》文藝的特點,從而得出結論,「這份幫刊所『吸收』
並『放射』出來的『幫色』:除了無恥地為『四人幫』上臺吹喇叭、擡轎子之
外,還充塞著騙人的謠言、害人的毒藥、傷人的暗箭。這一切都是『四人幫』
大搞陰謀詭計的幫風在刊物上的反映。」〔註3〕在這篇文章之前很多的頌揚《朝
霞》文藝作品的評論文章中,也常以上述 3 個方面作為論據,然而結論完全
迥異。同樣的論據會得出截然相反的觀點,本身就說明的這種評論的無價值,
邏輯的虛假。這種轉變幾乎是在一瞬之際的一百八十度大轉變,過去批判的

〔註 3〕 桑城:《評「四人幫」的幫刊〈朝霞〉》,《上海文學》,1977 年第 1 期。

東西如今紛紛翻案，過去肯定的東西如今被當做大毒草。就在同一刊物對待同樣的文藝作品，前後不同時期的矛盾態度近乎荒唐。出現這樣的現象，有其特殊的政治歷史因素，但是仍然值得我們去反思。文藝應該樹立獨立的價值評判尺度，另一種不依附於行政的思想標杆。也有個別刊物始終著力於追求文學的純淨性，如昆明的《滇池》，天津的《新港》等，它們在「文革」後復刊，只談文學寫作，堅持文學性的本位原則。

其次，許多情緒化的批判語言，也不具備冷靜的態度和科學的論證。「文革」期間的文藝評論，尤其是「兩報一刊」，《朝霞》和《學習與批判》等刊物上的社論、評論，是「文革」重要文藝鬥爭事件的開路先鋒。這些評論文章，經過密謀策劃，對別人惡言相向，製造輿論，讓人們一闐而上，盡情打壓。炮製文章者用文明的「筆桿子」實施著野蠻的「槍桿子」的功能。「文革」結束之後，這些刊物又遭到了類似的待遇，外界評論紛紛「以其人之道，還治其人之身」。只有健全的理論體系，科學的推斷，獨立的學術姿態，才會避免「以情勝理」的言論的煽動性。

現今，研究界會把某些人的「大批判」姿態特別設定為一種「文革」思維的延續。蕭乾曾在《「文革」語言》這篇文中對這種「大批判態度」成就的文章，進行了生動的刻畫。「(一) 重氣勢，也就是本著順我者存、逆我者亡的精神，以重型黑壓倒。(二) 大批判語言是不屑於說理的。」〔註4〕我們常見這樣的詞句，貶義的有「瘋狂叫囂」、「罪惡勾當」、「名目張膽」、「顛倒是非」、「混淆黑白」、「陰霾彌漫，邪氣橫生」；褒義的就如「負隅頑抗」、「迅雷滾滾」、「不投降」等等。理論就來源於那幾句摘抄的語錄。作者往往擺出慷慨激昂、大義凜然的身姿，氣勢逼人，用詞極盡形容之能事。在激情四溢的文章下，掩蓋的是本身理論支撐的貧乏。

再次，評論的個體性差異，要客觀看待。近年來，《朝霞》文藝重新受到關注，是受到一批當下社會精英的點醒。如朱學勤、謝泳、王堯等人，他們在回憶錄和文章中都或正面或側面地反映出，《朝霞》文藝對他們那代人在知識積累及文學興趣上的薰陶。這些觀點一改人們對「陰謀」文藝的既定印象，評論界立即出現回應，大有為其翻案的勢頭。

對於這些評論，我們應該保持客觀冷靜的態度：一則，這些學者精英願

〔註4〕張鳴：《「文化大革命」中的名人之思》，北京：中央民族學院出版社，1993年8月版，第3頁。

意出來說話，是難能可貴的。爲我們瞭解「文革」文藝，特別是《朝霞》，提供了眞實的素材和獨特的視角。其次，也要看到他們這代人的代際特點影響的心理背景。這些知識分子成長和人生積累的重要階段恰恰處在精神文化荒蕪的「文革」時期，《朝霞》等文藝期刊的出現和影響是他們人生中重要的一筆，他們的回憶和述說是帶有個人情感色彩的。他們所認爲的《朝霞》還有點看頭等觀念，在經歷過「五四」文藝思潮洗禮的巴金等老作家那裡就未必成立，在後來很多主要受 80 年代文學和世紀末文學影響的人心目中也未必成立。而且這些懷念群體中甚至不乏一些當今的學者、專家，如羅建華等，他們本來就應該屬於求知型讀者，而非消遣性讀者。或許他們的閱讀並不在於好看與否，藝術感染力多強，而是對於一切知識（無論是否眞理）都有好奇心。他們無法選擇獲取認知的途徑，當時也沒有條件讓他們產生爲主動樹立某一種價值觀或信仰而去吸取相應教育的自覺。因此，這些觀點，可以爲我們的研究提供豐富的面向，但不足以作爲評判的基點。

對《朝霞》文藝評論發生的流變，體現了我國的文藝評論存在的一些問題，評論應該具有一種獨立性，科學性，樹立另一種價值高標。

2. 從文化現象批評的角度看，認真分析「《朝霞》熱」和當下的生活、人們的心理之間的聯繫是樹立正確認識的前提

首先，「《朝霞》熱」和「文革」其它元素在當下的熱鬧一樣，有社會層面的觸發動因。這就是「新左」理論興起所談到的：1.青春紀念。人一生中，最充滿希望又充滿能量的時期，就是從少年向青年再向成年發展的階段。不管一個人的這個階段是處於戰爭、和平、貧苦、富足，對他來說都是彌足珍貴的回憶。後來回頭看，都是「青春無悔」。所以，能夠理解這種現象：很多學者、民間文藝分子都公開撰文表示在個人過去的閱讀經歷中，《朝霞》等紅色文藝是給自己留下了並不差的閱讀感受。2.價值觀混沌導致人的精神不振。沒有物質追求和世俗快樂的牽絆，人的內在精神強度便是存在的證明。綿軟和曖昧閹割了當代人的精神，無力和徘徊成爲人們的生活常態，難免會有對熱血澎湃的渴望。文革文藝中，正面人物總是那樣果斷、直接、毫不猶豫、堅定。這樣的精神搏擊，是當下許多人欠缺和希冀的。3.基於對社會腐敗、不公的痛恨和無奈。隨著社會轉型期到來，貧富懸殊的日益明顯，官場腐敗的嚴峻，下崗工人、三農問題的凸現，一些人開始「不患寡，患不均」。這種景象在原始社會，在共產主義想像，在「文革」文藝作品中似乎存在。前文提

到的正面人物，主觀上對物質享受的克制，對人情關係正直不二。一些人開始感歎這種人格品質的痛失。

實際上，對於「新左」理論和社會情緒的合謀導致的「文革」熱，大多理性人士持謹慎態度。一方面，「新左」理論是一種預設理論，還沒有具體實際可操作的方案；同時，也是一種反思理論，是對中國當代知識精英納入全球化和西方文化的反思，對「文革」的重新思考。這種思想領域的探討一旦進入大眾社會和市場，就容易變得盲目、矯情和具有煽動性。對文革中精神迫害的後怕、餘悸，使許多人再三警告：這種情緒一旦與實際的權力相聯繫，就不可能只是文化的了。我們應該更為客觀地認識到：珍視青春回憶並不能認真看作價值上的肯定「文革」，更不是渴望回歸；精神動力的激發，也不能依靠鬥爭哲學；把「文革」時代的物品分配，去「私欲」，去「佔有」認作平等分配和公正原則的體現，是沒有充分道理的。

其次，「《朝霞》熱」順應的更多是一種文化符號熱，是一種後現代式的「虛」熱、「浮」熱，是現象的關注，點擊率的統計。「文革」許多文本的思想、意識可能使我們認為它們需要被否定，但這並沒有阻擋文本的現代步伐，或說與當時適應的策略。譬如《朝霞》，數量甚多的插圖和黑體字，不僅當時是易於觀閱，也極易成為「後文革時期」人們去體驗的「文革」文化博物館中的「遺產」。文本與文本的片段，各種符號，人物形象成為「文革」的重要文化景觀。「文革」文藝從文學到戲曲到繪畫到電影的配套包裝，全面宣傳，一時之間形成了當時流行的文化現象。譬如，農村醫療衛生領域的「赤腳醫生」現象；幹部黨員隊伍當中的「縣委書記」現象；國防部隊領域的「西沙英雄兒女」現象等等。為了配合這一宣傳思路，很多文學刊物在「文革」期間都改名為文藝刊物，以紙質形式刊登大量文藝成果。「文革」結束後各地文藝才恢復原名，如《河北文學》與《河北文藝》之間的演變等等。不能說這些熱鬧的現象出現只是受文學作品的影響，文學只是和其它文藝形式一樣，共同被統攝到自上而下的行政體制當中。有些美好高尚的形象，是哪怕今天都值得崇尚的，只是「文革」時期過多著重於路線鬥爭的文藝，把這一切都掩蓋了。

上述革命文化在今天與商業文化相互藉重、相互利用。「更加準確地說是革命文化的碎片被納入了商業文化的邏輯或者被商業文化重新書寫、重新編碼，以傳達一種曖昧不清的情感體驗。」〔註5〕

〔註5〕陶東風：《後革命時代的革命文化》，《當代文壇》，2006年3月。

　　就商家角度看，「文革」以及與之相關的一切符號、儀式，由於曾經在中國大陸相當流行，並深刻地銘刻在經歷過那個時代的幾代人的記憶中，因而具有極大的商業價值。「後革命」時代的「革命文化」是一個極為複雜的現象，政治力量、經濟力量、文化力量綜合參與其中並共同影響了其形成和走向。它既是文化現象，也是經濟現象。在政治話語與商業話語混合雜交的後革命語境中，「革命文化」的命運必然是：一方面，由於後革命時期的重要特點就是市場經濟的出現、社會生活的世俗化、娛樂文化與文化產業的興起，因而，傳統的革命文化與當今的主流意識形態的關係、與政權合法性的關係在一定程度上有所鬆動，更不用說它們已經基本上不再被用來進行大規模的社會動員，其神聖性也在不同程度上被消解。因此，在有限度的範圍內將其商業化、市場化、娛樂化是允許的（通過各種方式被戲說、例如《閃閃的紅星》被惡搞改編）。而在革命時代，作為社會動員的主要手段的「革命文化」是神聖的，絕不可以戲說，不能以任何形式商業化；但是另一方面，革命文化的商業化、市場化、娛樂化、消費化又是不徹底的，主流意識形態對之設立了程度不同的限制。原因是傳統的「革命文化」並沒有完全脫離與當前主流意識形態的聯繫，主流官方意識形態仍然在相當程度上延續了這個「革命」文化。〔註6〕今天被主流影視圈遺忘了的兩部文革電影，一部是批判「資本主義醫療衛生路線」的《春苗》，一部是批判「資本主義教育路線」的《決裂》，在大眾網絡上就有不錯的點擊率和正面評論，甚至被一些左翼文化團體作為政治、文化教材，用於對新青年的思想啟蒙。可見，文革文化的基因在底層民眾和左翼團體那裡還有很強的活力，在當前的社會環境中隨時可以被激活。〔註7〕上世紀90年代後的中國進入了「仿像時代」。西方後現代思想家波德里亞（1929～2007）認為，「仿像時代」的文化是一個逐漸脫離真實過程的文化，即從對某種基本真實地反映，到掩蓋和篡改某種基本真實，從掩蓋某種基本真實的缺場，再到與真實沒有任何關係的純粹自身的擬像。我們通過文字、圖像等文化符號看到的「文革」已經和「文革」本身大大不同。

　　綜上所述，《朝霞》文藝的評價一直都是尷尬的。問題就在於外界評價它是陰謀的，而其當事人認為它是光明正大的，這其中的蒙昧性是許多極端偏

〔註6〕參見陶東風：《後革命時代的革命文化》，《當代文壇》，2006年3月。
〔註7〕參見潘永輝：《熱點與難點：當前中國影視應重視文革題材》，《電影評介》，2008年第21期。

激的人所難以體會的灰色地帶。就其遭遇的歷史境遇來說，一段時間內它是主流的唯一的，而一段時間內它甚至連邊緣的都算不上，很多人希望它消失，這種反差還是因爲那裡有個「灰色地帶」。「灰色地帶」以其神秘的面孔，誘發著一些人的好奇心，又謹小愼微、半遮半掩地觸碰。這個「灰色地帶」是什麼倒不需要我們說清楚，反而是這種歷史遺留下來的現象成爲了今天經濟大潮的一個商品，每個人都可以用輕鬆的心態調侃這段沉重。許多人的切實的感動和傷痛，在經濟利潤中獲得消遣。體制和當事人都不想再深入探究，我們研究者也似乎沒有延伸的必要，大多只能引向「文化現象」這個具有巨大包容性和足夠有深度的領域裏，一起「娛樂到底」。無論如何，《朝霞》文藝的受「冷」和遇「熱」至少提醒著我們：在社會沉溺於物質欲望、低俗趣味時，高揚精神理想的可貴；在社會某種邏輯理念發展到群體鼓惑時，又要警惕精神迫害和禁欲教。

二、關於《朝霞》文藝的閱讀和接受

近年來，隨著余秋雨等作家的「文革」經歷被人們常常提起，及一些人講述曾經閱讀此刊的回憶，特別是謝泳、王堯等學者的研究文章起到的推介作用，人們逐漸認識了《朝霞》這一「文革」後期重要的文藝刊物。緊接著，網上對《朝霞》期刊的拍賣興盛起來，久已塵封箱底幾欲遺棄的舊書變成了可以珍藏的紀念。然而，與此熱鬧喧騰的文化現象相對應的卻是《朝霞》作品文本的眞正冷落。出現這種情況是正常的。《朝霞》熱在其「文化效應」，而非「文學作品」。這就不得不引發我們的思考：如今面對《朝霞》期刊這一「文革」主流文學的文本時，讀者是否需要進入又如何進入呢？這是一個關涉到其正當性及可能性的問題，換句話說，這個問題涉及到人們在面對《朝霞》作品時的閱讀意願和閱讀準備情況。

事實上，《朝霞》文學存在著當下「閱讀障礙」。從接受學說，造成「閱讀障礙」的誘發因素有幾方面。從閱讀主體來說，心不在焉，對不感興趣的東西就難以集中注意力，肯定會造成理解的問題。這應該屬於心理抗拒。從創作主體來說，或由於追求藝術的效果，或由於嚴酷的社會環境和意識形態，作者可能刻意違背常理和套路地寫作，導致某種文本「扭曲」，這也會對理解作品造成障礙。另外，時代環境、個人的經歷和長期以來形成的閱讀習慣，也會對理解作品造成制約。可見，閱讀理解的基礎是，作者和寫作者通過作

品文本這一連接物,找到了相似的生活閱歷和共通的人生態度。文學的持久魅力,就在於不管讀者和作者的年代存在多少時間差,他們之間仍然能夠形成共鳴。可見,要想使作品得到很好的理解,涉及了意願,方法和知識三個方面。據此,我們不妨從以下三個方面分析《朝霞》文學遭遇的當下「閱讀障礙」。

1. 第一重障礙:「意見先行」使閱讀心理始終處於防禦狀態

「意見先行」也可以說成「先見」,屬於哲學解釋學的基本概念。培根視「先見」為認識的障礙,主張徹底剔除先見;伽達默爾則繼承了海德格爾關於「前理解」的學說,認為「先見」是歷史的產物,是構成個人的歷史存在,並為一切理解提供基礎,人永遠不可能擺脫先見。在很長的一段時期,由於「文革」特殊的意識形態性讓人們對「極左」文學諱莫如深,多數人認為「文革」時期主旋律的文學作品大多是不可讀的,甚至不想承認它們具有文學性。今天,「荒蕪」、「畸形」等形容詞成為很多人對「文革」文學的「先見」。《朝霞》文學由於屬於「文革」主流文學的板塊,也受到此種待遇。劉心武的小說《班主任》,小說所描寫的謝惠敏對《牛虻》和《青春之歌》的鑒賞就可以看到當時的社會生活。為什麼一個好學上進的學生對名著發自內心地採取拒斥態度?因為在謝惠敏心目中,早已形成一種鐵的邏輯,那就是凡不是書店出售的,圖書館外借的書,全都是黃書、黑書。這種邏輯是誰加在她頭上的?是當時的「極左」政治。這就反映了中國當時的特殊的社會生活。現在許多讀者對《朝霞》的排斥很像謝惠敏排斥《牛虻》和《青春之歌》的態度,當然他們有本質上的不同,但都或多或少包含有對閱讀時代性和政治敏感的能動反映。

讀者與認知客體之間的默契關係首先來自急切的求知欲。對於後「文革」時期的許多人來說,沒有那段回憶,也就無需重溫。這個曾經一度創下 30 萬銷售量的刊物似乎只是個符號,這個要求作品「寫真實」的刊物描述的生活離我們似乎極為遙遠。如今大多讀者即便是接觸到了《朝霞》叢刊的作品,從讀者進入作品的臨界點的情緒看,是不主動的,至少不會是求之若渴,欣喜若狂,甚至先把其預設為對立的一方,即刊物中宣揚的東西要警惕,不能被其思想牽著鼻子走。閱讀中,小心翼翼,惴惴不安,警惕提防,是當下「文革」主流文學必然會面對的讀者閱讀心理。伴隨著戒備心理的閱讀,實在也算是一種奇妙的閱讀感受。

那麼我們該不該進入《朝霞》文學作品呢？

這個問題的針對性主要拋向了後「文革」時期的閱讀群。在「後文革」時代之初，讀者的期待視野一度發生了巨大變化，「文革」中的各種鬥爭使之前的戰爭文化心理消解，缺乏性動機有新的增長：不僅期待優秀的中外文學作品的湧現與閱讀，而且期待對逝去的那一段歷史作感性的表現和理性的發掘。借宋劍華對於「文革文學」現象看法的分類，第一種是「文革」時期「極左」思潮的直接受害者，「文革」文學會喚起他們內心的傷痛，甚至無法純粹地把其當作文學，只會當作歷史回憶。第二種是在「文革」期間完成思想文化啟蒙的一代，也曾經是「文革」文化的堅定信仰者和狂熱參與者。這一學術群體的思想非常複雜：一方面在經歷過青春期的盲動之後，他們開始學會用現代理性思維去全面反思「文革」的危害性；另一方面「文革文學」的藝術薰陶，又使他們無法徹底擺脫「文革」文化的潛在影響。故而他們對於「文革」文學的徹底否定，雖然無情卻又不乏理性。第三種是沒有經歷過「文革」，更不願意去重讀「文革」文學作品，所以在他們的理論視野中，「文革」文學研究課題被忽視或者跨越。〔註8〕

從存在論的角度說，只要存在，就必須承認。〔註9〕這段文學的藝術性和質量是低下的，但它是瞭解當時社會生活「妥貼而可靠的途徑」。正是「文革」文學構成了那時「紅小兵」一代的主要閱讀對象，在某種程度上，正是它參與了我們最為基本的人格塑造，如果要研究在「文革」期間進入社會的「象徵秩序」的一代人，或者是研究其中的某一位個體，這無疑都是一個不應忽略的重要問題，少年時代的閱讀對於成長至關重要的決定性影響在薩特的《詞語》和納博科夫的《說吧，記憶！》中有著相當突出的強調。我們或可以從中明白「中國文學的遷徙和運行有時看來是異常的和失控的」；或可以「得到無與倫比的審美變態的全部豐富性的啟示」〔註10〕可見，從包容的全面的閱讀心態看，一般讀者不必要求去讀，但是讀之無過；這段歷史和文學的研究者就應該去讀去瞭解，否則就沒有發言權。可見，總有人會直面文本。

現在看來，「文革文學」自然是一種充滿「病變」的「文學」，但在上面

〔註8〕 參見宋劍華：《苦澀記憶中的「文革文學」：文學史意義與審美價值的評估》，《理論與創作》，2004 年第 3 期。

〔註9〕 注：承認歷史與肯定歷史自然是兩個不同的概念，見曹文軒的《死亡與存活》，《文藝爭鳴》，1993 年第 2 期。

〔註10〕 謝冕：《誤解的「空白」》，《文藝爭鳴》1993 年第 2 期。

一些意義上，對於它的研究，正是對一代人所受「哺育」的「精神乳源」的研究，而這代人作爲目前的社會中堅所承受的又正是一種「跨世紀」的歷史重任，中國社會和中國文化的現代性轉換在很大程度上要有賴於他們去完成，這樣看來，研究「文革文學」的重要意義便是不言自明的了。《朝霞》文藝在這個問題上面臨著更大的尷尬，不僅是「文革」主流文學的代表，且與「四人幫」有著直接的密切的關係。如何站在學理的角度，以客觀公正的姿態，去廓清那些文本中文學因素與政治因素的糾結，是具有重要的認識價值的，也很容易帶給人思考的興奮點。所以，我們不難理解爲什麼會有的研究者表達了自己對「文革」文學研究的興趣，謝冕說：「我對『文革文學』的感想自然是不止於此，但正是它們驅除著我的『困倦』，使我在『困倦』中有所驚悚，這樣的驚悚不僅使我對自己的『困倦』深感『羞愧』，同時，更使我產生了對於歷史的『診斷』熱情。」

長期以來的閱讀抗拒，阻礙了我們對於《朝霞》文藝等「文革」主流文學的常識認知和經驗積累。閱讀者的心態是進入文本最底層的基調。有了試圖理解的意願，才會產生理解的方法。現在「文革」文本研究模式的程式化，不能排除研究者本人的閱讀心態的被迫感。「文革」主流文學研究新的增長點的發現，還依賴於研究者自身興趣的導引。

2. 第二重障礙：「內置樣本」〔註11〕使閱讀興致易於陷入停滯狀態

從期刊《朝霞》產生的作品儘管不少，體裁和描述中涉及的領域方方面面，但是萬變不離其宗。一是「文革」文學本身的簡單化和「貧困化」。人們都說，有一千個觀眾，就有一千個哈姆雷特；而即使有一萬個讀者，也讀不出幾個梁生寶。「文革」文學亦然。其文本簡單的結構設置、人物安排和透明化的表達敘事以及眾多文本的機械化、模式化、平面化，使文本拒絕了對豐富內蘊的包容，也就斬斷了文學研究闡釋的更多可能性，澆滅了研究者的進入文本的欲望。「文革」文學研究只「停留於文本，很難引向深入。要取得新的突破，需要更多地從作品、藝術家、世界和欣賞者四者之間的互動關係介入」〔註12〕。二是多數研究者還沒有找到進入「文革」文學的嶄新途徑。他們還是用常規的研究其他時期文學形態的方法方式來對待這段特殊的文學形

〔註11〕 本書所謂的「內置樣本」指的是文學作品中暗含的固定寫作模式。
〔註12〕 劉納：《期待文革文學研究的新突破》，《涪陵師範學院學報》，2004 年第 1 期。

態，往往一味糾纏於「文革」文學與意識形態、文藝思潮的關係死結，得出老生常談的結論，缺乏以新的視角、方法、理論和語言來進入和闡釋「文革」文學。由於這個問題，導致了 3 個方面的研究特徵。

特徵一：目前的「文革」文學文本研究是普泛的，基本上難以進行文本細讀，這是文革主流文學研究的一個特徵。目前研究文本大致從幾個方面入手進行歸納：一是從敘事結構和人物模式看，無非是非此即彼的二元對立思維，以「三突出」為文藝憲法，樹立正面人物時「高大全」，帶領群眾，集體對「毒草」進行圍剿。不論寫工業題材、農業題材還是科研、國防、教育領域，無非都是「兩種方案爭論不休，書記先進廠長（或隊長、院長）落後，工農士兵奉獻帶頭，揪出『封資修反右』，檢討認錯共同奮鬥」。二是話語修辭的特點。由於受極左思潮的影響，語言上容易走極端，處處容易下「性質論」判斷，喜歡使用排比製造激情等。

特徵二：詩歌、散文和隨筆基本無人研究，或研究不深，關注點主要集中在小說和戲劇文學上。這一時期以抒情寫意為主的文體，在當下遭遇冷待。因為大部分寫得太淺顯直觀，很難深入研究。即便有研究，也是歸納性的，或者以與新時期的同類作品作對比的反面背景。

特徵三：文藝評論的寫作格局和思路，幾乎是圍繞當時的「反資鬥修」、「評法批儒」的政治鬥爭而進行，以思想路線作為一切文藝的評價標準，也有雷同的閱讀感覺。可能看過幾篇之後，對評價的作品本身仍是建立不起感性的親密關係，而潛在宣講的思想覺悟會不斷強化重複。

本來文學作品的魅力往往都是在細讀和品味中散發出來的，由於對文學文本細膩地、深入地、真切地感知、闡釋和分析，獲得源於生活高於生活的啓發。由於這個原因，西方產生了一系列以「文本細讀」為基礎的批評流派，中國古代的文人的賞讀吟詠也是一種意會方式。但我們若通過「文革」十年的文學去發現什麼「歷史話語」、「話語模式」、「隱形結構」、「潛文本」、「意境」之類的東西，〔註 13〕或者又重新按照「十七年文學」的閱讀模式去看，意義似乎不大。其獨特性是如何在文本中體現的呢？

儘管如此，我們依然期待著「文革」文學研究能夠走向新的坐標和高度。期待更多的研究者能夠深入到這些文本世界中，建立起「文革」文學的形象世界；能夠將「文革」文學置於 20 世紀中國文學的宏大語境中，從結構對比

〔註 13〕曹文軒：《死亡與存活》，《文藝爭鳴》，1993 年第 2 期。

和聯繫承接中發現它的價值和意義；能夠運用新穎的理論方法和角度切入文學作品，得到富有創新性的發見，形成系統化的研究成果；能夠有更多的學人加入研究的行列，形成研究局面的蔚爲大觀。

3. 第三重障礙：「文本錯位」使閱讀感受時而產生錯愕效果

　　閱讀《朝霞》文學這類「文革」極主流意識形態作品時，產生錯愕的體驗是非常微妙的表現：有可能是「文革」離我們已經過去一段時間了，有許多讀者對那段被否定的歷史缺乏細節常識；也可能它從未遠離我們，而是一直潛藏在當今文化的深處，所以讀者常常等待著看「荒謬」，但它卻一板一眼地「正常」。也許，還有其它因素。

　　舉例說，姚克明的小說《掛紅花那天》中有這樣一段：

> 　　「嘉才，從十年前想到三年前，再想到今天。」小馬又補了一
> 句：「今天剛剛掛了紅花，我們還應該想到些什麼？」

時代獨有的表述所形成的空白，造成後來者理解的障礙。由於文中沒有回答，今天的讀者很難猜想到這個問號後面的空白中應該填寫些什麼內容。這些空白不是爲了含蓄，不是爲了「弦外之音」「韻外之旨」，而是當初作者認爲人人應該知道的東西，今天的我們卻不知道了。

　　現在的年輕人很多都不知道「什麼是『十六條』？什麼是『鬥私批修』？什麼是『四舊』？什麼是『林彪集團』『四人幫』？什麼是『牛棚』？什麼是『大串聯』？什麼是『二月逆流』？什麼是『梁效』『唐曉文』？等等。」很多學者編寫的《文革辭典》一類的輔助資料都被出版單位擱置，缺乏必要的背景知識和常識理解，所以閱讀起來會有很多來不及反應的，無從消化的盲點。

　　作者對讀者和審稿人的閱讀存在預設，即上面要求什麼樣的，我就怎樣寫。所以作者在寫作的時候就會考慮「什麼時候該用些毛主席的語錄了？」，然後找個機會插入文中詩中。「文革」式的閱讀就是這樣：首先找「背景」，鎖定詩文內容題材；然後找鬥爭的雙方（詩歌或者散文就找歌頌的對象），看塑造得是否鮮明；再在文章的字裏行間找「典型句子」，沒有句子，詞也行，不怕斷章取義，不怕牽強附會。於是，文章深刻的內涵就被異化了，文章諧和的結構就被肢解了，文章生動的語言就被糟蹋了。現在的人顯然沒有這樣的閱讀訓練，也不會這樣去讀作品，這種情況就導致了閱讀的「錯愕」。閱讀思維政治化的惡果是不能獲得眞知和眞情實感，虛化閱讀效果。

在《朝霞》文藝中，處處呈現出「利用俗文學形式的政治文學」〔註14〕，明顯體現在小說的創作上。

　　她可有閒心思啦，一面捏著雪團團，一面輕快地叫著：「誰口渴，到我這裡來領，公平分配，一人一團。」

　　有人快步從屋裏出來，朗聲說道：「來，給我一坨（團）。」

　　「注——意！」她一面丟，一面格格地笑著。郭子坤伸手接住那飛來雪團，送進嘴裏，「桑桑」地嚼得個有味。……

　　「咕」地一聲，郭子坤把雪水全咽了下去，隨即有力地叫道：「小蘭！」

　　……但這一回卻是意外。他看了一下手錶，慢慢地戴上帽子，又伸出兩手往帽沿兩角摸摸正，這才說道：

　　「走，我們出去一下好嗎？」

　　「幹什麼去？」

　　「嗨……」郭子坤遲疑了一下，接下去竟說出了這樣一句話：「去散散步吧！」

　　這是一九六七年初春一個寒冷的深夜，……

　　郭子坤和小蘭，一前一後，在雪花已經被人們踩成水漿的馬路上走著。

　　小蘭還在猜想：究竟幹什麼去呀？

　　郭子坤還在琢磨：該怎樣來提出問題才不至於談崩呢？……

　　多麼了不起啊！——從那時候起直到現在，小蘭都是這樣看郭子坤的。

　　但是，如果郭子坤把現在考慮著的問題告訴小蘭，那麼在她眼裏，一個原來閃閃發光的形象，也許會一下子失去全部光澤。……那麼怎麼來提出這個問題呢……哎，唉，我這個人哪，就是缺少一點子細巧的辦法！

　　「冷嗎？」郭子坤忽然回過頭來問。

〔註14〕趙毅衡：《自由與文學》，《文藝爭鳴》，1993 年第 2 期。

「唔？不冷。」小蘭不解地回答。

兩人又不聲不響了，繼續一前一後地走著。

以上的描寫，可以說對讀者的心裏暗示的效果是：這要上演的是一個才子佳人的愛情將要碰撞出火花的故事，中間穿插著敘述他們在革命理想上的志同道合。而實際情況是文章接著就筆鋒一轉，轉到了關於是否要團結老工人的問題上來。以今天很多人習慣的閱讀背景和思維來看，作者無疑是開了一個類似戲弄的玩笑。

閱讀期待瞬間錯愕地落空了。和新時期的一些描寫文革的作品比較一下，即便文本的表面走向是「文革」思維的，但是我們可以感覺到潛在的作者思路是人情化的。但是這些作品則不同。

造成這種情況的原因可能是：

1、刻板的模仿套用學習別的文本，然後硬拉上自己的思路，轉化很不自然。

2、以「唯情論」去揣測，可能顯得有些狹隘，那麼回到當時。革命正大光明，激情四溢，人的性格崇尚果斷、幹練的年代，這樣含蓄的描寫似乎把革命的堅強硬度柔化了，軟化了。

上述這些錯愕的閱讀體驗，最容易出現在一些對「文革」時期的狀況不太瞭解，沒有思想和知識準備的閱讀者身上。網絡上有不少年輕人發帖寫博表示，他們非常想收集「文革」文學作品。因爲看慣了卿卿我我、發家致富、甜香膩軟的東西，想找些可以讓自己醒神的作品看看。在這種心態的驅使下，他們以爲，「文革」及之前一些寫革命鬥爭的作品，一定在敵我之間、惡劣的時事環境方面有精彩的描寫。在人群中，出現具有這種心理的閱讀群，是非常值得注意的。「文革」文藝經歷過一段漫長的冷遇，甚至很多被查禁封鎖，許多「文革」經歷者不再願意面對那些文本，因爲那是他們心中的隱痛。但近年來，年輕人的逆反心理使他們頻頻表示好奇。應該說，那種驚心動魄的「文革」小說是他們想像的，他們並沒有眞正進入文本。當他們眞正面對「文革」文本，特別是如《朝霞》主流文學領域的「文革」作品，他們所想要的讀趣或者是持續的閱讀欲望可能很難產生。

其實，還原到當時的情況，一個人的閱讀經歷若是從上世紀 40 年代開始，一直到建國後十七年發展起來的，那麼讀「文革」文學就不會那麼突兀；反之，若習慣了「後新時期」特別是 90 年代之後的文化氛圍，再回過頭去看「文

革」文藝，就覺得荒謬不可理喻了。本書所談到的各個層次的閱讀障礙，其
實都算不得一種真正的障礙，說其是一種當下的特殊的閱讀體驗似乎更為恰
當。

三、關於對《朝霞》文藝模式的超越

　　「文革」話題之所以被不斷重複，是因為這段「摸索中的挫折」為後來
我國建設的方方面面提供了歷史經驗值，文藝建設也是如此。新時期的文藝
建設最初主要集中在「撥亂反正」這個問題上，包括宏觀的思想路線調整和
具體的文藝工作思路的調整。

　　在宏觀的思想路線上，文藝與政治的關係問題得到了重新認識。我國文
藝政策既往的思維模式是建立在毛澤東《在延安文藝座談會上的講話》之上，
以「政治為文藝本位」的戰爭年代的觀念。強調文藝的階級性質，強調文藝
為無產階級利益和政治鬥爭服務，時刻警惕敵對階級對新中國政權的威脅，
並從思想文化的高度在文藝領域內開展了一次又一次的批判鬥爭。但是，在
當代中國這種文藝政策思維的延續，給我們的文學發展和社會穩定帶來了極
大的動蕩和破壞。「文革」結束之後，我國的文藝政策開始去認識另外兩個重
要的問題，即文藝自身的發展規律，文藝與現實生活之間的關係，並從政策
上去體現與適應這些層面的需要。應該說，「文革」之後，「黨的文藝政策對
文藝與現實生活的關係以及文藝家與黨的關係的審視和處理，正在越來越表
現出對文藝在真正自由意義上反映生活的理解與支持，越來越體現出對文藝
活動中歷史與美學相統一境界的自覺追求。」〔註15〕

　　在具體的文藝工作中，主要是對「四人幫」的文藝理論做了集中的清算。
例如1977年的《人民文學》編輯部在北京召開了在京的文學工作者座談會，
會上大家深入揭批「四人幫」，並把被「四人幫」顛倒的路線是非、思想是非、
理論是非再顛倒過來，推倒「文藝黑線專政」論等一系列謬論。尤其是提出
要徹底清查同「四人幫」篡黨奪權陰謀活動有牽連的人和事，徹底粉碎「四
人幫」的幫派體系。1978年5月27日，中國文聯第三屆全國委員會第三次擴
大會議在北京召開。茅盾致開幕詞，郭沫若作了書面發言，他將這次會議看
作是繼粉碎「四人幫」以後，中國文壇的一次盛會，是文藝界承前啟後、撥

〔註15〕江業國：《關於新時期黨的文藝政策的思考》，《廣西師院學報》（哲學社會科
　　　　學版），1996年第4期。

亂反正、具有重大歷史意義的一次會議。這次會議使得文藝界揭批「四人幫」、
撥亂反正的工作更加有組織、有領導、有步驟地向前發展，而且對於「四人
幫」鼓吹的「三突出」論、「根本任務」論、「題材決定」論、「反眞人眞事」
論等，開始展開批判。直到 1978 年 10 月 31 日，《文學評論》編輯部召開了
「實踐是檢驗眞理的唯一標準」的座談會，把文藝「撥亂反正」的階段推進
到了新時期文學建設實踐的新階段。

　　從上述兩個層面的文藝政策的調整可見，「文革」時期那種文藝政策與具
體的文藝活動表面上「上壓下從」，實際上嚴重脫節的情況得到了好轉。密切
互動、求同存異的態勢逐漸呈現。

　　期刊在形塑文壇面貌、組織文學活動、宣揚文學思潮、發現和培養作家
等方面發揮著重要的功用。「文革」後期，期刊在主導意識形態的強行介入下，
一度停刊、復刊，合理的自主權被剝奪。「文革」結束後，文學期刊並沒有馬
上回到自身，但是在逐步的演進過程中發生了很大的變化。

　　「文革」後一個值得注意的重大變化是，純粹的文學期刊逐步復原。各
地的文藝期刊重新被冠名爲「文學」字樣，文藝期刊的數量增長，同類的文
藝期刊出現越來越細化的內部容量和體裁上的區別。《收穫》、《鍾山》、《萌
芽》、《當代》、《十月》等文學期刊主要刊登長篇小說，還出現了專門刊登散
文的《散文》、《散文》百家等，專門刊登雜文的《雜文界》等。刊登歌詞、
劇本、攝影、美術的期刊與文學期刊逐漸脫離。「文革」後期創作和評論在期
刊中混爲一談，不同類型的作品比例嚴重失調的情況得以改善。

　　1977 年 5 月 20 日，在上海展覽館由上海市委召開了紀念《在延安文藝座
談會上的講話》發表三十五週年的大型文藝座談會。在這次大會中，市委在
群體的要求下將《朝霞》解散，重新創辦了《上海文藝》（後改名《上海文學》）。
這份刊物，在新時期文學建設中的貢獻可圈可點。正是因爲它，上海文學從
全國上下共有的無處不在的政治道德氣氛和精神壓抑釋放控訴中凸顯出來，
率先顯示出社會轉型期的文化價值新觀念。1979 年，以「《上海文學》評論員」
名義發表的《爲文藝正名》的評論，以其關切的問題點爲切入口的後續論爭，
有力地推動了文學界的思想解放運動。八十年代初全國「知青文學」的重要
文學母題在《上海文學》同步演出。1982 年第 8 期發表的馮驥才、李陀、劉
心武關於「現代派」的通信，1984 年由它聯合浙江文藝出版社，《西湖》雜誌
主辦的「杭州會議」，開啓了「尋根文學」等一系列重要思潮的討論，爲新時
期的文學格局建構做了許多實質性的工作。

　　同爲上海文藝刊物，之前的《朝霞》，是中央行政權力中的異端力量在地方設立的宣傳平臺，之後的《上海文藝》(《上海文學》)則是「地方性」文藝刊物開全國文學風氣之先的榜樣。這看似沒有關聯的比較，顯示了我國文化體制、期刊生產、文藝職能功用、影響領域等在「文革」期間到「文革」之後發生的重要轉變，更表明了上海文藝工作者在人員結構上的重組和思想觀念上的更新。

　　一個時代有一個時代之文學，政治、經濟、文化和社會生活的變化，幾乎都在當時的文學創作上得到相應的表現和折射。無論是「文革」結束初期的撥亂反正，還是之後的城鄉改革；無論是 20 世紀 80 年代中後期的思想解放和新啓蒙運動，還是 20 世紀 90 年代的市場經濟，都在「傷痕」、「反思」、「改革」、「先鋒」、「新都市」等文學潮流中得以盡情展示。毋容置疑，那些曾經或主要擔當浩劫磨難，或在「文革」期間大展風頭的作家們，面對迅猛的政治、經濟和文化變革，心態也自然會出現失衡和波動，創作心理的變化，也會反映到他們對「文革」的書寫態度上。

　　經歷過那一段歷史的作家，都是深受傳統的「載道」思想影響很深的。即便是「文革」中一些不畏強權，充滿理想的工農兵寫作者，也會有憑藉文學創作的道路打拼出一片天地的政治熱情。這種根深蒂固的思想宿命，使無論「文革」後歸來的作家，還是「文革」期間成長起來的作家，都在新的歷史轉換期，滿心關切地渴望和等待著國家體制和意識形態的認定，等待著與作家和寫作事業有關的組織單位的召喚和接納。「文革」剛剛結束的 70、80 年代，還不存在能依靠暢銷書的稿費，依靠網絡點擊率和廣告商的支持，就能自由謀生的寫作者。因此，那一代的作家們，馬上又回歸到它們賴以生存和依靠的體制內部。有一些作家，憑藉出色的文筆和與時代需要合流的作品，迅速佔據了文壇的重要位置。王蒙官至文化部長，張賢亮擔任寧夏作協主席，陸文夫任蘇州文聯副主席、中國作家協會副主席，叢維熙、李國文、高曉聲等都成爲作協委員。同樣，在「文革」後期，被《朝霞》文藝這樣的期刊重點培養起來的一些作家，也迅速地適應著新的環境和時代氛圍。他們在具體的工作崗位上，爲新時期文學的建設添磚加瓦。

　　在三十年的「後文革」敘事裏，從工農兵隊伍和寫作訓練班培養出來的《朝霞》作者群正面描寫「文革」記憶的作品並不多。長期處於國家主導體制選拔進階的圈子，依靠他們的成長記憶，實在寫不出符合 80、90 年代文化

氛圍和情調的東西。倒是一些眞正曾被下放的知青，勞教的右派作家們，不斷地書寫著那段夢魘。這些人當時的精神生活世界被動地隔離於主導意識形態之外，過了幾年單純的異樣的農村生活，後來他們的「文革」敘事演繹地非常個人化。紀實性的敘述中，各行其道地訴苦、辯解與懷舊，好不熱鬧。「文革」敘事的繁盛，以至於我們遺忘了有些人，因爲巨大的話語壓力，沉寂了很久。他們的集體缺席，使「後文革」敘事也開始呈現出一種局面，有些問題不斷地以各種形式重複，眞正的問題卻始終沒有觸及。這提醒我們要注意一點：無論是民間的，日常生活的，公開的，隱私的，當很多人都用非常嫻熟的，出神入化的個人話語去表達主流話語的時候，其實就不太正常了。

附錄一

在《朝霞》雙刊上發表文章的作者，同時期在其它期刊上的發表情況及作品出版情況統計：

1972 年

1 月 16 日，《文匯報》發表姚克明的小說《區委副書記》。

2 月 26 日，《文匯報》發表朱敏慎的小說《帶路人》。

3 月，《北京新文藝》試刊第 2 期刊出李瑛的詩輯《棗林村集》。

4 月，李瑛的詩集《棗臨村集》由北京人民出版社出版。

5 月 21 日，《文匯報》發表小說上海警備區賈曉晨的《鋪路人》。

延川縣革命委員會政工組編的詩集《延安山花》由陝西人民出版社出版。收路遙《老漢走著就想跑》等詩。

《陽光燦爛照征途——工農兵詩選》由人民文學出版社出版。收北京大學工農兵學員徐剛《陽光燦爛照征途》等詩。

6 月 1 日，《文匯報》發表張秋生的《工農新村的歌（兒歌四首）》。

6 月 8 日，《文匯報》發表宋運斌、羅達成的散文《大路歌》。

6 月 18 日，《文匯報》發表俞天白的散文《放蜂時節》。

7 月《湘江文藝》第一期古華的小說《「綠旋風」新傳》。

9 月 24 日，《文匯報》發表姚克明的散文《寫在彩色的櫥窗上》。

《解放軍文藝》9 月號刊出戰士李小雨《推土機手》等詩。

10 月 29 日，《文匯報》發表俞天白的小說《突破口》。

1973 年

4 月 8 日，《文匯報》發表吳芝麟的小說《快馬加鞭》。

《福建文藝》（試刊）第 1 期刊出詩歌：俞兆平《催春曲》。

6 月 17 日，《文匯報》發表段瑞夏的小說《特別觀眾》。（轉朝霞的）

張長弓的長篇小說《草原輕騎》由天津人民出版社出版。

7 月 22 日，《文匯報》刊出俞天白的小說《開端》。

《陝西文藝》創刊號刊出散文：路遙《優勝紅旗》。

宮璽的詩集《銀翼閃閃》由江蘇人民出版社出版。

姜金城的詩集《海防線上的歌》由上海人民出版社出版。

8 月 12 日，《光明日報》刊出劉登翰、孫紹振的詩《指點河山重安家——給公社水利專業隊》。

《解放軍文藝》8 月號刊出詩歌：宮璽《機場詩頁》。

《群眾藝術》第八期刊出詩歌：革命故事：賈平凹、馮有源《一雙襪子》。

寧宇的詩集《紅色的道路》由上海人民出版社出版。

福建人民出版社編的詩集《閩山朝霞紅》由該出版社出版，收霞浦縣俞兆平《赤腳醫生贊》等詩。

12 月，散文集《韶山紅日》由湖南人民出版社出版。內收葉蔚林的《韶山紅日》、古華的《種春人的歌》等。

1974 年

2 月 10 日，《解放日報》刊出寧宇的朗誦詩《斥「仁義」、「忠恕」》。

4 月，《福建文藝》第 2 期發表詩歌俞兆平《林賊與「敲門磚」》。

6 月，知青短篇小說集《農場的春天》由上海人民出版社出版。收錄《長江後浪推前浪》（孫顒）、《小牛》（王小鷹）等作品。

7 月 28 日，《文匯報》發表俞天白的小說《進駐的第一日》。

《陝西文藝》第 4 期刊出金谷、路遙的長詩《紅衛兵之歌》。

9 月，《陝西文藝》第 5 期發表小說：陳忠實《高家兄弟》；散文：路遙《銀花燦爛》。

11 月 10 日，《解放日報》刊出解放軍空軍某部宮璽的詩《在向前飛馳的列車上》。

1975 年

1 月，《福建文藝》第 1 期刊出詩歌：柯原《才溪詩抄》。

《陝西文藝》第 1 期刊出路遙的散文《燈火閃閃》。

2 月，《學習與批判》第二期發表陳旭麓《「九州生氣恃風雷」——〈龔自珍全集〉重印前言》。

3 月，《詩刊》社舉行學習毛主席詞二首的座談會，詩人袁水拍、馮至、李瑛、藏克家、田間等同志在會上做了發言。

《福建文藝》第 2 期刊出孫紹振、劉登翰《在革命樣板戲的光輝啓示下——讀〈福建文藝〉一九七四年的詩歌》。

4 月，錢鋼、袁學道、侯皇晨《來自南京路的戰報——「南京路上好八連」紀事》。(《解放軍文藝》1975 年 4 月號)

5 月 25 日，《解放日報》刊出詩歌：趙麗宏《在入海口》。

6 月，張長弓、鄭士謙合著的長篇小說《邊城風雪》由人民文學出版社出版。

7 月 27 日，《貴州日報》發表雨煤的小說《山的性格》。

9 月，《福建文藝》第 5 期刊出俞兆平《新的長征》、劉登翰、孫紹振《伐木者之歌》等詩。

11 月 23 日，《陝西文藝》第六期刊登賈平凹的小說《兩個木匠》。

12 月，《貴州文藝》第 6 期發表雨煤的小說《季節不等人》。

1976 年

1 月 17 日，《人民日報》發表余秋雨的散文《路》。

1 月 20 日，孫顒《老實人的故事》。

《陝西文藝》第 1 期發表路遙、李知、董墨的散文《吳堡行》。

《江蘇文藝》第 2 期刊發小說：黃蓓佳《開弓沒有回頭箭》。

《陝西文藝》第 2 期發表小小說：路遙《父子倆》，賈平凹《曳斷繩》等。

4 月 25 日，《人民日報》發表黃宗英小說《山亭鬥「虎」》。

《陝西文藝》第 4 期發表賈平凹的小小說《對門》。

《群眾藝術》第 4 期發表賈平凹的革命故事《豆腐坊的故事》。

5 月，俞天白、王錦園執筆的長篇小說《鐘聲》由上海人民出版社出版。

8 月 2 日，《人民日報》發表解放軍某部李小雨的詩歌《青年指揮員》。

9月，古華的長篇小說《山川呼嘯》由湖南人民出版社出版。

10月22日，《人民日報》發表徐剛的詩歌《祖國，在前進！——寫在天安門前的遊行隊伍中》。

1973年1月至1976年9月各地報刊文藝對《朝霞》文藝的評論統計：

《新人任樹英——讀〈朝霞〉文藝月刊上的兩個短篇》（方鍔，《人民日報》1975年1月13日。）

《讀〈朝霞〉一年》（任犢，《學習與批判》1975年第1期。）

《新生事物的成長不是一帆風順的——讀小說〈典型發言〉》（上海染料化工二廠青年工人，樓乘震，《學習與批判》1975年第1期。）

《「我是共產黨員」！——讀短篇小說〈洪雁度假〉》（杜華章，《學習與批判》1975年第4期。）

《敢於同走資派對著幹的英雄》（上海警備區後勤部，黃志新、徐善良，《文匯報》1976年6月1日。）

《文藝創作的新課題》（復旦大學中文系學員，尹杉竹，《文匯報》1976年6月1日。）

《知識分子的必由之路》（晉戟，《文匯報》1976年6月1日。）

《喜聽驚雷震耳鳴》（魏亦瑪，《文匯報》1976年7月8日。）

《努力反映無產階級戰勝走資派的革命鬥爭》（周天，《文匯報》1976年7月8日。）

《粗瓷茶碗雕得成好細花——從電影〈春苗〉所想到的》，施濤，《廣西師範大學學報（哲學社會科學版）》，1975年12月27日。

《社會主義新生事物越戰越強——從電影〈春苗〉談起》，賈玉英、王愛萍，《山西師大學報（社會科學版）》，1975年12月31日。

《喜看〈春苗〉》（二人轉），萬捷、王璽，《中國戲劇》1976年3月1日。

《文學創作要深刻揭示階級鬥爭規律（評論）——讀短篇小說〈金鐘長鳴〉》，張葆成，《黑龍江文藝》1976年8期。

《無產階級文化大革命的一曲讚歌——評彩色故事片〈春苗〉》，解放軍某部 武彬 小松，《新疆文藝》，1976年1期。

《社會主義青年一代的讚歌（讀〈朝霞〉、〈小將〉）》，辛文彤，《解放軍文藝》1973年9月號。

《努力使主題具有「較大的思想深度」——彩色故事影片〈春苗〉的創作啓示》，戰士 劉忠信，《解放軍文藝》1976 年 3 月號。

《攻擊〈春苗〉，不得人心》，童信文、高珊，《解放軍文藝》1976 年 4 月號。

《一曲文化大革命的動人頌歌——贊彩色故事影片〈春苗〉》，王毓，《河南文藝》1976 年 1 期。

《風雷激蕩旌旗奮——看電影〈決裂〉隨感》，鄭大中文系工農兵學員伍歌，《河南文藝》，1976 年 2 期。

《深刻的教育 巨大的鼓舞——看彩色故事片〈決裂〉》，蒲永川、陳朝漢，《青海文藝》，1976 年 2 期。

《粗與細——駁「粗瓷碗雕不出細花來」》，陳炳，《青海文藝》，1976 年 4 期。

1976 年 10 月至 1979 年 12 月各地報刊文藝對《朝霞》文藝的評論統計：

《評「四人幫」的幫刊〈朝霞〉》（桑城，《上海文藝》1977 年第 1 期。）

《「陰謀文藝」批判》（申克鼎，《上海文藝》1977 年第 1 期。）

《不許毀我長城（三篇）——被「四人幫」一夥扣壓的批判〈朝霞〉的讀者信稿選刊》（白鎧、王忠良等，《上海文藝》1977 年第 2 期。）

《居心叵測的篡改——斥〈朝霞〉的黑詩〈把爐火燒得通紅〉》（卓平，《上海文藝》1977 年第 3 期。）

《爲了誰的「明天」——評短篇小說〈爲了明天，向前〉》（斯和，《文匯報》1977 年 4 月 5 日。）

《向隅狂吹絕命曲——評短篇小說〈閃光的軍號〉》（林莉，《文匯報》1977 年 4 月 5 日。）

《一個篡黨奪權的黑報告——評短篇小說〈一篇揭矛盾的報告〉和〈典型發言〉》（丘峰、蔣國忠，《文匯報》1977 年 7 月 22 日。）

《評「四人幫」的幫刊〈朝霞〉》（桑城，《文匯報》1977 年 10 月 20 日。）

《看！「四人幫」一夥炮製陰謀文藝的累累罪行》（本報通訊員，《文匯報》1977 年 11 月 6 日。）

《從反動小說〈閃光的軍號〉談起——「四人幫」爲什麼反對形象思維！》（孟偉哉，《上海文藝》1978 年第 2 期。）

《評「四人幫」的「三結合創作」》，王鴻賓、張景超，《上海文藝》1978年第5期。

《試論「四人幫」的反革命修正主義文藝路線》，盛宇，《湘江文藝》1978年第5期。

《一個篡黨奪權的野心家——談反動影片〈反擊〉中江濤形象的塑造》，黃國柱，《黑龍江文藝》1977年4期。

《斥「四人幫」鼓吹寫「走資派」》，趙成祿，《黑龍江文藝》1977年5期。

《拔掉「四人幫」在文藝理論上的一面黑旗——批判「根本任務」論》，《黑龍江文藝》1977年6期。

《憤怒批判陰謀文藝》（座談紀要），李建剛等，《湖北文藝》1978年1期。

《陰謀文藝的狂吠》，蕭友元、張道請、阮華雲，《湖北文藝》1978年1期。

《誓把「四人幫」及其陰謀文藝一起埋葬掉！》，程雲，《湖北文藝》1978年2期。

《更好地反映與「四人幫」的鬥爭》，淩梧，《湖北文藝》1978年2期。

《陰謀文藝與「騙子列傳」》，林興宅，《福建文藝》1978年2期。

《徹底撲滅澆向無產階級的鬼火（評論）——評話劇劇本〈火，通紅的火〉》，姜立強、余開偉，《新疆文藝》1977年4期。

《一個地地道道的反革命叫囂（評論）——評「文藝黑線專政」論》，劉鳴，《新疆文藝》1978年3月號。

《陰謀文藝的黑標本（評論）——評反黨話劇〈樟樹泉〉》，舒英，張成覺，《新疆文藝》1978年4月號。

《揭穿「四人幫」反黨亂軍的一個陰謀》，陶司海，《解放軍文藝》1976年12月號。

《一發篡黨奪權的罪惡炮彈——戳穿「四人幫」及其親信炮製〈千秋大業〉、〈衝鋒向前〉的罪行》，本刊批判組，《解放軍文藝》1977年7月號。

《「四人幫」反動綱領的傳聲筒——批判反黨話劇〈千秋大業〉》，總政話劇團，《解放軍文藝》1977年10月號。

《一次陰謀文藝的大拍賣——評「四人幫」在軍隊文化部門那個黨羽的一次黑講話》，本刊批判組，《解放軍文藝》1977年12月號。

《評幫刊朝霞上的三篇反軍小說》，胡傑鋒、陳世淳，《解放軍文藝》1977年12月號。

《反修，還是反黨——評毒草影片〈反擊〉》，楊志傑，《河北文藝》1977年1期。

《撼我長城談何易——批判反黨亂軍大毒草〈千秋業〉》，齊赳、梟生，《河北文藝》1977年8期。

《徹底批判陰謀文藝——從大毒草〈歡騰的小涼河〉談起》，雲幹、邳捷，《河北文藝》1977年10期。

《「四人幫」篡黨奪權的「英雄」——剖析反黨電影〈反擊〉中的一號人物江濤》，鄭州紡織機械廠大批判組，《河南文藝》1977年1期。

《無產階級文藝的革命任務不容篡改——批判「四人幫」的陰謀文藝》，郭有村，《河南文藝》1977年6期。

《一個炮製「陰謀文藝」的謬論》，彭放，《哈爾濱文藝》，1978年1期。

《炮製「主題先行」的禍心》，王天偉，《哈爾濱文藝》1978年2期。

《徹底批判反黨電影〈反擊〉》，曹守文，《貴州文藝》1977年2期。

《篡黨奪權野心的大暴露——評「四人幫」鼓吹「寫與走資派鬥爭的作品」的反動性》，陳深，《陝西文藝》1977年1期。

《戳穿「四人幫」兜售「高於生活」的險惡用心》，暢廣元，《陝西文藝》1977年2期。

《文藝論壇豈容一幫作主——斥「四人幫」壟斷文藝批評的罪行》，馮日乾，《陝西文藝》1977年4期。

《「四人幫」發動反革命政變的一次預演——評反動影片〈反擊〉》，商子雍，《陝西文藝》1977年5期。

《深入揭批「四人幫」繁榮社會主義文藝創作——〈陝西文藝〉編輯部召開工農兵作者揭批「四人幫」創作座談會》，《陝西文藝》1977年5期。

《為陰謀文藝鳴鑼開道的一面黑旗——批判「四人幫」的「根本任務論」》，張光昌、鄭擇魁，《浙江文藝》1978年1月。

《剖析「四人幫」陰謀文藝的幾個代表作》，李倫初，《西藏文藝》1977年4期。

《文藝黑線的「旗手」》，何剛，《安徽文藝》1977年1期。

《一枝包藏禍心的毒箭——批判「四人幫」鼓吹「寫與走資派作鬥爭的作品」的陰謀》，許愛根、陳剛，《安徽文藝》1977年2期。

《一部瘋狂反對毛主席革命路線的影片——〈反擊〉》，文淮舟，《安徽文藝》1977年3期。

《〈春苗〉是毒苗——彩色故事片〈春苗〉必須批判》，徐文玉，《安徽文藝》1977 年 3 期。

《一面標誌反革命「新紀元」的黑旗——批判「四人幫」炮製的「根本任務」論》，集眾，《安徽文藝》1977 年 4 期。

《篡黨奪權的反革命三部曲——批判反動影片〈盛大的節日〉》，方可畏、鍾湖，《安徽文藝》1977 年 7 期。

《反動文學幫刊〈朝霞〉透視》，丁鴻元，《安徽文藝》1977 年 8 期。

《反軍賊子 罪不容誅——批判話劇〈千秋大業〉、〈衝鋒向前〉》，許愛根，《安徽文藝》1977 年 8 期。

《徹底剷除「四人幫」的毒草園——〈朝霞叢刊〉剖析》，聞義祐，《安徽文藝》1977 年 9 期。

《張春橋黑「思想」的藝術圖解——斥反動幫詩〈把爐火燒得通紅〉》，安徽師大中文系理論組，《安徽文藝》1977 年 9 期。

《捍衛魯迅的光輝形象——石一歌批判》，方銘，《安徽文藝》1977 年 10 期。

《戳爛「初瀾」！》，胡永年、徐文玉，《安徽文藝》1977 年 12 期。

《「陰謀文藝」的鬼蜮伎倆》，毅冰，《安徽文藝》1977 年 12 期。

《欣見〈上海文藝〉創刊》，徐風，《安徽文藝》1977 年 12 期。

《披著假左派外衣的反黨雜文——〈朝霞隨筆〉批判》，宗廷、良凌，《安徽文藝》1978 年 3 期。

《評故事影片〈決裂〉》，潘考琪，《安徽文藝》1978 年 4 期。

《古為幫用的「死魂靈」——評幾篇「批儒評法」的故事新編》，許宏德，《安徽文藝》1978 年 4 期。

《戳穿「四人幫」鼓吹「寫走資派」的陰謀》，川戈，《四川文藝》1976 年 12 期。

《「四人幫」的覆滅和「陰謀文藝」的破產》，張家祿，《四川文藝》1977 年 10 期。

《篡黨奪權的卑劣工具——斥「四人幫」的陰謀文藝》，松筆，《四川文藝》1977 年 12 期。

《省委前負責人放出的一支毒箭——評「喜看〈春苗〉」的出籠前後》，鄧雁斌、趙寶元，《吉林文藝》1977 年 11 期。

《陰謀文藝的一面黑旗──批判「四人幫」的「根本任務論」》，長影編輯室，《吉林文藝》1977 年 12 期。

《貨眞價實的陰謀文藝》，燕文，《江西文藝》1977 年 6 期。

《無產階級文藝傳統永放光輝──徹底批判「四人幫」炮製的「空白論」》，魏澤民，《包頭文藝》1978 年 3 月。

《主題‧生活及其它──批「四人幫」的「從路線出發」，「主題先行論」》，馬逵英，《包頭文藝》1978 年 3 月。

《謊言必須戳穿──評〈走出彼得堡〉》，封敏、勝捷，《北京文藝》1978 年 9 期。

「文革」後期各地文藝作品對《朝霞》文藝作品的借鑒和轉載：

《歌唱赤腳醫生》，安達斯，《新疆文藝》，1974 年 4 期。

《赤腳醫生》（小歌劇），（維吾爾族）吐爾遜‧尤努斯，《新疆文藝》，1974 年 9 期。

《初試鋒芒》（山東快書），喬林和，《解放軍文藝》1975 年 4 月號。

《把爐火燒得通紅》（詩輯），邢開山、鄭成義等，《解放軍文藝》1975 年 7 月號。

《彈弓的故事》（小敘事詩），徐太國，《解放軍文藝》1975 年 7 月號。

《春苗贊》（二首），劉忠武、張永久，《武漢文藝》1976 年 1 期。

《赤腳醫生》（詩配畫），賈光奇、王星，《河北文藝》1973 年 2 期。

《赤腳醫生》（詩歌），王新弟，《河北文藝》1976 年 2 期。

《赤腳醫生讚歌》（歌曲），蘇偉光、於恒，《河北文藝》1976 年 2 期。

《贊春苗》（京東大鼓），陳小平執筆，《河北文藝》1976 年 8 期。

《赤腳醫生贊》（詩），安臨，《青海文藝》1976 年 2 期。

《放映〈春苗〉去》（年畫），李眾斌，《陝西文藝》1976 年 4 期封底。

《一代春苗在成長》（兒歌），李先鐵，《安徽文藝》1976 年 6 期。

《我們的赤腳醫生》（詩二首），梁上泉，《四川文藝》1974 年 4 期。

《赤腳醫生李鳳蓮》（快板書），解放軍某部業餘文藝宣傳隊創作組創作，雁群執筆，《四川文藝》1974 年 11 期。

《走出「彼得堡」！──讀列寧一九一九年七月致高爾基的信有感》，任犢，《湘江文藝》1975 年 2 期。

《〈春苗〉電影剛散場》（詩），趙海濱，《黑龍江文藝》1976 年 6 期。

備註：1.「文革」後，各地文藝涉及到批判「四人幫」文藝的文章數量眾多，這裡只統計了批判與《朝霞》文藝相關的文章。所謂相關，是指明確批判了《朝霞》文藝宣傳的文藝理論及創作方法，明確批判了刊登在《朝霞》雙刊上的作品。

附錄二

在《朝霞》雜誌上發表作品的主要作家情況統計表

署名作者	《朝霞》雜誌上發表作品情況	文藝工作及創作情況
陳繼光	散文《鐵道工人之歌》（月刊，1974.8）；主題散文《上海啊，你的未來》之《春天的讚歌》（月刊1974.11）；	上海鐵道文聯常務理事、秘書長、專業創作員。有長篇小說《做夢也想不到》、《永遠是個謎》，中篇小說《漫長生命中的短促一天》（全國鐵路第二屆文學獎），小說集《新浪潮前奏曲》（1987年全國優秀暢銷書獎）、《旋轉的世界》（全國第六屆優秀短篇小說獎），散文集《火車頭頌》等。
成莫愁	詩《怒濤滾滾》（月刊，1974.3）；詩《在圖書館》（月刊，1974.8）；詩歌《把爐火燒得通紅》之一（月刊，1975.5）；詩《骨肉情深》（月刊，1975.3）；詩《宏偉藍圖北京來》（月刊，1975.2）；詩《戰歌壯》（月刊，1976.8）；	作協上海會員，中國民主促進會會員。七十年代始發表詩歌、散文、小說、評論等。曾任上海女記者誼會理事、上海富餘中心理事、上海教師研究會理事。《萬寶全書補隻角》副主編、《美的世界》編委、《文學報》、《房地產報》編輯、記者，現就職《住宅科技》雜誌社。《你想住什麼樣的房？》等通訊多次獲全國及上海等新聞獎。提出「老年文學」的口號。著作有《莫愁詩抄》、《美的詩文》等。
陳先法	小說《秧田新綠》（月刊，1974.10）；散文《勝似春光》（月刊，1975.12）；小說《未受邀請的「代表」》（月刊，1976.1）；	上海人民出版社文藝編輯，上海文藝出版社文學二編室副主任，副編審。有長篇小說《故鄉的炊煙》，長篇紀實文學《民族淚》、《我在美國，酸甜苦辣》（華東六省一市優秀圖書二等獎）、《一個金融家的人生片斷》等。《心和祖國一起跳動》（上海第三屆青年文學獎），《弦上的歌》（1988年《奔流》佳作獎）。

署名作者	《朝霞》雜誌上發表作品情況	文藝工作及創作情況
董德興	小說《前進，進！》（《金鐘長鳴》1973.8，《序曲》1975.6）；小小說《歸心似箭》（月刊，1975.1）；小說《無產者》（月刊，1975.10）；小說《高瞻遠矚》（月刊，1976.1）；小說《前進，進！》（《金鐘長鳴》，1973 年 8 月）；	上海社會科學院文學研究所文化研究室副研究員。有著作《篳路啟藝林──徐悲鴻》、負責和參加撰寫的著作有：《新時期小說流派新論》、《上海文化通史》、《中國娛樂大典》。
古華	小說《仰天湖傳奇》（《碧空萬里》1974.10）；	曾任中國作協理事，湖南省作協副主席。古華的作品以描寫湘地風情見長，主要有：長篇小說《山川呼嘯》、《芙蓉鎮》；中、短篇小說集《爬滿青藤的木屋》、《金葉木蓮》、《禮俗》、《姐姐寨》、《浮屠嶺》、《貞女》等，其中《芙蓉鎮》獲首屆茅盾文學獎。《爬滿青藤的小屋》獲全國優秀短篇小說獎。
黃蓓佳	小說《補考》（《朝霞》，1973 年 5 月）；	江蘇省作家協會專業作家，副主席。有小說集《小船，小船》，長篇小說《夜夜狂歡》等。
黃宗英	散文《可敬的人們──長壽支路菜場的日日夜夜》（月刊，1975.12）；	曾任中國作協上海分會專事創作，中國作協第四屆理事。所作《大雁情》、《美麗的眼睛》、《桔》分別獲 1979～1980 年、1981～1982 年、1983～1984 年全國優秀報告文學獎。有散文集《星》、《桔》、《黃宗英報告文學選》等。著有報告文學《特別姑娘》、《小丫扛大旗》、《天空沒有云》、《沒有一片樹葉》，散文集《星》、《桔》、《半山半水半書窗》等。報告文學《大雁情》、《美麗的眼睛》等獲全國 1977 年～1980 年優秀報告文學獎，《小木屋》改編拍攝的電視片在美國獲國際獎。
姜金城	詩《英雄賦》（《不滅的篝火》，1975 年 8 月；月刊，1975.8）；詩《人民大會堂頌》（月刊，1974.11）；詩歌《大潮》（外一首）（月刊，1975.11）；	曾任上海文藝出版社編輯、副編審，中國作家協會。著有詩集《海防線上的歌》、《遙遠的秋色》、《昨天的月亮》，傳記文學《雁南飛──黃宗英傳》，編輯《中國現代山水詩一百首》、《中國當代抒情短詩一百首》、《臺灣抒情短詩一百首》、《世界名詩一百首》、《八十年代詩選》等。

署名作者	《朝霞》雜誌上發表作品情況	文藝工作及創作情況
賈平凹	小小說《隊委員》(月刊，1975.12)；小說《彈弓和南瓜的故事》(月刊，1975.6)；	曾任陝西人民出版社文藝編輯、《長安》文學月刊編輯。現爲陝西省作家協會主席、西安市文聯主席、西安建築科技大學人文學院院長、《美文》雜誌主編。著有長篇小說《商州》、《妊娠》、《浮躁》、《廢都》、《白夜》、《土門》、《病相報告》、《懷念狼》、《秦腔》、《高興》等；中短篇小說集《山地筆記》、《小月前本》、《臘月·正月》、《天狗》、《黑氏》、《美穴地》、《餃子館》、《藝術家韓起祥》等；散文集《月迹》、《心迹》、《愛的蹤迹》、《走山東》、《商州三錄》、《說話》、《坐佛》等；詩集《空白》以及《平凹文論集》等。
羅達成	散文《古炮的壯歌》(月刊，1975.12)；散文《興業路抒懷》(月刊，1975.7)；散文《炮火篇》(月刊，1976.5)；	曾任《文匯報》副刊編輯，《文匯月刊》編輯、副主編，《文匯報》專稿組組長，《生活》副刊主編，《周末版》主編，上海作家協會第五屆理事，中國報告文學學會理事，中國作家協會成員等職。著有《中國的旋風》、《少男少女的隱秘世界》、《棋後謝軍和她的教練們》、《中國足球青年近衛軍》等。曾獲全國首屆體育報告文學一等獎、上海市首屆文學獎報告文學一等獎、全國第四屆優秀報告文學獎、第四屆上海韜奮新聞獎。
劉登翰	詩《狂飆頌歌》(月刊1975.1，《序曲》1975年6月)；詩歌《第一線上》(月刊，1975.11)；	歷任廈門日報社記者，三明市報紙副刊編輯、三明地區文化局創作幹部，福建社會科學院文學研究所副所長、所長，福建臺灣文化研究中心主任、研究員，福建師範大學中文系及國立華僑大學中文系兼職教授、博士生導師。福建省文聯委員、作家協會副主席，福建省海外華文文學研究會會長。享受政府特殊津貼。1996年被評爲福建省優秀專家。著有詩集《山海情》(與孫紹振合作)、《瞬間》，散文集《尋找生命的莊嚴》，報告文學集《鍾情》，專著《臺灣文學隔海觀》、《文學薪火的傳承與變異》、《彼岸的繆斯》、《中華文化與閩臺社會》等。
陸萍	詩《酣戰》(月刊，1974.3)；詩《銀海輕舟——贊巡迴坐車》(月刊，1974.9)；詩《在歡慶的日	曾任《上海法制報》記者、副刊部主任。上海作家協會第四屆理事。中國作家協會成員。著有詩集《夢鄉的小站》、《細雨打濕的花傘》、《有只鳥飛過天空》及《寂寞紅豆》

署名作者	《朝霞》雜誌上發表作品情況	文藝工作及創作情況
	子》（月刊，1975.2）；詩《閃光的工號》（《閃光的工號》，1975 年 12 月）；	等多部；紀實長篇《黑色蜜月》、紀實中篇集《走近女死囚》；報告文學集《一個政法女記者的手記》、《遲到的懺悔》及《獄牆內外》等。
陸天明	話劇劇本《揚帆萬里》（《珍泉》，1973 年 12月）；劇本《樟樹泉》（《青春頌》，1974 年 4 月，《序曲》1975 年 6 月）；《火，通紅的火》（《火，通紅的火》，1976 年 6 月）；	曾任國家一級編劇、中國作家協會會員、中國電視藝術家協會會員、中國戲劇家協會會員等職。代表作《桑那高地的太陽》、《泥日》、《木凸》、《蒼天在上》、《大雪無痕》（金鷹獎長篇電視劇最佳作品獎）、《省委書記》、《黑雀群》。
劉希濤	詩《把鐵拳攥得更緊——夜讀〈國家與革命〉》（月刊，1975.4）；	《城市導報》編委、副刊部主任、專刊部主任。上海市作家協會詩歌組組長。有「鋼鐵詩人」的稱號。中國作家協會成員。主要著作有：詩集《生活的笑容》、《神州風景線》、《愛情恰恰》、《希濤詩抄》；報告文學集：《胸中有把火》、《趕潮》、《開拓者的風采》等。
李小雨	詩歌《長征新曲》（紀念長征勝利四十週年）（月刊，1975.11）；	曾在《詩刊》編輯部，中國作家協會任職。先後在《詩刊》、《人民文學》、《人民日報》、《上海文學》等各地報刊發表詩作。主要作品有：抒情詩集《雁翎歌》（1979 年，上海文藝出版社）、《紅紗巾》（1983 年創作）。她的詩作被選入《女作家百人作品選》、《青年詩選》、《她們的抒情詩》、《當代詩醇》中。
劉緒源	小說《光明磊落》（月刊，1975.10）；小說《女採購員》（月刊，1975.8）；小說《凌雲篇》（月刊，1976.2）；	歷任上海人民廣播電臺文學編輯，上海文匯報社《文匯月刊》編輯、《生活》副刊編輯，《文匯讀書周報》編輯、副主編，《文匯報》特刊部副主任、《新書摘》主編。現為文匯報「筆會」主編。中國作家協會成員。著有長篇小說《「阿贛」出海》，專著《文學中的愛情問題》、《當代散文選析》、《解讀周作人》、《兒童文學的三大母題》，長篇隨筆《逃出「怪圈」》、《人生的滋味》、《體面的人生》、《苦茶與紅燭》，散文隨筆集《隱秘的快樂》、《你和你的青蘋果》、《多夜小箚》、《橋畔雜記》、《見山是山，見水是水》等。主編有《百年中國小說精華》等。
路遙	散文《江南春夜》（月刊，1974.9）；）	中國當代作家，中國作家協會成員。曾任《陝西文藝》（今為《延河》）編輯。1980 的小

署名作者	《朝霞》雜誌上發表作品情況	文藝工作及創作情況
		說《驚心動魄的一幕》，獲得第一屆全國優秀中篇小說獎。1982 年發表中篇小說《人生》獲全國第二屆優秀中篇小說獎，改編成同名電影後，獲第八屆大眾電影百花獎最佳故事片獎。《在困難的日子裏》獲 1982 年《當代》文學中長篇小說獎中國作家協會。1988 年完成百萬字的長篇巨著《平凡的世界》，榮獲茅盾文學獎。
李瑛	詩歌《向二 000 進軍》（月刊，1975.11）；《鑽石及其他》（月刊，1975.4）；	曾任文藝出版社社長、總政文化部部長、中國作家協會主席團成員、中國文藝界聯合會副主席等職。現任中國文聯和中國作協榮譽委員、中國詩歌學會副會長、《詩刊》編委。共出版詩集、詩論集 50 種。主要有《我驕傲，我是一棵樹》（1983 年首屆全國詩集評選一等獎），《春的笑容》（1985 年第二屆全國詩集評選優秀獎），詩集《生命是一片葉子》（1999 年首屆魯迅文學獎詩歌獎），《我的中國》（全國優秀圖書獎）。
劉徵泰	主題散文《上海啊，你的未來》之《你早，金色的杭州灣》（月刊 1974.11）；散文《海灘腳印》（月刊 1974.5）；電影文學劇本《陳玉成》（《珍泉》，1973 年 12 月）；	歷任上海文藝出版社編輯、小說編輯室主任。民進上海市委員，上海市新聞出版委員會副主任委員，上海市政協委員。著有長篇小說《英王陳玉成》，電影文學劇本《陳玉成》、《英雄血》，少兒讀物《北飛雁》、《瓦夏的一家》等。
毛炳甫	詩《總指揮——老炮手》（月刊 1975.1）；民歌《民歌選輯》（十五首）（月刊，1975.11）；小小說《簽名》（月刊，1975.6）；詩《戰報》（月刊，1976.5）；	曾任《寶鋼報》副總編。上海作家協會第五屆理事、大眾文學學會副秘書長，中國作家協會成員。著有詩集《千言萬語對黨談》、《我們的明天》、《啊！黃浦江》（合作）、《塔上紅旗》（合作），報告文學集《他們來自好八連》（合作），小說集《算命紀事》，中篇小說《東洋媳婦》、《剝皮香蕉》、《九九八十一》、《上海小癟三》、《上海二層閣》、《上海大樓曲》、《長壽百寶湯》等。劇本《秋雨前後》獲全國戲劇匯演優秀創作獎，《九九八十一》獲上海市徵文二等獎。
錢剛	詩《小夥講大課》（月刊 1974.10）；詩《鋼澆鐵鑄》（《序曲》1975 年 6 月）；	曾創辦並主編了民間刊物《海藍文學》，擔任三十餘家文學刊授院、文學刊物指導老師、顧問、榮譽主編，友情主編等職務。參

署名作者	《朝霞》雜誌上發表作品情況	文藝工作及創作情況
		與編輯了《中國詩歌 1998》（任特約副主編）、《中國文藝英才辭典》等書，其傳略和作品被收入《世界人才庫》、《跨世紀中華文藝人才大典》、《科學中國人·專家人才庫》、《中國人才世紀獻辭》等十餘部權威性辭書。他的代表作品有《空手道系列組詩》、《先鋒者的回憶系列》（理論）等，他是中國空房子主義詩歌流派的重要成員之一。
錢鋼	詩歌《老首長的戰友》（月刊 1974.2）；小說《鋼澆鐵鑄》（月刊 1975.1）；詩《獻給十年的詩篇》（月刊 1976.6）；散文《金環島暢懷》（月刊，1975.12）；詩歌《掃帚苗》（外一首）（月刊，1975.11）；《戰士之歌——寫在好八連的征途上》（月刊，1975.6）；	曾任中國新聞工作者協會理事。《解放軍報》記者、記者和處長，《地震報》幹部，參與創辦《中國減災報》、《三聯生活周刊》、中國中央電視臺《新聞調查》，《南方周末》任常務副主編。中國作家協會的成員。現為香港大學新聞及傳媒研究中心中國傳媒研究計劃主任、上海大學和平與發展研究中心研究員。他與江永紅合寫的《藍軍司令》、《奔湧的潮頭》，先後獲得第二屆和第三屆全國優秀報告文學獎。《唐山大地震》獲取全國優秀報告文學獎。
任大霖	散文《路》（月刊 1974.2）；	先後擔任過編輯、編輯室副主任、主任和《少年文藝》主編，《朝霞》編輯室負責人等職。「文化大革命」結束後，先後任上海文藝出版社文藝編輯室主任，少年兒童出版社總編、編審，中國作協兒童文學委員會委員、上海作協兒童文學委員會副主任，兼任《少年文藝》、《兒童文學選刊》、《巨人》等雜誌主編。主要代表作《蟋蟀》（第二屆全國少年兒童文學藝術獎一等獎），《兒童小說創作論》（全國優秀少兒圖書獎和全國兒童文學理論獎）。 著有散文集《山崗上的星》、《童年時代的朋友》，兒童劇集《水淹春花田》，童話集《鷹媽媽和她的孩子》，中篇小說《我們的田莊》、《喀戎掙扎》、《哥哥二十四我十五》，短篇小說集《蟋蟀》、《秀娟姑娘》、《少先隊員的心靈》、《心中的百花》，通訊集《紅泥嶺的故事》等。
孫紹振	詩《狂飆頌歌》（月刊 1975.1，《序曲》1975 年 6	先後在北京大學中文系、華僑大學中文系、福建師範大學任教，現為福建師大中文系教

署名作者	《朝霞》雜誌上 發表作品情況	文藝工作及創作情況
	月）；詩歌《第一線上》（月刊，1975.11）；	授，福建省作家協會副主席，福建省寫作學會會長，中國文藝理論學會副會長、中外文論學會常務理事、福建省北京大學校友會副會長等職。現在集中力量從事文藝理論之研究。學術論文專著眾多，其《新的美學原則在崛起》成為當代新詩發展史的重要文獻，幽默理論研究引起較大反響。
士敏	小說《暗礁》（《朝霞》1973年5月）；小說《胸懷》（《金鐘長鳴》，1973年8月）；	曾任上海《港灣報》編輯。曾為上海作協專業作家，中國作協上海分會第五屆理事。有長篇小說《海，沉思的海》，散文多收在《號子》、《神燈》兩本集子裏。此外還有《渾濁的河流》、《處女海》、《她在黎明前死去》、《黃昏的美國夢》、《唐人街新教父》、《圈地》，中篇小說集《H號沉沒之謎》、《夜香港》、《牛仔女皇》，短篇小說集《虎皮斑紋貝》，散文、報告文學集《滴血自白》等，中篇小說《臨界線上》獲上海市紀念建黨70週年優秀小說獎，報告文學《荣場奏鳴曲》獲首屆《文匯報》優秀作品獎。
吳芝麟	散文《在列車上》（月刊1974.3）；	曾任上海《解放日報》文藝部副刊編輯，《解放日報》朝花副刊主編，《解放日報》文藝部主任、編委，人民日報社華東分社副總編，《文匯報》副總編輯，高級編輯。
徐剛	詩《縣委會上》（月刊1974.10）；主題散文《上海啊，你的未來》之《長江口的明珠》（月刊1974.11）；散文《濤聲》（月刊1974.5）；詩歌《追鄉音》（月刊，1975.11）；散文《光明頌》（月刊，1975.2）；詩《在歷史的火車頭上——獻給我們偉大的黨》（月刊，1976.7）；散文《革命搖籃頌》（月刊，1976.5）；	現任中國作家協會會員、中國環境文學研究會理事、國家環保總局特聘環境使者等。主要著作有：《徐剛九行抒情詩》、《抒情詩100首》、《小草》、《秋天的雕像》、《夜行筆記》、《傾聽大地》、《伐木者，醒來！》、《沉淪的國土》、《江河並非萬古流》、《中國風沙線》、《中國；另一種危機》、《綠色宣言》、《守望家園》、《國難》等。其作品近幾年來曾獲中國圖書獎、首屆徐遲報告文學獎、首屆中國環境文學獎、第四屆冰心文學獎等。徐剛曾獲選「世界重大題材寫作500位」之一。
姚克明	小說《掛紅花那天》（月刊1974.3，《序曲》1975年6月）；散文《起重工	一級作家。現任《上海作家》主編、上海影視文學研究會副會長。長期從事於文學創作和編輯工作，60年代開始文學創作。小說

署名作者	《朝霞》雜誌上發表作品情況	文藝工作及創作情況
	的手》（月刊1974.3）；主題散文《上海啊，你的未來》之《黃浦江進行曲》（月刊 1974.11）；小說《踏著晨光》（《金鐘長鳴》，1973年8月）；	處女作《新來的女經理》發於《解放日報》1966年的「朝花」副刊。主要作品有中、短篇小說《區委副書記》、《小旅客》、《梔子花是白色的》、《含口銀珠》等；散文集《海上洋涇浜》、《臨窗野趣》、《品味上海》、《約生活散步》、《蟋蟀世界》、《蟲王》等。還有拍攝成電視連續劇的電視文學劇本《香江金夢》。散文《參觀昆蟲建築師的傑作》獲1990年度陳伯吹兒童文學獎。
謝其規	詩《千軍萬馬，直搗林彪老巢》（月刊1974.2）；詩《韶溪贊》（月刊1974.7）；詩《光輝的便條》（月刊1975.4）；	上海電視臺記者，編輯。中國作家協會成員。著有長篇小說《精武傳人》、《鬥魔擒狼》、《八卦拳王傳奇》、《瀟灑俠客》、《秘密追殺》、《上海灘恩仇記》、《鷹嘯劍飛》，詩集《鋼鐵齊鳴》、《啊，黃浦江》、《小紅螺》、《大西洋的風》、《秋天的杜鵑花》、《凝視秋雨》、《誠實的孩子》、《刀》、《冷和熱的地方》，電視連續劇劇本《小刀祭》。
余秋雨	散文《記一位縣委書記》（月刊，1975.7）；	上海戲劇學院教授，曾任上海戲劇學院副院長、院長、榮譽院長，國際知名的學者和作家。現任《書城》雜誌榮譽主編。余秋雨的著名作品：《尋覓中華》、《摩挲大地》、《文化苦旅》》、《歷史的暗角》、《山居筆記》、《借我一生》等。
俞天白	散文《爆竹聲聲》（月刊，1975.7）；散文《高空的閃光》（月刊，1975.2）；小說《第一號文件》（月刊，1976.5）；	《萌芽》雜誌社編輯、副主編，《滬港經濟》雜誌總編輯，上海市作家協會第四、五屆理事及小說創作委員會主任，中國環境文學研究會理事，上海作家協會編審，中國作家協會成員等職。著有長篇小說《鐘聲》（合作）、《吾也狂醫生》、《氛圍》、《愚人之門》、《X地帶》、《大都會》、《金環套》、《大贏家》、《夜老虎打賭》，中篇小說集《現代人》、《古宅》、《活寡》、《他們是丁香鬱金香紫羅蘭》，長篇報告文學《上海：性格即命運》，報告文學集《變幻莫測的面紗》，散文隨筆集《最後一輪太陽》等。中篇小說《兒子》獲上海市第一屆文學作品獎、《大上海沉沒》獲上海市作家協會上海市40年優秀小說獎、人民文學出版社人民文學獎、國家新聞出版署與中國作家協會八五期間全國優秀長篇小

署名作者	《朝霞》雜誌上發表作品情況	文藝工作及創作情況
		說獎，長篇小說《大上海漂浮》獲上海市1992 年～1993 年優秀作品獎。
葉蔚林	小說《大草堂》（月刊，1975.8）；	湖南省作家協會副主席，海南省文聯副主席，海南省作家協會主席，文學創作一級。中國作家協會成員。著有《海濱散記》、《邊疆潛伏哨》、《過山謠》、《白狐》、《五個女子和一根繩子》、《沒有航標的河流》、《初別》、《酒殤》等。《藍藍的木蘭溪》獲 1979 年全國優秀小說獎，《在沒有航標的河流上》獲全國優秀中篇小說一等獎。
鄭成義	詩《金匾——木枷》（月刊，1975.10）；詩《茶山新歌》（月刊，1975.4）；詩《閃光的工號》（《閃光的工號》，1975 年 12 月）；	曾任中國作家協會上海分會《萌芽》編輯，《海岸詩叢》主編，副編審。中國作家協會成員。著有詩集《上海組詩》、《煙囪下的短歌》、《河山春色》、《喜報》、《鼓點集》、《萬弦琴》、《湖島》、《外灘的貝殼》、《雨中迷樓》，兒童文學《黨誕生的地方》，《南昌——八一起義的英雄城》等。
莊大偉	小說《小兵過河》（月刊1974.2）；小說《第一線上》（月刊1974.7）；	曾任上海人民廣播電臺少兒部編輯、主任，主任編輯。中國廣播電視學會少兒廣播研究會副會長。中國作家協會成員。主要作品有少兒文學《莊大偉幽默故事集》、《莊大偉童話精選》、《阿大阿二和他們的寵物》、《校園林蔭道》、《讓我們蕩起雙槳》等專著 60 多本，並有其擔任編劇的《他和他的影子》、《蟻王火柴頭》等數十集兒童電視劇、卡通片在中央電視臺播出，曾主編《少年自修自策》、《作家創作黑匣子》、《少男少女美文隨筆》等多套叢書，獲國家圖書獎、「陳伯吹兒童文學獎」等各類少兒文學創作獎 80 多項。
朱金晨	詩《長安街禮讚》，（月刊1974.12）；詩歌《風鎬》（月刊，1975.11）；詩《紫根樹》（《青春頌》1974年4月）；詩《英雄賦》（《不滅的篝火》，1975 年 8 月）；	歷任上海人民出版社編輯，《解放日報》文藝部編輯，上海建工局工會幹事，《文學報》副刊部主任，編輯。中國作家協會成員。著有詩集《建設者的腳印》、《山高水長》、《紅紅白白》、《茫茫海》，報告文學集《東去的大江》（合作）、《西線有故事》（合作），長篇紀實文學《胡鴻飛傳》等。電影文學劇本《安全帽的故事》（已拍攝發行）獲 1981 年文化部與國家科委頒發的優秀獎，詩《放飛的年代》獲上海詩歌獎、《我》獲浙江省朗

署名作者	《朝霞》雜誌上發表作品情況	文藝工作及創作情況
		育詩獎，組詩《大興安嶺》獲黑龍江省森林詩獎、《建設者腳印》獲《解放日報》徵文獎、《雕塑》獲文匯筆會獎。
張秋生	詩歌《向陽院裏新事多》（月刊，1975.11）；	曾任《兒童時代》雜誌編輯，後調上海少年報社，任該報副總編輯、總編輯，併兼任《童話報》主編。出版有兒童詩集《「啄木鳥」小隊》《校園裏的薔薇花》《燃燒吧，篝火》《三個胡大剛的故事》《愛美的孩子》，童話詩集《小猴學本領》《小粗心奇遇》《天上來的百獸王》，童話集《小松鼠和他的夥伴》《小巴掌童話百篇》《丫型枝上的初級女巫》《雞蛋·鴨蛋·老鼠蛋》《來自樺樹林的蒙面盜》《獅子和老做不醒的夢》《強盜、精靈和巫婆的故事》等。作品先後獲陳伯吹兒童文學獎、中國作家協會全國優秀兒童文學獎、宋慶齡兒童文學獎等。
趙自	小說《底腳》（《朝霞》1973年5月）；小說《山燈》（《閃光的工號》，1975 年 12月）；	歷任《生活知識》特約記者，《勞動報》記者，《萌芽》編委，《工人日報》記者，《上海文學》編輯部負責人。中國作家協會上海分會理事。著有短篇小說集《在船臺上》、《紅浪花》、《第二雙眼睛》，傳記文學《不死的王孝和》（合作），兒童文學《飛馳在白雲間》等。

備註：

1、通過此表格可以略見：「文革」後期，在《朝霞》文藝這個平臺上發表作品的工農兵文藝愛好者及青年學生的概況，以及他們所屬的地域傾向性，後來的發展及基本走向。

2、先後順序按照姓名首字母排位。

3、此表只考慮文學作品的創作者，理論評論、雜文、隨筆、編讀往來的作者不在統計的範疇之內。

4、不可考證的作者或難以考證的筆名作者不在統計的範疇之內。

5、寫作組長期固定成員不在統計範疇之內，他們「文革」後鮮少從事創作。

參考文獻

說明：一、凡學報類文章均指人文社科版或哲社版性質上的論文；二、以下資料均以作者音序排列

一、相關研究論文概況與史料線索（論文類）

1. 〔日〕安本實著，陳鳳譯：《「交叉地帶」的描寫——評路遙的初期短篇小說》，《當代文壇》，2008 年 2 期。

2. 北京部隊政治部文化部：《我們是怎樣培養青年業餘作者的》，《人民日報》，1966 年 1 月 12 日。

3. 編者：《致讀者》，上海：上海人民出版社，《朝霞》，1973 年 5 月。

4. 編者：《啓示》，上海：上海人民出版社，《珍泉》，1973 年 12 月。

5. 常峰：《〈鳳凰嶺上頌珍泉——談談〈珍泉〉主題的現實意義和矛盾衝突的安排》，《朝霞》月刊，1974 年第 1 期

6. 《赤腳醫生》創作組：《我們的體會》，《朝霞》月刊，1974 年第 1 期。

7. 陳海、陳靜：《作家錢鋼》，《南方人物周刊》，2006 年 3 期。

8. 陳思和：《文本細讀與比較研究》，《當代作家評論》，2007 年 2 期。

9. 陳思和、楊慶祥：《知識分子精神與「重寫文學史」——陳思和訪談錄》，《當代文壇》，2009 年 5 期。

10. 曹文軒：《死亡與存活》，《文藝爭鳴》1993 年 2 期。

11. 杜恂誠：《工業題材長篇小說漫談》，《朝霞》月刊 1976 年第 4 期。

12. 方厚樞：《「文革」後期出版工作紀事（上）》，《出版科學》，2005 年 1 期。

13. 方厚樞：《「文革」十年的期刊》，《編輯學刊》，1998 年 3 期。

14. 范小青、汪政：《燈火闌珊處——與〈赤腳醫生萬泉和〉有關和無關的對話》，《西部》，2007 年 5 月。

15. 工農兵業餘作者集體討論，周林發、邵華執筆：《堅持方向就要堅持鬥爭》，《朝霞》月刊 1974 年第 5 期

16. 侯攀峰《談「文化大革命」期間的寫作實踐和寫作理論》，《內蒙古師範大學學報》（哲學社會科學版），2002 年 6 月。

17. 賈平凹、孔捷生：《一九七八年優秀短篇小說作者答本刊編者問》（二），《語文教學通訊》，1979 年 5 月。

18. 姜蘇鵬：《拆解陸天明的人生八卦 墮落陷阱》，《英才》，1998 年 2 期。

19. 江業國：《關於新時期黨的文藝政策的思考》，《廣西師院學報》（哲學社會科學版），1996 年 4 期。

20. 李雷：《多編點戲 多演點戲——觀看上海戲劇學院一年級的「學生作業」有感》，《朝霞》月刊，1975 年第 8 期。

21. 李雷：《關鍵在於路線》，《朝霞》月刊，1974 年 12 期。

22. 羅玲珊：《要風得風要雨得雨——文革上海市委寫作班子揭秘》，《新聞午報》，2006 年 1 月 7 日。

23. 劉緒源：《優秀作品為何能永恒？》，《文藝理論研究》，1987 年 3 期。

24. 劉緒源：《新生事物與限制資產階級法權——〈女採購員〉創作體會》，《朝霞》月刊，1976 年 6 期。

25. 任犢：《熱情歌頌新的人物新的世界——提倡更多地創作反映文化大革命的文藝作品》，《朝霞》，1975 年 6 期。

26. 桑城：《評「四人幫」的幫刊〈朝霞〉》，《上海文學》，1977 年 1 期。

27. 孫光萱：《文藝調整中的一次反撲——1975 年上海文藝工作座談會前後》，《新文學史料》，2005 年第 1 期。

28. 史漢富：《朝霞》，《朝霞》叢刊，1973 年 5 期。

29. 上海市屬國營農產三結合創作組：《第一步》，《朝霞》，1975 年 9 期。

30. 宋劍華：《苦澀記憶中的「文革文學」：文學史意義與審美價值的評估》，《理論與創作》，2004 年 3 期。

31. 孫蘭、周建江：《十年「文革」文學綜論》，《小說家》，1999 年第 1 期。

32. 孫紹振：《新的美學原則在崛起》，《詩刊》，1981 年 3 期。

33. 孫紹振：《原創性的追求——回顧我的學術道路》，《福建文學》，2000 年 8 期。

34. 史義軍：《「羅思鼎」和「朝霞」事件》，《炎黃春秋》2006 年第 2 期。

35. 施燕平口述，吳俊、黃沁整理：《我的工作簡歷》，《當代作家評論》，2004 年 3 期。

36. 覃新菊：《生態批評何為——由「徐剛現象」引發的相關思考》，《長江大學學報》（社會科學版），2007 年 5 期。

37. 王海光：《十一屆三中全會以來「文化大革命」研究的新進展》，《黨史研究與教學》，2002 年第 6 期。

38. 吳歡章：《散文要有戰鬥的思想光彩——評〈嶄新的記錄〉》，《朝霞》1975 年第 2 期。

39. 吳俊：《另一種權利割據：當代文學與地方政治的關係研究》，《南方文壇》2007 年 6 期。

40. 魏旭斌：《大陸史學界「文化大革命」史研究綜述》，《湖南農業大學學報》（社會科學版），2004 年 2 月。

41. 王曉華：《晚生代知識分子與後文革意識》，《粵海風》網絡版，2003 年 8 月 5 日。

42. 吳增炎、周土根：《希望能看到更多的好詩——評敘事詩〈千年紅〉》，《朝霞》月刊 1974 年 11 期。

43. 王堯：《向〈朝霞〉投稿》，《南方周末》，2006 年 5 期。

44. 蕭敏：《「文革」中後期「地上」作家的分化與移位——兼論新時期文學作者的一種起源方式》，《唐山學院學報》，2005 年 5 月。

45. 謝冕：《誤解的「空白」》，《文藝爭鳴》1993 年 2 期。

46. 謝泳：《〈朝霞〉雜誌研究》，《南方文壇》，2006 年 4 期。

47. 楊代藩：《火力與眼力——從〈曾燃燒的石頭〉到〈只要主義真〉》，《朝霞》，1976 年 4 期。

48. 楊懿斐：《〈朝霞〉：文革後期文學主流及其敘事策略——〈朝霞〉月刊研究之一》，《齊魯學刊》，2006 年第 6 期。

49. 張紅秋：《路遙：文學戰場上的「紅衛兵」》，《蘭州大學學報》（社會科學版），第 35 卷 2 期／2007 年 3 月。

50. 周天：《文藝戰線上的一個新生事物——三結合創作》，《朝霞》月刊，1975 年 12 期。

51. 趙毅衡：《自由與文學》，《文藝爭鳴》，1993 年 2 期。

52. 朱莊：《毛澤東與 1975 年文藝政策調整》，《黨史縱橫》，2001 年 4 期。

二、主要參考文獻（書籍類）

1. 陳晉編：《文人毛澤東》，上海：上海人民出版社，1997 年版。

2. 陳冀德：《生逢其時——「文革」第一文藝刊物〈朝霞〉主編回憶錄》，香港：時代國際出版有限公司，2008 年 7 月版。

3. 陳其光：《中國當代文學史》，廣州：暨南大學出版社，1998 年 8 月第 1 版。

4. 陳思和主編：《中國當代文學史教程》，上海：復旦大學出版社，1999 年 9 月第 1 版。

5. 鄧小平：《鄧小平文選》（第二卷），北京：人民出版社，1983 年版。

6. 二十二院校主編：《中國當代文學史》（三），福州：福建人民出版社，1982
    年 9 月第 1 版。

7. 高皋、嚴家其：《文化大革命十年史》，天津：天津人民出版社，1988 年
    9 月版。

8. 古華：《古華獲獎小說集》，廣州：花城出版社，1984 年 9 月版。

9. 公仲主編：《中國當代文學史新編》，南昌：江西教育出版社，1985 年第
    一版。

10. 郭志剛主編：《中國當代文學史初稿》，北京：人民文學出版社，1980 年
    12 月第 1 版。

11. 華南四學院現代文學教研室主編：《中國當代文學史簡編》，廣州：廣東
    高等教育出版社，1986 年 7 月第 1 版。

12. 洪子城：《中國當代文學史》，北京：北京大學出版社，1999 年 8 月第 1
    版。

13. 洪子城主編：《中國當代文學史‧史料選：1945～1999（下冊）》，武漢：
    長江文藝出版社，2002 年 7 月版。

14. 賈平凹：《平凹文論集》，西寧：青海人民出版社，1985 年 12 月版。

15. 賈平凹：《平凹之路》，西寧：青海人民出版社，1994 年 8 月版。

16. 藍愛國：《解構十七年》，上海：華東師範大學出版社，2003 年 9 月版。

17. 劉登翰：《瞬間——劉登翰抒情詩選》，福州：海峽文藝出版社，1991 年
    5 月版。

18. 李建軍編：《路遙十五年祭》，北京：新世界出版社，2007 年 11 月版。

19. 李明德：《仿像與超越——當代文化語境中的文學期刊》，北京：中國社
    會科學出版社，2007 年 2 月版。

20. 李正國：《國家形象建構》，北京：中國傳媒大學出版社，2006 年版。

21. 毛澤東：《毛澤東選集》第 2 卷，北京：人民出版社，1991 年版。

22. 陶東風：《後革命時代的革命文化》，《當代文壇》，2006 年 3 期。

23. 特‧賽音巴雅爾編：《中國當代文學史》，北京：民族出版社，1999 年 1
    月版。

24. 王家平：《文化大革命時期詩歌研究》，開封：河南大學出版社，2004 年
    12 月版。

25. 韋君宜：《思痛錄》，北京：十月文藝出版社，1998 年 5 月版。

26. 王海光：《旋轉的歷史——社會運動論》，上海：上海人民出版社，1995
    年版。

27. 魏天祥：《文藝政策論綱》，北京：中共中央黨校出版社，1993 年 5 月版。

28. 王堯：《脫去文化的外套》，廣州：花城出版社，2007 年 4 月版。

29. 王堯：《遲到的批判：當代作家與「文革文學」》，鄭州：大象出版社，2000 年 4 月版。

30. 徐剛：《遙遠歌》，南京：江蘇人民出版社，1981 年版。

31. 徐靜波編：《梁實秋批評文集》，珠海：珠海出版社，1998 年 10 月版。

32. 〔英〕彼得‧卡爾佛特著，張長東等譯：《革命與反革命》，長春：吉林人民出版社，2005 年 1 月版。

33. 〔英〕吉登斯著，趙旭東、方文譯：《現代性與自我認同》，北京：生活‧新知‧讀書三聯書店，1998 年 5 月版。

34. 葉永烈：《陳伯達傳》，北京：作家出版社，1999 年 10 月第 1 版。

35. 余秋雨：《借我一生》，北京：作家出版社，2004 年 1 月版。

36. 周恩來：《周恩來論文藝》，北京：人民文學出版社，1979 年版。

37. 中國出版工作者協會、中國出版科學研究所編：《中國出版年鑒（199 任－1991）》，北京：中國書籍出版社，1993 年版。

38. 中華全國文學藝術工作者代表大會宣傳處編：《中華全國文學藝術工作者代表大會紀念文集》，北京：新華書店，1950 年版。

39. 張鳴：《「文化大革命」中的名人之思》，北京：中央民族學院出版社，1993 年 8 月版。

後　記

　　記得劉納老師曾在《嬗變》一書中提到過她對「五四」那個年代懷有一種近似骸骨迷戀的情緒，我想，這是一個從事中國現當代文學研究事業的學者之所以專注的心理動因。回想我從讀中學到大學，再到讀研究生的求學生涯，每每沉浸在文學的課堂上，那種癡迷也是促使我不斷深造的精神動力。沒有經歷過的美好，才會嚮往。80 年代初期的我，還在呀呀學語，不諳世事。80 年代，對於文學而言，那是小說詩歌復興開創的年代，是國外各種方法論和思潮湧入碰撞的年代；對於文人而言，那是精神相對充實且自由舒展的年代；對於我，那是美妙浪漫而令人神往的年代。「五四」和 80 年代都是文學獲得極大飛躍的時期，都是各種思想文化觀念爭鳴的時期，相對於近現代其它歷史階段，受到的「政治控」或「經濟控」較少。所以，我理解劉納老師為何對「五四」骸骨迷戀，自己不也是常常嚮往 80 年代的文化氛圍嗎？80 年代對我而言是親近的，親近到不習慣加上「上世紀」這樣的限定詞。

　　一代人有一代人的尷尬，一代人有一代人的問題。作為「後文革」時期成長起來的我，懵懂於 80 年代，成長於 90 年代，奮鬥於新的世紀。我常常為自己的心理認定感到尷尬，內心既懷揣著一些理想主義精神，又迷惑於當下社會很多價值觀念被消解的現實。精神的不受壓抑，是人文知識分子的福分。經過對「文革」文學生態的研究，我越加感到如此。很多本質上類似的問題，在不同的歷史時期以看似完全不同的面貌存在著。極端是一種壓抑，虛無何嘗不是？精神的力量被「虛無」這個巨大隱形的黑洞慢慢吞噬，社會中的人們都感到「精神的力量」難以對抗「生活的方法」，是當下每個人文工作者應該關注的首要問題。

　　感謝導師李怡先生，他以包容闊達的引導方式，嚴肅認眞的學術態度，眞切自然的關心問候，讓我的讀博生活愉快而欣悅。感謝曹萬生老師對我一如既往的關心。謝謝給過我幫助的老師和同學們。謝謝父母爲我承受並分擔了許多壓力。

徐江
2010 年 4 月於川大北苑